O LEGADO

JESSICA GOODMAN

O LEGADO

Tradução
Regiane Winarski

Copyright © 2023 by Serenity Lane Corp.
Copyright da tradução © 2023 by Editora Globo S.A.

Os direitos morais do autor foram assegurados. Todos os direitos reservados. Nenhuma parte desta edição pode ser utilizada ou reproduzida — em qualquer meio ou forma, seja mecânico ou eletrônico, fotocópia, gravação etc. — nem apropriada ou estocada em sistema de banco de dados sem a expressa autorização da editora.

Título original: *The Legacies*

Editora responsável **Paula Drummond**
Editora assistente **Agatha Machado**
Assistentes editoriais **Giselle Brito e Mariana Gonçalves**
Preparação de texto **Vanessa Raposo**
Revisão **Luiza Miceli**
Diagramação e adaptação de capa **Carolinne de Oliveira**
Projeto gráfico original **Laboratório Secreto**
Arte de capa **© 2023 by Lisa Sheehan**
Design de capa original **Kristin Boyle**

Texto fixado conforme as regras do Acordo Ortográfico da Língua Portuguesa (Decreto Legislativo nº 54, de 1995)

CIP-BRASIL. CATALOGAÇÃO NA PUBLICAÇÃO
SINDICATO NACIONAL DOS EDITORES DE LIVROS, RJ

G66L

Goodman, Jessica
    O legado / Jessica Goodman ; tradução Regiane Winarski. - 1. ed. - Rio de Janeiro : Alt, 2023.

    Tradução de: The legacies
    ISBN 978-65-85348-23-2

    1. Ficção americana. I. Winarski, Regiane. II. Título.

23-86244
CDD: 813
CDU: 82-3(73)

Gabriela Faray Ferreira Lopes - Bibliotecária - CRB-7/6643

1ª edição, 2023

Direitos de edição em língua portuguesa para o Brasil adquiridos por Editora Globo S.A.
R. Marquês de Pombal, 25
20.230-240 – Rio de Janeiro – RJ – Brasil
www.globolivros.com.br

Para Maxwell, que torna tudo possível.

DEPOIS DO BAILE

*O Baile do Legado nunca tinha terminado em assassinato...
claro. Normalmente, os alunos do último ano do Ensino Médio
das instituições de elite de Nova York encerravam a noite vendo
o sol nascer em alguma festa chique pós-baile. Um festão em
alguma mansão em Bronxville. Uma fogueira na praia em uma
propriedade enorme em Southampton. Uma rave com luzes es-
troboscópicas em um loft em Ridgewood. Naquele ano, os indicados seriam levados em um comboio de caminhonete Suburbans
para a mansão de campo de alguém em Hudson Valley.*

*Mas isso está fora de questão agora, por causa do corpo e
tudo mais.*

*Bernie Kaplan está na esquina da Rua Sessenta e Um com
scarpins brilhantes de saltos de dez centímetros e um vestido
verde de tule, o paletó do smoking de Skyler Hawkins nos ombros, apesar de estar quente para o mês de setembro. Se você
olhar com atenção, vai ver que ela está tentando não tremer.
Uma brisa leve balança os brincos de diamantes nas orelhas
dela. As sirenes dos carros de polícia soam, e Bernie olha para*

as unhas pintadas de rosa-claro, agora pontilhadas de sangue e terra. O cabelo ruivo vibrante está desgrenhado. Sua mãe costuma sussurrar para ela prender as mechas soltas antes que curiosos possam tirar fotos, mas Esther Kaplan não está por perto, então Bernie as deixa como estão.

Os olhos de Bernie vão até o meio-fio enquanto os demais frequentadores do Baile do Legado saem à rua para ver a comoção. Ela queria que Tori estivesse ao seu lado. Uma semana antes, aquela garota não era ninguém. Uma aluna vinda do Queens, com bolsa de estudos e que tinha ficado quieta na dela por três anos inteiros. Agora, é óbvio que todos os membros do Legado a subestimaram.

Bernie abre a boca como se fosse dizer alguma coisa, mas a fecha quando os sussurros em volta explodem em uma falação frenética e empolgada. Há questionamentos e ruídos de surpresa quando a polícia leva uma maca pela entrada lateral do Clube do Legado, para longe do Baile. O corpo está ali, coberto por um lençol branco. Um contorno de dedos, pernas e braços sem vida. Os paramédicos empurram o cadáver para dentro de uma ambulância e fecham a porta. Ela dispara para o norte.

A comoção aumenta. As pessoas estão gritando e chorando, sufocando todas as vozes metálicas que saem dos walkie-talkies. Bernie anseia por Isobel, pelo que elas tinham perdido. Anseia por Skyler também. Pelo que ele representava.

Mas não pode pensar neles agora. Porque, naquele momento, há perguntas. Tantas perguntas. E ninguém parece ter as respostas.

A única coisa que sabem ao certo é que, ao soar da meia-noite, um membro de uma das instituições mais antigas e exclusivas de Nova York está morto, e que Bernie Kaplan é quem tem sangue nas mãos.

BERNIE

QUATRO DIAS ANTES DO BAILE

— **Não é esquisito?** — pergunta Isobel, a voz cantarolada. — Ver tantos estranhos aqui, na *nossa* escola? Na Excelsior?

Estamos juntas na entrada do refeitório da nossa escola de Ensino Médio, embora *refeitório* não seja a palavra certa para descrever este salão, com sua entrada altíssima de mármore e mesas redondas de carvalho para doze pessoas. *Sala de jantar* tem mais a ver, apesar da *Architecture Digest já* o ter chamado de "o lugar mais bonito para comer em todos os cinco bairros". Do outro lado do átrio, janelões do chão ao teto dão vista para os campos de lacrosse abaixo, a grama recém-cortada em uma altura uniforme.

No lado oeste, dá para ver as torres da escola fundamental atrás dos pomares do campus, os salgueiros-chorões e as macieiras altas balançando do outro lado do vidro. O diretor Helfrich gosta de dizer que o campus da Excelsior tem um quinto do tamanho do Central Park e que é tão bonito quanto, uma área enorme no norte de Manhattan, no limite com o Bronx.

O LEGADO **9**

Se fechar os olhos, eu posso sair por aquela porta e andar por toda a área da Excelsior sem tropeçar, cair ou esbarrar em nada. Estamos a poucas semanas do começo do último ano, e vir para cá hoje, mesmo antes das aulas começarem, é como voltar para casa.

Só que não consigo evitar uma onda de ansiedade que cresce na minha barriga. Isobel e eu andamos com a fila, e olho para trás, para os outros formandos indicados de diferentes escolas da Liga Intercolegial. Vestindo seus trajes de almoço mais adequados, eretos, com sorrisos largos. Skyler está no fim da fila com Lee, o namorado de Isobel, porque eles chegaram atrasados e eu me recusei a esperá-los. Vejo o outro indicado de Excelsior que conhecemos, Kendall Kirk, em uma conversa acalorada com o campeão de debates da escola Quaker, Manhattan Friends, perto da mesa de bebidas. Deve haver seis de nós da Excelsior, mas ninguém descobriu ainda quem é o último indicado. Ainda. Eu estalo os dedos, prendo uma mecha solta atrás da orelha. Lembro a mim mesma que estou vestindo o que devo, agindo como devo. Tudo vai ser ótimo esta semana. Precisa ser. Mas minha sensação de inquietação não passa.

— Eles não são estranhos — sussurro, chegando perto de Isobel para que nenhum dos alunos atrás ou na frente nos escute. — Pelo menos, não vão ser até o fim da semana.

Isobel assente, considerando a avaliação. Se estivesse um pouco menos tensa, eu talvez parasse um momento para lembrá-la de não ser tão arrogante, que é seu mecanismo de defesa desde que a conheci no quinto ano. Afinal, as primeiras impressões começam *agora*, como diz a minha mãe, e podem durar até a doação final ser feita no Baile do Legado em apenas quatro dias. Quem quer vencer, e todos nós *que-*

remos, precisa ter uma bom começo, mesmo com os colegas. Nunca se sabe quais pais ou tias ou amigos de família já estão no Clube nem qual é o tamanho do bolso deles.

Além do mais, a maioria dos demais indicados são pessoas que vimos por aí a vida toda: outros formandos de escolas da Liga Intercolegial com quem jogamos hóquei na grama ou competimos no Modelo da ONU. Somos só 36 aqui, seis escolhidos de cada uma das seis escolas irmãs, e metade das pessoas passa o verão comigo no leste, enquanto que a outra metade eu reconheço das festas que Skyler frequenta.

Os que eu *não* conheço, certamente conheceremos em breve. E, se formos espertos, vamos mantê-los por perto pelo resto da vida. É isso que a minha mãe diz, pelo menos. Os escolhidos para o Clube do Legado vão ser nossos companheiros de quarto na faculdade, cônjuges, sócios de negócios e investidores. Serão nossos aliados não só na sociedade de Nova York, mas no nosso futuro longo e célebre que está apenas começando.

— Não esquece que foi assim que eu conheci a Lulu Hawkins — minha mãe gosta de dizer enquanto dá uma cotovelada leve nas costelas da mãe do Skyler. E aquele de nós que vencer a competição de apresentação vai ascender ao topo do Clube imediatamente, ganhando não só um lugar no conselho que ajuda a determinar os indicados futuros, mas também um prêmio em dinheiro. Se bem que ninguém liga para o dinheiro; ninguém ali precisa. Minha mãe diz que é tradição o vencedor doar para o Clube para custear bolsas. Mas vencer é uma honra. Uma indicação de que você é a elite entre a elite. E eu quero vencer.

Isobel parece prestes a dizer outra coisa, mas a fila anda rápido, e seguro o seu cotovelo antes que ela possa deixar escapar algum comentário sarcástico.

— Vem — digo. — Agora é a gente.

Levo Isobel até a mesa de inscrição na frente da Parede da Fama, um painel de cinco metros e meio que tem os nomes dos ex-alunos mais amados da Excelsior entalhados em pedra. Dentre eles, há um juiz da Suprema Corte, dois atores vencedores do Oscar, três membros tradicionais da Câmara dos Deputados, um dramaturgo vencedor do Pulitzer, um chef celebridade e mais fundadores de startups e diretores de banco do que eu poderia contar. Quando eu era pequena, perguntei à minha mãe por que o nome *dela* não estava lá. Ela me disse que era porque ser a melhor mãe não contava como honra, apesar de ser o trabalho mais importante do mundo.

Um dia, vou ver meu nome nessa parede. Idealmente, como uma política renomada. Senadora, talvez. Ou até prefeita de Nova York. Se bem que, para ser sincera, Isobel tem mais chance de conseguir por causa de sua arte, afinal, ela já teve uma exposição em grupo no Brooklyn Museum quando homenagearam jovens artistas nascidos na cidade. Vendeu quatro obras desenhadas em carvão naquela semana. E ela não conhecia nenhum dos compradores. Até minha mãe ficou impressionada.

Olho para a frente e vejo Jeanine Shalcross sentada atrás da mesa de inscrições, um sorriso estampado no rosto quando me reconhece como filha de Esther Kaplan. A maioria das pessoas me reconhece, considerando que poderíamos basicamente ser gêmeas com nossos corpos curvilíneos e cabelos longos louro-avermelhados.

— Bernadette Kaplan — diz ela. — Que bom te ver! Shani pediu pra eu te mandar um beijo. Ela acabou de se mudar para o alojamento na Cornell, sabe. A primeira aula foi esta semana. A Excelsior a preparou para a rotina rigorosa de estudos, isso eu posso afirmar. — Sua boca se alarga, ávida, e luto contra a sensação de arrepio que sobe pela minha coluna.

— Oi, sra. Shalcross — digo, esticando os dedos.

Os olhos dela se desviam para minhas unhas rosadas perfeitas, o anel de esmeralda no dedo do meio, e ela aperta a minha mão com vontade. A minha mãe costuma dizer que Jeanine sempre foi uma grande maria-vai-com-as-outras, desde quando eram colegas de turma na Excelsior, tantos anos atrás. Mas aí elas foram para a faculdade juntas, ficaram na mesma sororidade e se mudaram para o Upper East Side ao mesmo tempo, e Jeanine passou a ser parte da vida social da minha mãe para sempre.

— É muito bom te ver. Minha mãe disse que a apresentação da Shani para o Legado no ano passado foi maravilhosa.

Se me lembro direito, ela também disse que Jeanine Shalcross é uma mosca-morta que se deitaria no meio da Quinta Avenida vestida em alta costura se a minha mãe pedisse.

A sra. Shalcross sorri de orgulho.

— Ah, sim, Shani não venceu, claro. Mas ficamos orgulhosos. Mas sua mãe... A apresentação dela foi marcante quando éramos formandas. Ganhou de lavada. — Ela mexe nos cartões com os nomes adiante e me entrega o meu. — Ela improvisou. Inventou tudo ali na hora. Pelo menos, foi o que me disse. Mas essa é a Esther. Mais escorregadia que sabonete, mas não dá ponto sem nó. — Ela faz uma pausa e repuxa os lábios, como se não pretendesse dizer aquilo em voz alta.

Abro um sorriso educado e olho para o meu cartão, manuscrito com letra cursiva. Já ouvi aquela história dezenas de vezes: que a minha mãe subiu no palco e inventou um discurso encantador e hilário totalmente improvisado. A mãe do Skyler diz que terminou com as pessoas aplaudindo de pé.

— Devem estar muito animadas — diz a sra. Shalcross, mudando de assunto. — Chegou a vez de vocês de participarem de uma das tradições mais ilustres da cidade. — Ela suspira e olha para atrás de nós, e por um segundo me pergunto se está se lembrando do Baile do Legado dela e do que provavelmente foi a melhor noite de sua vida, mesmo que não tenha ganhado.

Minha mãe sempre disse que foi a dela; e que seria a minha também. Ela até prometeu que, pela ocasião, eu poderia usar o amado colar de diamantes da minha avó, o que está na família dela desde a fuga dos pogroms na Rússia... Que ainda mais que o meu bat mitzvah, o evento marcaria minha entrada na idade adulta. E, por dezessete anos, eu acreditei nela.

Isobel pigarreia.

— Isobel Rothcroft — diz, olhando para a pilha de cartões.

A sra. Shalcross dá uma olhada nela, observando o cabelo escuro nos ombros de Isobel e o macacão de seda com gola V. Apesar de ser Halston vintage, tirado da coleção incrível da mãe dela, eu deveria ter avisado que seria ousadia demais, Brooklyn demais, para o pessoal do Legado. Não que isso a fosse impedir de usar. Eu ajeito meu vestido, sem mangas com inspiração náutica que a minha mãe mandou passar na semana anterior, e me empertigo um pouco mais nas alpargatas.

— Espero que a sua mãe esteja melhor — diz a sra. Shalcross, se inclinando para a frente. — Ela me mandou uma mensagem ontem dizendo que estava gripada e não poderia vir. Tenho que dizer que fiquei chocada. Ela deve estar muito mal pra perder o almoço de boas-vindas, principalmente sendo o seu ano como indicada.

Minhas bochechas ficam quentes e mordo a língua para não responder com rispidez.

Uma garota de Tucker Country Day pigarreia atrás de mim, e dou de ombros de leve para a sra. Shalcross antes de pedir licença para dar espaço para as outras pessoas.

— Que grosseria — murmura Isobel. — Sua mãe por acaso não pode ficar doente? — Ela revira os olhos e eu passo o braço pelo dela, grata por Isobel ter coragem de dizer em voz alta o que penso.

Isobel e eu continuamos a adentrar pelo refeitório, que foi transformado em um local de almoço com centros de mesa floridos em cada uma delas. Todos os lugares estão postos com *sousplats* dourados, pratos de porcelana, três tipos de garfos diferentes e cardápios impressos com nomes manuscritos no alto, indicando onde cada pessoa deve se sentar.

Isobel pega um copo de chá gelado em uma bandeja que passa por nós.

— Eu queria que tivesse algo mais forte — diz ela enquanto dá um gole por um canudo de metal, depois espeta uma folha de hortelã que tem dentro.

Olho ao redor, para todo mundo tentando ser tão empertigado e adequado e percebo que não poderia discordar mais. Se houvesse álcool para beber, eu pagaria mico de algum jeito. Erraria um nome ou tropeçaria no salto. É por isso que prefiro não beber muito, às vezes nada. Por causa dessa coisa de perder o controle. Não é meu estilo. Eu prefiro saber exatamente o que tem a caminho, para estar preparada. Pronta.

Mas Isobel? Ela é bem diferente.

Is olha para mim e faz beicinho.

— Isso é tudo tão… formal.

Um garçom passa com uma bandeja de prata cheia de espetinhos de camarão no vapor e potinhos de molho vermelho vibrante. Minha mãe gosta de dizer que coquetel de camarão é um sinal de que os anfitriões decidiram não pagar mais por ostras, algo que ela mencionou dezenas de vezes no verão, quando avaliava o cardápio do almoço com os outros membros do comitê. Ela ficou revoltada quando perdeu nos votos, dizendo que, como resultado, a semana toda seria cafona.

— Estamos em território do Clube do Legado. Claro que vai ser um ambiente metido. — Ao nosso redor, os adolescentes estão fazendo suas melhores poses pré-profissionais, mexendo em gravatas, conversando trivialidades com estranhos e sorrindo com todos os dentes brancos à mostra. Eu tento imaginar o comentário da minha mãe se ela estivesse ali, como me mandaria ficar ereta, mas debocharia do vestido de Jeanine na mesma frase.

— A sua mãe está *bem*, aliás? — pergunta Isobel, olhando ao redor. — Na semana passada, ela disse que a única coisa que a impediria de estar em todos os eventos seria uma guerra nuclear.

— É supercontagioso — digo. — Ela não quer nos passar nada antes da grande noite. Uma droga. — A mentira sai pela ponta da minha língua, quente e rápida. Isobel sempre conseguia perceber quando eu estava enrolando; quando eu falava que tinha uma enxaqueca, mas só não queria virar a noite numa festança, ou quando, no baile do segundo ano, falei que tinha tomado cinco shots de tequila e estava *muito* doida, mas na verdade estava totalmente sóbria. Agora ela parece bem distraída e espero que não repare.

Ela se vira para mim com uma expressão preocupada.

— Está tudo bem?

Acho que não.

— Claro. — Eu jogo o cabelo por cima do ombro e passo o olhar pelo salão. Acabo vendo Skyler, rindo no canto com Lee.

Preciso sair de perto de Isobel logo, senão ela vai começar a desconfiar que tem alguma coisa acontecendo, e não quero ter que mentir para ela mais do que já menti. Nós progredimos tanto depois daquela briga horrível na Shelter Island no começo do verão. Nós duas fizemos tudo que pudemos para voltar uma para a outra, e não vou deixar o paradeiro da minha mãe afetar isso.

Eu indico o cartão dela.

— Qual é a sua mesa?

Ela olha para baixo.

— Quatro.

Olho para o meu, um pouco aliviada.

— Um. Acho que é melhor a gente se sentar — digo.

Isobel me encara desconfiada, mas assente.

— Me manda uma mensagem pra uma pausa no banheiro?

— Aham — digo, mas já estou me afastando dela para procurar minha mesa na parte da frente do salão, onde alguns adolescentes de outras escolas já ocuparam seus lugares. Enquanto todos se sentam, nós conversamos trivialidades e tomamos goles de água gelada e beliscamos da cesta de pão na frente do prato. Vejo dois alunos de Manhattan Friends me encarando, os olhos se demorando demais em mim, no meu vestido, no meu cabelo.

Eu já deveria estar acostumada. Com os olhares curiosos. Vêm com o pacote de ser Bernie Kaplan, filha de Rafe Kaplan, astro do direito/comentarista que está sempre na televisão, e de Esther Kaplan, uma das mais proeminentes socialites da cidade. Quando me veem olhando, eles se viram. Abro um sorriso amarelo, mas sob a mesa torço com as mãos o meu guardanapo branco grosso. Tudo porque não consigo parar de pensar no segredo corrosivo e pulsante que guardo: o fato de que a minha mãe desapareceu na noite anterior sem dizer nada.

Achei estranho ela não estar no quarto à meia-noite, quando fui me deitar com ela, como faço às vezes nas noites em que tenho insônia. Mas o quarto estava vazio, e eu não quis bater à porta do meu pai, apesar de a luz dele ainda estar acesa. Talvez minha mãe estivesse no Clube do Legado, repassando detalhes de último minuto com gente como a sra. Shalcross.

Mas quando, pela manhã, ela ainda não havia dado as caras, tive certeza de que algo estava errado. Muito errado.

Ela é o tipo de mãe que se oferece como representante de classe todos os anos, que está na Organização de Pais e Mestres e trata metade dos professores pelo apelido. Ela me manda mensagens de texto 45 vezes por dia com reflexões engraçadas sobre os turistas no Central Park ou comentando a respeito do novo barista gato no nosso café favorito. Nós compartilhamos roupas, joias e bolsas, potes gigantes de pipoca com manteiga e memes sobre programas de algum canal por assinatura. Ela faz viagens inesperadas toda hora, mas sempre me avisa quando está a caminho. Não ter notícias dela por 24 horas não é só incomum: é inimaginável. Principalmente apenas cinco dias antes do *meu* Baile do Legado, que ela está planejando desde setembro e do qual fala desde que eu estava na pré-escola.

O único segredo que minha mãe já guardou de mim foi quem ela havia indicado neste ano, me dizendo com voz cantarolada que eu descobriria com todo mundo na noite anterior ao baile.

Naquela manhã, quando confidenciei ao meu pai que achava que talvez algo tivesse acontecido a ela, ele fez um ruído debochado e balançou a mão para mim. Em seguida, voltou para o laptop na mesa onde trabalhava de pé, no escritório com paredes cobertas de painéis de madeira.

— Não se preocupe. Ela está bem.

Ele deve ter razão. Com quase toda a certeza.

Enquanto corto um pedaço de focaccia, tenho uma péssima sensação na barriga de que tudo está prestes a mudar. Minha mãe sempre disse que o Baile do Legado é onde os escolhidos se tornam adultos. É quando a vida começa, as oportunidades se iniciam. E como eu tinha a sorte de tê-la, eu nunca precisaria me preocupar em passar por isso sozinha.

De repente, minha bolsinha vibra no colo, e pego o celular, uma pulsação desesperada no peito. Quando vejo o nome da minha mãe na tela, solto o ar.

> Desculpe por eu perder o almoço, mas nada tema, meu bem. Eu volto logo. Curta as ostras por mim!
> Aposto que você ficou feliz de termos deixado o camarão de lado, rá!
> Bjs, mamãe.

Meu estômago se acalma quando percebo que meu pai estava certo. A minha mãe deve estar se cuidando para o baile ou tirando um daqueles fins de semana sozinha no leste. Ela vai voltar. Ela está bem.

Mas quando releio a mensagem, eu franzo a testa. Ela conhecia o cardápio; repassou tudo com Jeanine e reclamou de perder a guerra das ostras. Ela jamais teria escrito aquilo.

Então, se não é ela me mandando mensagem... quem é?

ISOBEL

— Precisa de um negocinho?

A voz é grave e ameaçadora, apesar de eu saber a quem pertence. Viro-me na cadeira e vejo Skyler Hawkins sentando-se ao meu lado, desdobrando o guardanapo no colo. A camisa branca de botão está lisinha embaixo do paletó azul-marinho, e o cabelo escuro cai sobre um de seus olhos acinzentados. Sem olhar, sei que ele chamou atenção de uns dez colegas por todo o salão. Ele sempre chama.

— Não. — Cruzo os braços sobre o peito, indignada, apesar de que sim, claro, eu mataria por um Xanax. Mas não quero que Skyler saiba disso. Não hoje.

Ele deve desconfiar que estou mentindo, mas não insiste. Ele sabe onde está, quem observa. Ele abre um sorrisinho e pega o copo de água, assentindo para os outros adolescentes na nossa mesa, cumprimentando-os e se apresentando como presidente de turma na Excelsior.

Não acredito que sou obrigada a me sentar com ele na abertura do Baile do Legado.

Bernie tinha me avisado que costumam separar as pessoas da mesma escola durante esse evento, e eu não esperava ficar com ela, com Lee, com Kendall Kirk ou com quem quer que seja o sexto indicado. Parece que ninguém sabe quem é. Mas nem passou pela minha cabeça que eu precisaria ficar do lado de Skyler por uma tarde inteira.

Desde aquela festa em Shelter Island alguns meses antes, eu tento me manter longe, garantir que a gente nunca fique sozinhos juntos. Não foi tão difícil, considerando que Lee é o melhor amigo dele e que Bernie é a namorada, o que faz com que seja bem normal quando saímos todos juntos. Mas alguns momentos específicos, como o fim de um piquenique no parque ou os breves períodos em que Lee vai ao banheiro em alguma resenha... sempre me deixam tensa.

Olho ao redor e vejo Bernie sentada à mesa do meio, entre um garoto de Lipman, que dizem ter sido escalado para um papel principal na próxima série dramática de prestígio da HBO, e uma garota da Gordon, que descobriu um novo conjunto de galáxias para a NASA durante o verão.

Tento observar os demais rostos e identifico pessoas que conheci nas festas de Skyler ou de quando passei o fim de semana nos Hamptons na casa de Bernie. Na mesma hora, percebo que o grupo é tão chato e previsível quanto achei que seria, mais um motivo para eu nem *querer* uma indicação. Mas eu não poderia admitir isso para Bernie, que fala do Clube do Legado desde que a conheci e que sempre prometeu que sugeriria para a mãe que eu deveria ser indicada. Tive anos para dizer *não, por favor, não faça isso*. Mas nunca tive coragem de explicar que, apesar de sermos melhores amigas, havia coisas que não precisávamos compartilhar, e *isso* era uma delas.

E assim, aqui estou eu, assumindo um lugar cobiçado nesse clube ridículo.

Normalmente, nesse tipo de evento, Bernie gosta de bater papo, de jogar aquele cabelo ruivo comprido por cima do ombro e de fazer todo mundo gostar dela. É uma coisa que eu amo na minha amiga. A capacidade dela de falar com qualquer pessoa sobre qualquer assunto. É útil quando se é alguém como eu, que prefere ficar sozinha com um conjunto de pedaços de carvão e um bloco de desenho. Mas agora Bernie encara o seu prato, desligada das conversas acontecendo à mesa. Talvez ela esteja nervosa, por ser a aluna-presidente do baile e tudo o mais. Ou talvez...

Não. Não é possível.

Mas ela *foi* meio estranha comigo agorinha, não foi? Evitou minhas perguntas e me dispensou para se sentar logo. Tive a sensação de que ela estava mentindo a respeito de *alguma coisa*.

Puxo o cotovelo de Skyler e o tiro da conversa com um aluno da Tucker Country Day, que termina com o garoto falando alguma coisa sobre o time de squash dele.

— O quê? — pergunta Skyler, inclinando a cabeça na direção da minha.

Minha garganta parece áspera, e eu queria ter pensado em trazer uma garrafinha de vodca pra botar um pouco no meu chá gelado, apesar de Bernie ter me avisado que eu seria pega rapidinho.

— Você acha que a Bernie sabe? — pergunto, em voz baixa.

Skyler levanta a cabeça e seus olhos grandes e cinzentos encontram os meus. Quando ele me olha desse jeito, fica fácil lembrar por que Bernie se apaixonou por ele, por que está com Skyler desde o nono ano. Apesar de as famílias deles serem muito ligadas, existe mais. A beleza dele. O jeito como ele te observa, com um olhar intenso, as maçãs altas. Os lábios cheios. Em outra vida, talvez eu fosse a pessoa a conquistar o afeto de Skyler. Talvez eu fosse Bernie. Mas nesta, só estamos conectados por causa dela… e pelo desejo de guardar nosso segredo.

— O que te faz pensar isso? — pergunta ele, escondendo um medo que sei que está lá.

Olho para Bernie, agora totalmente absorta numa conversa com um garoto, assentindo para o que ele diz, sorrindo, rindo nos momentos certos.

— Sei lá, ela estava estranha antes.

— Estranha como?

— Distraída. — Eu faço uma pausa. — E você viu que a Esther não está aqui?

Skyler olha ao redor.

— Ela deve estar doente, sei lá. Você sabe como ela é. — Um garçom estica o braço por cima do ombro de Skyler e coloca um prato de alface crespa coberta de pedacinhos de bacon e queijo gorgonzola na frente dele.

— Talvez eu esteja paranoica.

— Toma um remédio, sei lá. Mas não começa a inventar merda.

— Ei — digo, meio magoada. — Babaca.

Skyler franze as sobrancelhas.

— Você não contou nada pra ela, né? — pergunta.

— Óbvio que não.

Ele repuxa os lábios e, por um segundo, parece que não acredita em mim, como se estivesse tentando avaliar se estou falando a verdade. Mas estou, porque não tenho escolha.

Contar a Bernie nunca foi opção. Depois de um momento, Skyler assente.

— Nem eu, o que significa que a Bernie não sabe de porra nenhuma, tá? Vamos só terminar esta semana vivos. Você sabe como o Baile é importante pra ela.

Empurro um pedaço de alface pelo prato e mordo o lábio por dentro. Skyler está certo. Bernie não tem ideia do que aconteceu naquela festa na casa do Lee em Shelter Island. Pelo menos não o que aconteceu depois que ela foi embora. E o que está acontecendo desde então.

As palavras dela daquela noite ainda magoam, quando ela me disse que eu estava agindo como uma *idiota escrota*. Mas isso não foi nada em comparação ao que disse para ela. Pedimos desculpas uma pra outra no dia seguinte e, com vergonha, hesitação e na defensiva, decidimos seguir em frente.

Porque a Bernie é assim. Ela permaneceu leal a mim, mesmo quando não deveria.

Não era para eu estar na casa de Lee naquela noite. Esse foi meu primeiro erro. Falei que estava em casa, no Brooklyn, mas estava com Lee. Nós não planejamos dar uma festa. Nem a deixamos de fora de forma proposital. Só... aconteceu.

— Ei, gata.

Dou um pulo ao ouvir a voz de Lee e ele dá um beijo suave no meu ombro exposto. Quando me viro na cadeira, vejo-o agachado atrás de mim com uma camisa de botão de linho amassada, o blazer cinza-chumbo caindo perfeitamente nos braços musculosos. Ele tem pele escura e olhos castanhos lindos que nunca interrompem o contato visual, graças à confiança passada para ele pelo pai, o renomado artista Arti Dubey, e pela mãe, a galerista de Arti, Lizzie Horowitz. Arti, que nasceu em Goa, mas foi para os Estados Unidos estudar artes plásticas em Yale e nunca deixou o país, é mais conhecido pelo trabalho em meados dos anos 1990 em que ele espalhou fluidos corporais em telas brancas de 5,5 metros de largura. Uma vez, ele fez uma apresentação na Brooklyn Academy of Music que era uma alegoria sobre mudanças climáticas. Mas ele a fez quase nu. Lee odiou aquele projeto, mas eu achei até que brilhante.

Arti é revolucionário no meio contemporâneo e era um dos meus heróis da arte mesmo antes de Lee e eu começarmos a namorar no ano passado. Desde então, devo ter passado mais tempo com Lizzie e Arti do que com meus próprios pais. Dois ícones do mundo da arte são bem mais interessantes do que uma editora de revista e um cardiologista.

Não é que eu tenha começado a sair com o Lee só por causa de quem os pais dele são, nem porque eles demonstraram interesse no meu trabalho depois da minha exposição no Brooklyn Museum. Mas eu estaria mentindo se dissesse que nunca *pensei* no fato de que estar com Lee significa poder passar tempo com um dos meus ídolos.

— Onde você está sentado? — pergunto.

Lee indica uma das mesas laterais, debaixo de uma parede de janelas com vista para a piscina olímpica coberta da Excelsior. A única pessoa que reconheço lá é Kendall, que olha e sorri na nossa direção, dando um tchauzinho.

Kendall e eu nos conhecemos em uma aula de música de mães e filhos no Fort Greene Park e até compartilhamos uma babá. Mas enquanto fiquei no Brooklyn para fazer o Fundamental 1, ele começou a estudar em uma escola preparatória só de meninos desde o Jardim de Infância. Depois que a empresa de tecnologia de saúde do pai dele abriu o capital, a família toda se mudou para Tribeca, e a partir daí eu quase não o vi mais; nem ele nem sua irmãzinha, Opal. Isso só voltou a acontecer quando nós dois começamos a estudar na Excelsior. Agora, ele passa a maior parte do tempo trabalhando em experimentos científicos ou aparecendo muito raramente em uma festa ou outra. Ele é amigo de Lee e Skyler, embora, com base no que aconteceu em Shelter Island, talvez devesse querer arrancar os olhos de Skyler. Mas ele não faz ideia. Não estava lá.

De repente, a música de violino que estava saindo pelos alto-falantes começa a diminuir e alguém bate no microfone posicionado na frente do salão.

A sra. Shalcross, da mesa de inscrição, sorri largamente e se dirige às pessoas.

— A refeição será servida daqui a pouco, então, por favor, ocupem seus lugares. O almoço de abertura do Baile do Legado está prestes a começar!

Lee aperta meu ombro e vai para a mesa dele. Assim que sai de perto, Skyler se inclina de forma que sinto seu hálito quente contra a minha pele.

— Agora você quer aquele negocinho?

Dou uma cotovelada nas costelas dele com mais força do que deveria e ele faz uma careta, mas não se afasta. Finalmente, como se meu corpo tivesse vontade própria, assinto e vejo Skyler tirar um comprimido fino do bolso. Ele o coloca na palma da minha mão, e sinto os sulcos familiares na pele. Isso me acalma, o pequeno medicamento. As possibilidades que contém. Fico tentada a ingerir tudo agora, aqui mesmo. Mas já tomei um hoje, junto com meu café da manhã horas antes de chegarmos. Sem contar que *ingeri* um pedacinho de Adderall logo antes de entrar no prédio, para ter um pouco mais de coragem.

Mas, quando olho em volta... É, eu preciso disso.

Coloco-o na boca e tomo um gole de água.

— É o último que eu aceito de você — sussurro, já sentindo o alívio.

Ele ri baixinho, principalmente porque sabe que essa é só mais uma mentira compartilhada entre nós.

TORI

Achei que estivesse preparada para o almoço de abertura. Achei que ter uma fascinação estranha pelo Clube — algo que me levou a uma sequência de vídeos no YouTube nos quais velhos alegavam que o Clube era parte dos Illuminati e de volta ao meu panfleto da bolsa, onde ouvi falar do Clube pela primeira vez — significaria que eu estava preparada para fazer parte desse mundo.

Mas, ao entrar no Colégio Excelsior hoje, ficou imediatamente óbvio como fui boba de achar que stalkear ex-alunos no LinkedIn e revirar os arquivos digitais da nossa escola em busca de menções ao Clube pudesse me preparar para *isto*, um evento tão exagerado, tão elegante, tão extremo que fica difícil acreditar que é só o primeiro de muitos que logo vão dominar minha semana.

Quem eu quero enganar? A minha *vida*.

Meu coração bate mais forte do que o habitual, e não sei dizer se é expectativa ou medo. Provavelmente um pouco dos dois. Estou sentada a uma mesa com outros onze indicados, pessoas que nunca vi, embora, ao que parece, estudem em escolas como a minha por toda a cidade.

Eu me pergunto se vão conseguir farejar a falta de autenticidade que emana de mim se eu fizer contato visual com eles por muito tempo. Fico pensando se vão saber que não mereço estar aqui, com meu vestido preto simples coladinho e os mocassins Doc Martens, ou pior, se vão supor que sou beneficiária de uma das bolsas de estudo para as quais vamos passar a semana arrecadando dinheiro. Esse pensamento revira meu estômago.

— Tori? — pergunta o garoto com cara de estudioso ao meu lado.

— Como você sabia? — Eu passo as mãos suadas na coxa.

Ele aponta para o cartão com o meu nome.

— Tori Tasso, Colégio Excelsior.

— Ah. Certo.

Ele estica a mão.

— Sou Chase Killingsworth. Gordon Academy.

Eu a aperto, apesar de saber que minha pele deve estar úmida. De alguma forma, a mão dele está na temperatura ambiente perfeita, o que reforça a teoria da minha namorada, Joss, sobre todas as pessoas ricas: elas se controlam em qualquer circunstância.

Vou ter que me lembrar de confirmar isso para ela quando chegar em casa, no Queens, mais tarde.

— E aí — começa ele. — Alguma ideia de quem te indicou? Tenho quase certeza de que o amigo de golfe do meu pai, Anders Lowell, botou meu nome. — O garoto fala como se eu devesse saber quem é Anders Lowell, e, infelizmente, é o caso, porque você só precisa ter meio neurônio para saber que

Anders é um dos âncoras do programa *Today*. Mas não quero dar satisfação a esse tal de Chase.

— Não faço ideia. — Chase franze a testa, e lanço um olhar para Skyler, sentado perto de Isobel Rothcroft, com uma expressão de desdém comedido no rosto. Eu me pergunto como é ser ele, ser *qualquer um* dos outros adolescentes aqui. Os que não valorizam os seus lugares neste lugar, os que supõem desde o nascimento que vão se tornar parte do Legado.

Os olhos de Skyler se desviam para os meus e eu afasto o olhar, constrangida. Meu peito se aperta, mas tento manter a respiração calma. Queria poder dizer que conquistei meu lugar nesta mesa. Que mereço estar aqui. Mas ele e eu sabemos que não é verdade... e talvez seja por isso que não consigo deixar de sentir que alguém vai pular por debaixo da mesa e me banir do almoço a qualquer segundo.

Chase dá de ombros.

— Vamos descobrir na Noite das Indicações, né? Ouvi falar que fazem uma grande apresentação em que todos os formandos precisam adivinhar que membro do comitê de ex-alunos os indicou, e se eles *não* acertarem, são banidos do Baile.

Meu estômago despenca.

— Não é possível isso.

— Você fala tanta merda, Chase. — A garota à esquerda dele se inclina e sorri para mim. — Ele está ansioso por esta semana desde que tinha dez anos, então dá um desconto pra ele. — Chase se encolhe na cadeira, mas antes que a garota possa continuar, a mulher com olhos esbugalhados da mesa de inscrições que me encarou como se eu tivesse três cabeças quando falei meu nome vai até o microfone e dá um tapinha nele.

Faço uma oração silenciosa por não precisar mais conversar com Chase e foco minha atenção na mulher lá na frente. Atrás dela, uns dez adultos estão parados em fila, sorrindo e segurando as mãos unidas na frente do corpo.

— Em nome do Comitê de Indicações do Clube do Legado, queremos dar as boas-vindas a todos no almoço anual de abertura! — diz a sra. Shalcross.

Atrás dela, os adultos aplaudem, olhando para as mesas cheias de alunos.

— Como vocês sabem, todos os anos o Comitê de Indicações reúne 36 membros do Legado para selecionar um formando da escola de Ensino Médio da Liga Intercolegial na qual ele se formou para entrar para o Clube do Legado. Uma honra que começa agora, mas continua por muito tempo depois que vocês deixam o Ensino Médio. Embora só tenham acesso de verdade ao Clube na Rua Sessenta e Um após o Baile, no sábado, vocês vão receber sua filiação completa e uma chave, sim, uma chave que realmente funciona, que vai permitir que entrem em qualquer hora do dia pelo resto das suas vidas. Lá, vocês encontrarão quartos de hotel, um restaurante, uma quadra de squash, uma piscina coberta, uma biblioteca histórica, um salão de baile e muito, muito mais.

Ela faz uma pausa com um engasgo na voz e aperta a mão no coração.

— Não temos como dizer o quanto significa para nós convidar 36 novos membros ao nosso grupo. Olhem em volta. Essas são as pessoas com quem vocês vão passar esta semana, as pessoas que estarão ao seu lado nos bons e maus momentos, em meio à diversão e ao estresse. Se vocês tiverem sorte, elas vão se tornar seus melhores amigos, seus colegas. Porque os membros do Clube do Legado sempre cuidam dos seus.

Eu faço o que ela diz e observo todos os outros alunos, pessoas que me ignoraram por anos. Isobel Rothcroft, que não sei se sabe meu nome. Lee Dubey, que me chamou de Taylor quando apareci na festa dele em Shelter Island. Kendall Kirk, que está ocupado demais babando por Isobel para notar qualquer outra pessoa. Bernie Kaplan, que é basicamente a rainha dessa coisa toda. E Skyler Hawkins, para quem não posso olhar sem sentir que é o único que me vê pelo que realmente sou: uma forasteira que está tão desesperada que vai fazer qualquer coisa para entrar.

Nenhuma dessas pessoas é minha amiga. A ideia de elas serem parte da minha vida para sempre é… impossível.

Mas tento lembrar por que eu queria isso, por que usei todo o poder que tinha para descolar uma indicação, não importa o custo. O Clube pode abrir portas para mim que nem a Excelsior é capaz. É verdade que tenho uma média perfeita, um registro estelar no time de debate e uma série de cursos avançados. Mas até eu sei que todas essas conquistas não significam nada se as pessoas certas não tiverem ideia de que você existe. Um currículo maravilhoso pode conseguir uma entrevista em um emprego de prestígio ou uma segunda olhada de um orientador de admissão da faculdade, mas depois de crescer em Nova York e estudar em uma escola como a Excelsior, eu aprendi que as decisões não são tomadas com base no quanto você sabe, mas em *quem* conhece.

E o único *quem* que importa são os membros do Clube do Legado.

Engulo o nó na minha garganta e lembro a mim mesma de uma coisa: eu preciso disso.

Empertigo os ombros e balanço meu cabelo escuro nas costas, ouvindo a voz de Joss na minha cabeça. *Você é Tori*

Tasso, de Astoria, Queens, cuja família é dona da melhor lanchonete do bairro há quarenta anos. Você sabe lutar. Você merece um lugar nesse mundo, agora e sempre. Não deixe que te digam o contrário.

A sra. Shalcross passa o microfone para uma mulher negra alta de *tailleur* azul-marinho e uma blusa com estampa de algum brasão.

— Sou Yasmin Gellar, ex-aluna da Excelsior — diz ela. — Tenho orgulho de estar aqui em cima com nosso comitê de indicação, apesar de estar ocupando o lugar imponente da nossa presidente, Esther Kaplan, hoje.

Dou uma olhada em Bernie, cujas bochechas estão agora tão vermelhas quanto o cabelo, embora ainda haja um sorriso estampado no rosto. Do outro lado da sala, vejo Isobel olhar para mim duas vezes para se certificar, o queixo caindo. Eu desvio os olhos e aperto os punhos. Claro que ela não esperava que eu estivesse aqui.

— É meu grande prazer guiar vocês pelo planejamento dessa semana e pelas regras que acompanham fazer parte da turma de indicados deste ano. — A sra. Gellar tira um óculos do bolso e começa a ler alguns cartões.

Algumas pessoas na sala começam a se distrair, como se fosse óbvio que já tivessem ouvido aquilo tudo antes de pais ou irmãos, tias ou tios, pessoas de seu círculo social que passaram pela semana misteriosa e secreta do Baile do Legado, que dizem sempre acontecer nas últimas semanas das férias de verão. Mas vejo alguns indicados se empertigarem, ávidos para saberem mais a respeito do que estão se metendo, que partes de nós teremos que botar em leilão, o quanto vamos ter que exibir.

— No Baile, cada um vai precisar fazer uma pequena apresentação sobre o valor de uma das bolsas que o Clube custeia — diz a sra. Gellar. — Em seguida, todos os membros presentes vão oferecer donativos para ajudar a incrementar essas bolsas. Mas a pegadinha é a seguinte. — Ela abre um sorriso diabólico e se inclina para a frente. — Cada membro tem a chance de fazer uma doação em um dos *seus* nomes com base na excelência da sua apresentação.

Meu estômago dá um pulo. Eu recebi uma dessas bolsas, a de Artes e Letras, no verão antes de entrar para a Excelsior. Só assim eu poderia estudar aqui, e eu fiz o melhor possível para esconder isso. Ainda me lembro de ler o panfleto, um pequeno parágrafo no verso do papel brilhoso que saltou aos meus olhos:

> *Todas as bolsas da Liga Intercolegial são custeadas pelo Clube do Legado, uma das principais instituições de Nova York para educação independente. Os membros do Clube ficam felizes e honrados de dar as boas-vindas a um novo grupo de bolsistas, que seguirão os passos dos alunos anteriores e deixarão sua marca na Liga Intercolegial.*

Aquela foi a primeira vez que ouvi falar do Clube, a primeira de *muitas* vezes. Eu procurei no Google e li cada palavra que encontrei, para tentar entender o que era, quem fazia parte dele e como essas pessoas se tornaram membros.

Uma vez, perguntei à minha mãe sobre o Clube, se ela achava estranho um grupo de pessoas aleatórias decidir quem recebia o dinheiro, mas ela me falou para não me preocupar com quem estava nele nem com o motivo e só me esforçar e ficar feliz por ter ganhado a bolsa. Mas depois que entrei na

Excelsior, ficou claro para mim o quanto o Clube manda na escola... e na cidade.

Por todo o campus da Excelsior, há plaquinhas grudadas em árvores, bancos, mesas de almoço, portas: presente do CLUBE DO LEGADO. Em assembleias da escola, sempre há membros do Clube do Legado, segurando as chaves de ouro citadas, sentados na plataforma. Eles estão por toda parte, comandando bancos e firmas de advocacia, museus e agências de talento, e todos vieram de escolas como a minha. Uma vez, ouvi uma orientadora de admissão reclamar que eles *tinham* que deixar entrar todos os filhos de membros do Legado, mesmo se não passassem no teste de admissão, que ela ouviu que até davam bolsas sem cobrança de juros para certos membros.

Nos últimos três anos, ficou óbvio para mim o que o Clube significa. Ele oferece não só um lugar permanente na sociedade de elite de Nova York, mas também um caminho garantido para a liberdade financeira. E é impossível ser indicado se você não conhece ninguém.

Ou era o que eu pensava.

Tudo começou com aquela bolsa, por causa da minha mãe. Eu me pergunto o que ela acharia de eu estar aqui agora. Luto contra o ardor nos olhos. Não posso me permitir chorar. Não aqui. Por mais que eu sinta falta da minha mãe.

— Os ex-alunos são instruídos a julgar as apresentações com base no argumento, no conhecimento do Clube do Legado, no comprometimento com a bolsa e, *é* claro — ela faz uma pausa com um sorriso largo —, no carisma de vocês.

As risadinhas se espalham pelo salão.

— Embora seja verdade que todos vocês vão terminar esta semana como membros do Clube, só um vai vencer o prêmio em dinheiro.

Eu me sento mais ereta e me inclino para a frente. Era isso que eu estava esperando.

— O aluno que ganhar mais doações em seu nome também vai receber 25 mil dólares, arrecadados pela generosidade do nosso comitê de indicações.

Inspiro fundo, o choque se acumulando na minha garganta, e espero que os outros ao redor façam o mesmo. Mas ninguém da minha mesa se mexe. Alguns beliscam os pratos de salmão cozido que apareceram na nossa frente enquanto a sra. Gellar estava falando, cortando a carne rosada com os garfos de prata.

Imagino que, para esses alunos, 25 mil dólares signifiquem alguns trocados para gastar na faculdade ou em uns poucos voos de primeira classe para a Europa. Um dinheiro que incrementaria seus fundos, seus orçamentos de jantar. Mas, para mim, esse dinheiro poderia ajudar a comprar laptops novos para os gêmeos, a pagar a mensalidade da Helen na escolinha de futebol, auxiliar meu pai a financiar parte da hipoteca, um mês de salário. Um sentimento amargo e rançoso preenche meu estômago. As pessoas ao meu redor não fazem ideia de como *é viver assim.*

Ninguém em casa nega que as coisas estão apertadas desde que a minha mãe faleceu no ano passado, e meu pai sempre diz que não quer que eu ajude, que eu não deveria trabalhar mais na lanchonete, mas esse dinheiro pode nos dar uma ajuda muito necessária. Esse dinheiro pode mudar as coisas.

Enquanto a sra. Gellar continua falando sobre os eventos da semana, que no dia seguinte vamos buscar nossos trajes e na quinta vamos nos reunir para o Dia dos Atos de Serviço e que o jantar de sexta vai revelar quem nos indicou, eu só consigo pensar que preciso ganhar o prêmio... e até onde estou disposta a ir para consegui-lo.

DEPOIS DO BAILE

A polícia faz o possível *para manter todo mundo na esquina da Rua Sessenta e Um, que, antes desta noite, nenhum policial sabia ser um local importante. A detetive novata, uma jovem com rabo de cavalo escuro curto, olha a placa presa na parede externa de calcário.*

CLUBE DO LEGADO, *diz a placa*. APENAS PARA MEMBROS.

A detetive faz uma pausa e olha para os adolescentes usando vestido de baile, para os diamantes e smokings, amassados após uma noite dançando... ou o que quer que estivessem fazendo dentro daquele prédio misterioso. Nada parece certo. Nada parece real. Mas ela já devia estar acostumada com aquilo, depois de ter trabalhado em dezenas de casos no Upper East Side, onde os maiores problemas têm a ver com criminosos de colarinho branco ou pessoas ricas reclamando das pessoas em situação de rua que dormem em frente às suas casas.

Um policial mais velho com barba grisalha pega um megafone.

— Peço a todos que voltem para dentro do prédio — diz ele. — Ninguém pode deixar o local. Só depois que fizermos algumas perguntas.

Um murmúrio se espalha, e alguns adultos, puxando seus adolescentes para perto, começam a se irritar com uma ordem vinda de um fulano qualquer, mesmo que seja um fulano com distintivo. Trata-se de pessoas que não têm medo de quebrar as regras, de muda-las de acordo com sua vontade.

É isso o que essa gente faz, afinal. Quebram coisas.

Mas esta não é uma das cenas de crime com que a Divisão de Homicídios costuma lidar, com zés-ninguém com os quais nenhuma pessoa se importa. A morte aqui é diferente. Esta vida perdida era uma das melhores da cidade. Das mais importantes. Ou pelo menos é o que essa gente quer que você acredite.

Apesar dos protestos, todo mundo é levado para dentro da casa de seis andares, brilhando em branco no ar denso e úmido. Na entrada, não há características que a identifiquem: nenhum quadro de avisos anunciando eventos futuros, nenhuma placa de boas-vindas, nenhuma indicação do que é aquele lugar. Do que acontece ali dentro.

A multidão se move devagar, contra a vontade, até que finalmente todos os convidados são encurralados no saguão, onde um sorvete meio comido derrete na parede, pintando em verde, rosa e marrom o piso de granito. Uma tigela de cerejas ao marasquino está intocada, urnas de café esfriam ao lado.

— Parece uma festa ótima — murmura um policial para a detetive. — Exceto pelo cadáver.

Ela não ri. Só olha ao redor, para a multidão, seus fungados ecoando no aposento.

— Hora de dividir e conquistar? — pergunta ela. O resto dos policiais concorda.

Eles têm perguntas, e talvez essas pessoas tenham respostas.

BERNIE

O almoço termina com fatias de torta de maçã quente, feita com frutas colhidas no pomar da Excelsior, mas estou ansiosa demais para comer sequer um pedacinho. A sra. Gellar não precisava chamar atenção para a ausência da minha mãe, mas ela *chamou*, e agora só posso torcer para que mais ninguém tenha notado.

Olho para o celular pela milionésima vez hoje, torcendo para a minha mãe me mandar uma mensagem de texto de novo. Abro o aplicativo de Busca e espero ver o ícone dela aparecer em algum lugar da cidade, mas, como mais cedo, não há nada. Ela não está em lugar nenhum, e não consigo afastar a sensação de que ainda há algo errado.

Ao meu redor, pernas de cadeiras de madeira arranham o chão quando os alunos se levantam, apertam as mãos uns dos outros e se preparam para pegar as finas pastas de couro pretas sobre a mesa de inscrição. Mesmo de onde estou, vejo nossos nomes nelas, enfileiradas em ordem alfabética. Dentro delas, nossas bolsas serão reveladas, assim como o resto das regras para a semana. Quando eu era pequena, a minha mãe me mostrava a pasta *dela*, guardada desde quando foi uma indicada do Legado, e me contava histórias do que havia dentro. Sempre achei que, quando eu pegasse a minha, nós olharíamos juntas.

Parece que não.

Isobel surge ao meu lado, os olhos meio pesados, o que faz com que eu me pergunte o que ela e Skyler aprontaram na mesa deles. Não consigo deixar de sentir uma bolinha de desespero se formando no meu estômago. Sempre foi assim com Isobel: eu querendo protegê-la, salvá-la mais de si mesma. Consegui algumas vezes, como quando a convenci a usar um dos meus vestidos midi de seda de bom gosto para o baile em vez do minivestido metálico super decotado dela, que a fazia parecer uma vagabunda. Ou quando eu a juntei com Lee, uma vitória enorme para todos nós, na verdade, para que ela parasse de se pegar com aqueles estudantes de arte sem futuro que sempre andavam pelo bairro dela.

E, claro, houve a ocasião em que eu a obriguei a vomitar tudo que tinha ingerido depois de ficar bem óbvio que ela estava à beira de um coma alcoólico no baile do ano passado. Ou quando consegui colocá-la em um táxi depois de a encontrar apagada no quarto de um formando durante a festa de Halloween do nono ano.

Mas, recentemente, Isobel não tem estado disposta a pegar leve, e não estou muito interessada em mandar ela sossegar. Tentei isso durante a festa em Shelter Island, e foi algo que quase nos separou. É exaustivo cuidar de Isobel.

— Você viu quem é a sexta indicada da Excelsior? — Ela abaixa a cabeça na direção da minha, protegendo o rosto com o cabelo curto.

— Nem vi — digo. Estava ocupada demais tentando manter a compostura durante a apresentação para olhar ao redor e me importar.

— Tori Tasso — sussurra ela.

— Tori Tasso? — repito. — Ela não... — Paro antes de terminar a frase. Não preciso, pois ambas sabemos o que eu ia dizer.

Ela não é uma de nós.

— Ela não é do Queens? — pergunto.

Isobel dá um tapinha no meu braço.

— Eu sou do Brooklyn — diz.

— É que... nunca a enxerguei como alguém do Legado.

Isobel dá de ombros.

— Parece que alguém enxergou.

Eu giro meu corpo pela sala e vejo Tori nos fundos, perto do janelão, com o cabelo escuro comprido e os sapatos pesados de amarrar. Ela está andando por aí, sem conversar com ninguém, com cara de perdida, da mesma forma que ficou na orientação do nono ano. Ela se destacou naquela época também, como se não soubesse que sempre devemos andar com os ombros para trás, o queixo erguido. Dava para perceber que não estava acostumada com a grandiosidade de um lugar como a Excelsior só pelo jeito como olhava embasbacada para todos os espaços abertos, para os aposentos impecáveis. Apesar de ter sido nossa colega por quatro anos, ela ainda tem aquela expressão insegura nos olhos arregalados. Só que, desta vez, está direcionada aos nossos colegas, os outros membros do Legado.

Tori e eu mal trocamos duas palavras desde o nono ano, mas talvez eu devesse ir falar com ela e dar um oi. Se alguém achou que ela merecia estar ali, talvez mereça mesmo.

Isobel puxa meu braço.

— Lee quer arrumar um lugar pra beber uma coisinha — diz ela, baixando a voz. — Quer vir?

Abro a boca para dizer sim, claro, porque é isso que nós fazemos na maior parte do tempo: vamos para os bares que não pedem identidade ou não se importam com isso, cujo conhecimento é passado de geração em geração de estudantes. Tem o mexicano no Upper West Side que Skyler ama porque eles fazem as margaritas superfortes, e o bar de tapas perto da casa de Lee, em Chelsea, que sempre nos dá mezcal de graça porque Arti Dubey é cliente regular. Isobel não tem favoritos, mas sempre implora pra passar no bar de vinhos naturais perto do Fort Greene Park, pra ela poder ir andando pra casa de vez em quando. Mesmo que eu não goste de beber, preciso fazer parte disso. Porque, se eu não fizer, não sou nada.

— Aonde vocês vão? — pergunto.

Skyler se aproxima por trás de mim e passa um braço pela minha cintura, o que faz Isobel se sobressaltar.

— Vão levar a festa pra outro lugar? — pergunta ele, dando um beijo suave na minha bochecha.

Isobel me olha, esperando a minha resposta.

Faço que sim para Isobel e Lee, que apareceu ao lado dela e entrelaça os dedos com os da namorada.

— Eles estão saindo — digo.

Skyler se balança na parte da frente dos pés.

— Essa coisa foi careta pra caralho. — Ele afrouxa a gravata. — Vamos fazer *alguma coisa*.

Lee sacode as sobrancelhas para Skyler, e já sei que estão planejando o que podem fazer no resto da tarde, mas algo dentro de mim se rebela contra a ideia de ir atrás deles.

Não temos nenhuma outra obrigação do Baile hoje, mas amanhã é nossa prova final de vestido e, se minha mãe não aparecer, aí sim todo mundo vai *mesmo* começar a se perguntar onde ela foi parar e o que está acontecendo. Eu tenho que encontrá-la hoje. Ou ao menos tentar.

Eu faço que não.

— Podem ir sem mim. Estou sentindo uma enxaqueca chegando. — A mentira sai fácil e levo a mão à testa, fingindo estar mal.

Isobel inclina a cabeça.

— Tem certeza?

Faço que sim.

— Claro. Eu encontro vocês amanhã — digo.

Skyler faz beicinho, mas se inclina na minha direção para dar um beijinho na boca, um que gera uma sensação arrepiante até meu estômago. Eu nem sempre achei que ficaríamos juntos. Não no segundo ano do Fundamental, quando a minha mãe me disse que ela e Lulu já tinham começado a planejar nosso casamento, mas Skyler tinha puxado a minha calcinha no parquinho. ("Ele gosta de você!", insistiu ela, apesar de eu saber a verdade.) Mas Skyler sempre foi a pessoa com quem eu corri por aí de fralda, o garoto que me deixou ajudar a decorar a árvore de Natal dele porque nós não tínhamos uma em casa. Éramos entrelaçados de formas que ambos percebíamos, mas não entendíamos inteiramente.

Não até o verão antes do nono ano, quando Skyler teve um estirão de crescimento e eu fiquei com peitos maiores do que todas as garotas da minha sala. Em uma noite de agosto, algumas semanas antes do começo das aulas, nós nos encontramos na praia entre nossas casas nos Hamptons para ver uma chuva de meteoros e dividir uma barra de chocolate francês que minha mãe tinha comprado na *boulangerie* da cidade.

Nós estávamos deitados juntos no cobertor quando Skyler rolou e apoiou a cabeça em uma das mãos. Fiquei preocupada com a minha aparência naquela hora, se eu parecia esquisita deitada daquele jeito ou se meu cabelo estava desgrenhado demais por causa da maresia no ar. Mas Skyler só me olhou e sorriu, como se tivesse esperado aquele momento o verão todo.

— Bernie. — Ele falou como um sussurro, como se fosse segredo.

Eu inspirei o ar, com medo de dizer o nome dele.

— Será que devemos deixar nossos pais felizes só desta vez? — Ele mordeu o lábio, diabólico e doce, gerando um espasmo direto até meu estômago, um calor até meu âmago.

Quis me fazer de sonsa, mas pareceu ridículo. Claro que eu sabia o que ele queria dizer, e só havia uma resposta.

— Sim.

Ele diminuiu o espaço entre nós e encostou os lábios macios nos meus, a mão quente sobre a minha barriga, por baixo do moletom.

Ficamos assim por um tempo, ouvindo o vento, as ondas, o som da nossa respiração. E quando ele se afastou, nós dois rimos e nos deitamos no cobertor. Ele segurou meus dedos e passou o polegar nas costas da minha mão.

— É só o começo, não é? — falou.

Apaixonar-me por Skyler foi como realizar uma profecia, como andar na direção do meu futuro pré-determinado. Com Skyler, todas estas coisas pareceram fáceis: ver comédias românticas antigas no quarto dele enquanto sua mão subia pelas minhas costas para abrir meu sutiã. Sussurrar sobre futuros filhos e se o cabelo deles seria ruivo como o meu. Deitar minha cabeça no ombro dele quando pegávamos o ônibus para Barney Greengrass nas manhãs de domingo.

Tanta coisa aconteceu desde que decidimos selar nosso destino três anos antes. Mas uma coisa sempre permaneceu constante: nossa compreensão inabalável de que fomos feitos um para o outro.

Skyler levanta a mão e descansa as pontas dos dedos no meu pescoço. Ergo o rosto para o dele.

— Vejo vocês amanhã, não se preocupe.

— Te amo — sussurra Skyler no meu ouvido, e, por um momento, isso me acalma, o lembrete de que, apesar de a minha mãe estar perdendo a semana mais importante da minha vida, pelo menos tenho Skyler. Eu sempre terei Skyler.

A cobertura está quieta e silenciosa quando abro a pesada porta de entrada. Trinta e cinco lances de escadas nas alturas, o andar todo é nosso desde antes de eu nascer, desde que a minha mãe e o meu pai o compraram com alguns milhões de dólares que herdaram dos meus avós maternos. Ao longo dos anos, se tornou local de festa, recebeu encontros do Baile do Legado, e virou sala de reuniões quando meu pai estava trabalhando até a madrugada com Lulu Hawkins em um dos maiores casos da carreira dele. Deu lugar a festas de arrecadação políticas, apresentações particulares de cantores da Broadway, eventos de luto para algumas das personalidades mais icônicas da cidade e o melhor local para pernoitar em Nova York, com salmão defumado e pastinhas para bagel que minha mãe encomenda para Isobel e quem mais ficar em um dos muitos quartos de hóspedes.

Mas, para mim, é meu lar.

Tiro os saltos na entrada e coloco a bolsa no banco coberto de veludo. Meus pés descalços ecoam no piso de madeira quando passo pelo piano de cauda indo em direção à cozinha. Dedilho um dó e escuto-o ecoar pelos cômodos vazios.

Abro a geladeira e a encontro cheia. É quase uma provocação, o fato de que todas as entregas semanais da minha mãe chegaram de manhã mesmo ela não estando lá. A caixa da CSA chegou às oito, cheia de tomates e melões de fim de verão e pães frescos de fermentação natural. Os arranjos de flores apareceram uma hora depois, no papel branco que os embrulha elegantemente. E logo antes de eu sair para o almoço, Damien, o porteiro, ligou avisando que havia chegado uma caixa rosa cheia de croissants de chocolate. Essa doeu mais. Doces semanais são uma tradição *nossa*, quando cortamos pedacinhos amanteigados de massa crocante da padaria francesa escondida na rua Setenta e Cinco. Comer um sem ela pareceu traição.

Minha mãe é grande e feliz, com feições elegantes e cabelo ruivo vibrante, como eu. Ela passou seu tipo físico para mim como um legado, e ambas apreciamos nossas muitas curvas, nossa estrutura forte e ampla. Compartilhar croissants antes de eu ir para a escola é uma celebração dos nossos corpos, é o que ela diz.

— Que eu nunca te pegue contando calorias, Bernadette Kaplan — disse ela uma vez, quando falava sobre a mãe dela, que era obcecada por ser magra e morreu quando a minha mãe era adolescente. — A vovó Rachel era uma mulher maravilhosa, mas ela nunca aprendeu que comida nos deixa fortes, que é para nos alegrar, e não para ser uma arma.

Nossa geladeira sempre reflete isso. Tiro uma embalagem plástica de salada de peixe branco, pego uma caixa de torradas de bagel na despensa e coloco tudo na ilha de mármore. Eu me pergunto por um segundo se deveria pegar talheres, mas aí lembro que a minha mãe é a única outra pessoa na casa que gosta de peixe defumado e enfio uma torrada direto na pastinha.

Mas o recipiente aberto não afasta o cheiro. O cheiro da minha mãe. O perfume de lilás. Está em toda parte. Nos guardanapos, nas cortinas, na toalha de mesa. Ela está sempre aqui, mesmo quando se foi.

Se foi.

Onde ela *está*?

— Olha você aí.

Quase dou um pulo quando meu pai entra na cozinha sem sapatos e de terno, a gravata pendurada frouxa no pescoço. A testa dele está úmida, como se tivesse suado, e há bolsas sob seus olhos.

— Achei que você estivesse no trabalho — digo.

Ele olha de um jeito estranho para o peixe, mas pega uma torrada.

— Depoimentos remotos hoje.

Eu assinto como se ligasse para o que isso significa. Há uma tensão entre nós quando os ruídos molhados de mastigação se espalham pelo ar. Meu pai apoia as mãos na bancada e flexiona os dedos. Ele me olha por cima dos óculos.

— Está tudo bem? — pergunto.

— Estresse de trabalho. — Meu pai não oferece muito mais.

Há uma pausa constrangedora e eu preencho o vazio:

— Recebi minha bolsa. Artes e Letras.

Meu pai grunhe.

— Foi o que sua mãe recebeu quando tinha a sua idade. Não parava de falar nisso.

Uma sensação incômoda surge no meu estômago. Meu pai não cresceu como a minha mãe, com a escola particular e casa herdada nos Hamptons. Ele vem de um subúrbio de classe trabalhadora em Detroit, onde a maioria das pessoas que ele conhecia era empregada por uma empresa de carros. Meu pai sempre diz ter sofrido ostracismo por se importar mais com seus livros de matemática do que com trocar o óleo do motor. Segundo minha mãe, Rafe Kaplan era um "aluno estrela" e ganhou bolsa integral para estudar em Cornell, que foi onde ele conheceu a minha mãe, que sabia que estudaria lá desde criança, graças à doação que ajudou a pagar pela reforma da biblioteca.

Meu pai finge estar acima de tudo relacionado ao Clube do Legado e às demais coisas que acompanham a participação no quadro de membros, mas depois de três martinis ano passado, minha mãe me contou que foi assim que ele e Lulu Hawkins conseguiram abrir a Hawkins Kaplan. Depois que a minha mãe apresentou meu pai para Lulu durante suas férias de inverno da faculdade, Lulu e meu pai ficaram determinados a abrir a firma de advocacia que "derruba os bandidos", como ele gosta de dizer. Depois da faculdade de Direito e trabalhos em grandes escritórios de advocacia corporativas, eles finalmente conseguiram fazer isso, graças a uma poderosa rede de contatos obtida no Clube do Legado.

A Hawkins Kaplan teve seu auge há vinte anos, quando eles ganharam um processo contra uma importante companhia de gás e energia que estava contaminando a água em uma cidadezinha de Idaho, o que fez milhares de pessoas terem câncer. Os querelantes nesse caso saíram com acordos altíssimos, enquanto Lulu e Rafe se tornaram heróis, foram parar na capa da revista *Time*, visitaram a Casa Branca, fizeram aparições regulares na televisão e tiveram até casos de mais destaque que os mantiveram sob os holofotes. Agora, é difícil ligar o noticiário e não ver meu pai falando para mim.

Mas todos os sucessos deles podem ser ligados ao Clube. É onde conseguiram seus primeiros clientes famosos tantos anos atrás, graças a Yasmin Gellar, uma das principais agentes de talentos de Nova York. Não é coincidência que Anders Lowell recebe meu pai no programa *Today* a cada duas semanas. É a conexão do Clube e ele sabe.

Meu pai vai na direção do escritório dele, onde sei que vai ficar pelo resto da noite, da semana, se depender dele. Mas não posso deixar que ele vá. Ainda não.

— Eu recebi uma mensagem de texto da mamãe — digo.

Meu pai para, os pés se flexionando no chão. Ele se vira, a boca uma linha firme e reta.

— Viu? — diz ele. — Ela está bem.

— Não parecia ela. Errou o cardápio.

Meu pai faz uma careta e passa a mão pelo cabelo, grisalho, mas ainda denso. Ele lambe os lábios, olha para o teto.

— O que foi? — pergunto.

Percebo que ele está elaborando algumas mentiras, testando cada uma na cabeça.

— Não sou uma das suas clientes, pai. Eu aguento a verdade.

Ele abre a boca, fecha e me encara diretamente.

— Você acha que tem idade suficiente?

Faço que sim enfaticamente, embora, na hora que ele pergunta, eu não tenha certeza disso.

O rosto do meu pai relaxa e parece que algo dentro dele se afrouxa.

— Eu enviei aquela mensagem — diz.

— O quê?

Meu pai dá de ombros.

— Do iPad dela. Não teve ostras, né?

O medo sobe pela minha garganta.

— Não estou entendendo. Onde ela está?

Ele dá de ombros.

— Não faço ideia.

— Você não acha que a gente deveria chamar a polícia?

Meu pai ri e balança a cabeça.

— Por que você está achando graça? Sua esposa está *desaparecida*.

— Meu bem, sua mãe já fez isso antes.

Eu pisco uma vez e de novo.

— De que você está falando? — pergunto.

Meu pai suspira.

— Lembra aquela vez que ela foi para os Hamptons terminar as reformas do banheiro quando você estava no sexto ano? — Ele levanta as mãos. — Eu não tinha ideia.

Balanço a cabeça, lembrando das mensagens que ela me mandou quando estava fora durante aquela viagem.

Meu pai aponta com o polegar para o próprio peito.

— Eu — diz ele. — Eu mandei as mensagens. A mesma coisa quando ela foi velejar na Espanha. Não houve reforma, não houve viagem pra velejar. Sua mãe desliga o telefone e vai... pra algum lugar. Ela faz isso e eu sempre acobertei ela.

Aperto a palma da mão contra a têmpora.

— Não estou entendendo. Ela simplesmente... desaparece? E você me manda mensagens fingindo que é ela?

— Nós fizemos um acordo anos atrás. Sua mãe precisa de espaço. É uma coisa dela que eu aceitei faz muito tempo. — Ele fala com amargura e sei o que quer dizer. Que se casar com Esther Baum, se casar no mundo dela, significou que ele teve que se submeter *às* necessidades dela ao longo dos anos, aceitá-las, se tornar menor. Foi o preço que ele pagou por ganhar acesso à riqueza dela, à rede de contatos dela, mesmo depois de se tornar *o* Rafe Kaplan. — É uma das... peculiaridades da sua mãe. Uma bem egoísta.

— Mas pra onde ela vai? — Meu coração está disparado, e parece que o chão embaixo de mim se move.

Ele balança a mão, fazendo pouco caso.

— Ah, sei lá. Muitas vezes eu descubro depois. Um spa no Arizona. Um vilarejo no México. A Soho Farmhouse na Inglaterra uma vez. Acho que ela se diverte guardando segredo, sabendo que ninguém no mundo consegue encontrá-la. Nem você.

Dou um passo para trás, quase como se tivesse levado um tapa.

— Mas a mamãe me conta tudo.

Meu pai suspira.

— Só que não. — Ele estica a mão e bate na minha de um jeito constrangido. — É por isso que eu *não* estou preocupado.

— E aí? A gente só espera até descobrir onde ela está? Se ela vai voltar?

Meu pai parece irritado agora, cruza os braços sobre o peito e olha o relógio, como se tivesse que voltar para o trabalho. Mas aí me olha com uma pontada de pena no rosto.

— Desculpa por revelar o segredo de que sua mãe não é perfeita, Bern. Mas talvez seja a hora de você descobrir. De ver quem ela realmente é. Você mesma disse que já tinha idade.

Meu queixo cai e minha cabeça gira com perguntas, mas, antes que eu possa fazê-las, meu pai olha para o relógio com uma expressão frustrada no rosto. Algumas gotas de suor se formam na testa dele.

— Eu tenho que voltar — diz, e começa a desaparecer pelo corredor.

De repente, uma coisa me ocorre, uma pergunta que preciso fazer.

— Mas ela volta — grito. — Né? Ela sempre volta.

Meu pai se vira e assente.

— Volta — diz ele. — A gente só não sabe quando.

Ele fecha a porta do escritório e a cozinha fica fria de repente, mais fria do que estava antes, e agora eu só quero encontrar a minha mãe e provar que ele está errado. Ela nunca me deixaria sozinha logo nessa semana.

Com mãos trêmulas, pego o celular e deixo minha memória muscular trabalhar sozinha, abrindo nossas mensagens, onde nada mudou, e o aplicativo de Busca.

Realmente, ele não encontra ninguém, só um mapa vazio de Nova York. Mas aí, uma coisa pisca: uma foto de uma mulher que se parece comigo, com cabelo ruivo e óculos escuros protegendo os olhos. A foto de perfil da minha mãe.

Aparece rápido, um alvo em movimento subindo a Madison Avenue, parando na Rua Setenta e Seis. Mas, tão rapidamente quanto apareceu, o ícone some. Nenhuma localização encontrada.

Eu abro o Google Maps, tentando lembrar o que é que tem naquela esquina. Seria possível que ela estivesse *aqui*, a poucas quadras de distância? Não em um paraíso distante, se esquecendo do Baile do Legado? De mim? Dou um zoom e, quando vejo o que há lá, sinto uma pontada de esperança no peito. O Trinity Hotel, o lugar favorito da minha mãe para um drinque ou uma massagem.

Antes que eu possa pensar muito, estou na porta de entrada de novo, enfiando os pés nas plataformas e pegando minha bolsa. Se eu calcular certo, estarei lá em quinze minutos e, com sorte, minha mãe também vai estar.

ISOBEL

— **Ah, meu Deus, não o Bartholomay's** — resmungo quando saímos do táxi na frente do Trinity Hotel. Sei andar pelo Upper East Side quase tão bem quanto pela minha área, Clinton Hill, mas eu não estava prestando atenção ao endereço que Skyler deu ao motorista, graças à mão boba de Lee no banco de trás.

Skyler e Lee acham que o Bartholomay's é o bar mais fabuloso de toda a Nova York, mas na realidade não passa de um local superestimado e antiquado conhecido por servir coquetéis de 25 dólares e ignorar nossas idades porque a família de Skyler é dona de um dos quartos de longa permanência onde os parentes dele se hospedam quando vêm para a cidade. Botar nossos pedidos na conta dos Hawkins nem sempre foi tão ruim, mas, desde Shelter Island, eu me incomodo com a ideia.

Skyler me ignora e Lee pega minha mão.

— Vem — diz ele. — Vai ser divertido.

Ele apoia dois dedos no meu queixo e sorri, o que é suficiente para eu ceder. Além do mais, sei que ele está certo. *Vai* ser divertido, e agora estou me coçando para algo mudar meu humor: uma bebida, uma agitação, qualquer coisa para transformar essa tarde em algo *divertido*. Ele segura a minha mão e eu o deixo me puxar para dentro do saguão do hotel, passando pelos hóspedes com bagagens da Louis Vuitton e dezenas de bolsas de vestidos. Ninguém nos impede quando entramos no bar, escuro e luxuoso, com mogno e papel de parede grosso pintado. Ninguém pisca quando Skyler se senta em um compartimento e balança os dedos para o garçom, que vem imediatamente.

Ele pede martinis, e assim que as taças geladas chegam, minha adrenalina entra em ação, e a promessa daquele dia chato e abafado virar uma *noitada* toma conta. Bebo um gole grande, sinto o líquido frio e meio salgado descer pela garganta e deixo a sensação familiar se espalhar por mim. A que me diz para *continuar, não parar, mais, mais, mais*. É como se houvesse uma chama dentro de mim e bastasse um gole, um comprimido, um *algo qualquer* para me incendiar.

É a mesma vontade, a mesma fome ardente e intensa que me mantém caçando a melhor festa, a noitada mais tarde, a maior diversão que uma pessoa já teve na vida. Eu sempre fui assim, mesmo quando era pequena, constantemente procurando um poder maior, um momento melhor. E muitas vezes isso veio na forma de alterar a minha realidade e explorar todas as possibilidades.

Às vezes, eu queria ser capaz de me conter como Bernie faz, ter um pouco mais de controle. Mas aí eu não teria as histórias, a *vida*. Claro, às vezes essas histórias acabam com poucas lembranças e alguns momentos com a cara na privada.

Mas é melhor do que agir como se cada decisão pudesse deflagrar uma sequência de eventos capazes de alterar o rumo da minha vida para pior. Ser Bernie deve ser exaustivo. Eu só quero um pouco de aventura, e com certeza não encontrei isso no almoço do Legado.

Tomo o resto do martini e me inclino na direção de Lee, para sentir o calor dele. Meu namorado passa um braço em volta de mim e ri de alguma história que Skyler está contando. Mas, de repente, Skyler para de falar e olha diretamente para mim.

— Quer outro, Is?

Lee se vira para mim, curioso.

Chuto Skyler por baixo da mesa, mas ele não se toca.

— Eu estou bem. — Pego meu copo, mas percebo que está vazio.

— Nós fizemos uma festinha no almoço. — Skyler cutuca a lateral de Lee, mas meu namorado franze a testa.

É verdade que Lee não se importa com o fato de eu saber exatamente onde fica a medicação para a ansiedade diagnosticada do meu pai que ele perdeu por aí, — remédios antigos que esqueceu escondidos em cômodas —, e com o fato de que podemos apreciá-la juntos, só nós. Mas sempre que Skyler se envolve e começa a me oferecer algo, Lee fica menos flexível. Que bom que ele não sabe que boa parte do meu fornecimento vem de Skyler… assim como desconhece o segredo que guardo para que isso continue.

— Eu estou bem — digo, apertando os dedos no copo.

Skyler semicerra os olhos.

— Mentirosa — diz. Mas, em vez de insistir, ele se levanta abruptamente e derruba meu copo. — Vou ao banheiro.

Ele sai do compartimento e anda na direção do corredor, mas não sem antes olhar todas as mulheres no bar, apesar de a maioria ter o dobro da nossa idade. Chego mais para longe no banco, de repente não querendo estar ali.

Há um silêncio constrangido agora, um que tem penetrado mais e mais na nossa dinâmica recentemente, quando estamos só Lee e eu, sem Skyler e Bernie ou os pais dele preenchendo os espaços. Nós *temos* coisas em comum: amigos, artes, festas, nossa química física. Mas às vezes, quando ficamos só nós dois, sozinhos, sem filtros, eu me pergunto se estaríamos juntos se não fossem nossos amigos. Tento pensar em algo para dizer, mas aí Lee se vira para mim.

— Você precisa tomar cuidado com as coisas do Legado esta semana.

Meu estômago se contrai e já sinto a desculpa subindo pela minha garganta. *Eu fico ansiosa.* E é verdade, embora eu não tenha um distúrbio diagnosticado como o meu pai. *Eu preciso aliviar as coisas.* Também é verdade. *Eu estava entediada.*

Mas não digo nenhuma dessas coisas e, em vez disso, dou pancadinhas no meu copo vazio.

— Vamos pedir outro? — peço.

— Tem certeza?

Como se eu não conhecesse meus limites. Mas a última coisa que quero agora é arrumar briga com Lee.

— Eu estou bem — digo. — Mas, se você quiser pular fora, talvez a gente possa ir pra sua casa? Ver um filme e tal?

Passo a mão na coxa dele, sabendo exatamente onde apertar para obter uma reação, mas Lee fica parado e faz que não.

— Eu prometi ao meu pai que ia olhar minha redação pra Yale com ele hoje.

— Ah, é? — digo, me animando. — Posso ir com você. Eu estava mesmo querendo falar com o Arti sobre…

Lee pigarreia para me interromper e por um segundo há outro momento desconfortável de silêncio entre nós.

— Desculpa — diz Lee. — Tenho que fazer isso sozinho com ele.

— Ah, sim — respondo, preocupada que o meu desespero para falar de trabalho com Arti seja óbvio demais. — Claro.

Ele olha o relógio.

— Merda, eu tenho que ir embora daqui a pouco. — Seu olhar se desvia para mim. — Já terminou sua inscrição? Meu pai disse que daria uma olhada. Que falaria com a escola de Artes Plásticas.

Um nó se forma na minha garganta quando assinto, a mentira inchando no meu cérebro. Alguns meses atrás, quando Lee e eu ainda estávamos no comecinho, ele quis que a gente prometesse que os dois se candidatariam cedo a Yale. Assim, eu poderia seguir os passos do pai dele no programa de Artes de lá, e ele poderia estudar Ciências Ambientais, como planejava. E estaríamos a poucas horas de Nova York.

Mas, apesar de ter sido onde Arti estudou *e* de ele ter dito que me ajudaria com meu portfólio, não tenho certeza se quero estudar em Yale. Nem se quero ir para a faculdade agora. Quanto mais penso no assunto, mais quero recomeçar… fazer uma pausa de um ano, longe de basicamente tudo com que cresci. Meu irmão, Marty, sugeriu um programa de um ano na Austrália, em que você ajuda crianças que passaram por traumas a se curarem por meio de desenhos. Eu até comecei a preencher um formulário. Mas não posso dizer isso para os meus pais, que estão obcecados pela ideia de eu tirar um diploma imediatamente. E não posso dizer isso para Lee, que está convencido de que os melhores anos da nossa vida nos aguardam juntos em New Haven.

— Estou quase acabando — digo.

Lee sorri, a inquietação que havia em seu rosto um minuto antes sumindo.

— Que bom. — Ele olha ao redor e se levanta. — Não diz pro Skyler que eu fui embora. Ele me mataria por pular fora cedo. — Ele se inclina e me beija antes que eu possa protestar. — A gente se vê amanhã.

— Espera... — digo, mas ele vai embora, e de repente estou sentada ali, muito ciente do fato de que vou ficar sozinha com Skyler, sentindo a necessidade de sumir o mais rápido possível. Mas, antes que eu possa seguir Lee porta afora, Skyler se senta de novo no banco.

— Pra onde o filho da puta foi?

— Pra casa. Eu também tenho que ir. — Faço que vou pegar a bolsa, mas Skyler segura meu pulso com mais força do que deveria.

— Mais uma bebida. Você não pode me deixar sozinho. — Ele faz uma pausa e ergue uma sobrancelha. — Ou prefere que eu chame meu outro amigo?

Eu tento soltar o pulso, mas Skyler não solta. O aperto é forte e os olhos lampejam com um aviso, um sinal de que ele ama ser meu *dono* desse jeito doentio e distorcido. Eu queria poder contar a verdade a Bernie, mas, mesmo que fizesse, não sei se ela acreditaria em mim. Há um risco de ela escolher acreditar em Skyler, principalmente depois do que falei para ela naquela noite. E não quero corrê-lo.

Agora, o sorrisinho dele é ameaçador, mas o martini bateu com mais força do que tenho intenção de admitir, então, quando o garçom aparece, eu deixo que Skyler peça outro enquanto solta meu braço. A segunda bebida torna mais fácil ignorá-lo e também o jeito como os olhos dele ficam descendo para os meus peitos, o jeito como ele lambe os lábios quando as clientes mais velhas passam de salto.

Mas quando ele para de falar e me dá uma cotovelada nas costelas, me fazendo derramar metade da bebida no macacão, eu volto ao presente.

— Qual é seu problema, porra? — eu me ouço dizendo com voz arrastada enquanto coloco um punhado de guardanapos no meu colo, torcendo para absorver o líquido.

Skyler aponta para a recepção.

— Ela não estava com enxaqueca?

Sigo o olhar dele e vejo Bernie e seu cabelo ruivo, conversando atentamente com a concierge, a testa franzida e os dedos segurando a bolsa.

Eu faço que sim. Mas por que ela mentiu?

TORI

Adoro o cheiro da lanchonete durante a agitação do jantar, de gordura de carne e batata frita, misturado com o odor doce e limpo de desinfetante Pledge de limão saindo de um spray.

Todos os funcionários se movem em uma coreografia rápida e graciosa que conheço desde os 13 anos, quando meu pai finalmente começou a me deixar colocar o avental branco e entregar cardápios plastificados presos com espirais de plástico. A Tasso's é o lugar mais aconchegante de toda a Nova York. Ao menos, para mim.

Há sereias pintadas nas paredes, ladrilhos verde-menta no chão, estofados azul-marinho feitos de couro que não racha. No começo, foi difícil voltar para cá depois que a minha mãe morreu. Eu a via em todos os cantos: prendendo lâmpadas novas, rindo com os clientes regulares, empurrando o carrinho de doces. Às vezes, eu achava que ela amava este lugar mais do que o meu pai, apesar de ter sido herança pelo lado da família *dele*. Ela sempre dizia que o restaurante a salvou, que apareceu na vida dela em uma época em que precisava muito.

Mas, depois que ela morreu, voltar para cá foi a única coisa que fez sentido, que me fez me lembrar da risada, do cheiro e do sorriso dela. Estar aqui agora me faz sentir como se ela estivesse comigo. Ao menos por um momento.

Eu me sento no bar com um prato de batata frita e churrasco grego e largo a bolsa no chão.

— Não te deram comida naquele almocinho chique? — Marina, a recepcionista que trabalha aqui desde que eu era criança, se curva sobre o bar e limpa algumas manchas de café e ketchup. Ela dá tchau para um casal por cima do meu ombro.

Passo uma batata por um bocado de tzatziki e a coloco na boca.

— Ah, mas nada era bom desse jeito.

Marina estala a língua e balança a cabeça, fazendo os cachos escuros com frizz balançarem em volta do rosto.

— Você é ridícula, sabia?

— Sabia.

Ela ri e olha por cima da porta simples de madeira que leva ao escritório do meu pai. Sem dúvida ele está lá, contando pela terceira vez o lucro do dia anterior, revisando pedidos de alimentos e turnos de trabalho.

— Ele está bem? — pergunto.

Marina faz uma leve careta.

— Me conta — digo.

Ela apoia os cotovelos no bar como se fosse dizer alguma coisa, mas volta para trás, como se tivesse mudado de ideia.

— Ah, vai. Eu aguento — insisto.

Mas Marina não vai me dizer o que está acontecendo. Ela me conhece desde que eu usava fralda e ainda me vê desse jeito. Principalmente desde que a minha mãe morreu. Ela tomou para si a tarefa de encher o nosso freezer horizontal com 45 tortas de espinafre congeladas e a mesma quantidade de tigelas de moussaka.

— Por que você não fala com ele, hein? — Marina indica a porta e sai do bar para ajudar um grupo de quatro idosos a encontrar uma mesa. Termino as batatas e levo o prato para ninguém se preocupar com isso, depois paro na porta do escritório do meu pai por um segundo antes de bater.

— Tori — diz ele lá de dentro. — Entra.

Eu giro a maçaneta e coloco o rosto dentro da sala.

— Como sabia que era eu?

— Você acha que eu não reconheço os passos da minha própria filha? — Ele balança a cabeça, que está curvada sobre a escrivaninha, a superfície coberta de blocos amarelos e um computador velho. Vejo uma espécie de planilha na tela. — Até parece — diz ele. — Marina mandou mensagem. Disse pra eu me preparar pro interrogatório.

Fecho a porta e me sento na poltrona de couro marrom em frente à mesa dele. Abro um sorriso, grata por esses momentos tranquilos, em que somos só nós dois. É uma coisa meio boba de se dizer, mas meu pai sempre foi meu melhor amigo. Ele costumava agendar uma Hora da Tori, em que passávamos um dia juntos enquanto a minha mãe assumia a lanchonete. Eram os melhores dias: sorvetes do Mister Softee, idas a Coney Island, visitas ao Socrates Sculpture Park, dias preguiçosos passados com jogos de tabuleiro na praia. Eu sempre contava tudo para o meu pai.

Até este ano.

Quando a indicação para o Clube do Legado chegou, ele primeiro achou que fosse uma notícia relacionada à minha bolsa. Mas quando contei que os seletos formandos de ensino do Clube eram membros vitalícios, ele ficou totalmente confuso.

— Parece o tipo de lugar em que os filhos de bilionários conseguem dedução de imposto. — Ele riu da própria não-piada e voltou a fazer ovos mexidos na cozinha, de costas para mim.

Fiquei em parte irritada por meu pai não parecer entender o peso que o convite carregava, mas uma outra parte de mim se sentiu vingada pelo fato de que ele *não* sabia nada sobre o funcionamento interno do Clube. De um jeito meio distorcido, isso me confirmou que era *mesmo* o tipo de coisa cuja importância só podia ser completamente entendida por quem estava inserido no meio. Meu pai não era uma dessas pessoas.

Mas talvez eu pudesse ser.

Depois disso, não conversamos muito mais sobre o Clube, mas não consegui deixar de lado a culpa que me corroía pela forma como recebi o convite; a sensação de que não merecia de fato acesso àquele prédio, àquela vida.

— Harold? — chama alguém do lado de fora. — A luz do banheiro queimou!

Meu pai balança a cabeça.

— Eu tenho que fazer tudo aqui — resmunga ele antes de sair para o corredor.

Abro um sorriso desanimado, mas, quando ele deixa o cômodo, olho com mais atenção para os papéis espalhados sobre a mesa. Há alguns modelos de cardápios novos e uns gráficos de mesas e cadeiras mostrando as mesas da rua. Mas, embaixo de tudo isso há papéis com um carimbo de letras vermelhas que embrulham meu estômago. Todos dizem ATRASADO.

Pego uma folha e tento decifrar as fileiras e fileiras de números, cada um aumentando mais e mais até cinco dígitos. Remexo mais para pegar outra, uma carta do banco Queens Savings dirigida a Harold Tasso. Quando começo a ler, meu estômago se embrulha.

Esta carta é um lembrete de que a data de pagamento da hipoteca é dia 1° de cada mês e que estará atrasada se for paga depois do dia 15 de todos os meses. Até o momento, não foi constatado o seu pagamento integral deste mês, e tampouco os dos últimos três meses. O valor total do seu atraso é de U$ 21.890.

Como o senhor sabe, a ausência de pagamento este mês resultará em inadimplência. Solicitamos que entre em contato...

Antes que eu possa continuar lendo, a porta se abre, meu pai entra e se senta na cadeira.

— Eu juro, esse pessoal... — Mas aí, ele me vê segurando a carta. — Ei, Tori. Coloca isso no lugar.

Faço que não.

— A gente vai perder...

Mas meu pai me interrompe com uma mão firme no meu ombro.

— Está tudo bem, Tori.

— Sei que as coisas estão apertadas desde que a mamãe morreu. Eu não sou criança.

Meu pai me olha intensamente.

— Eu sei que você não é criança.

— Então vê se me trata como adulta. Me conta qual é a seriedade da situação.

Meu pai tira os óculos e esfrega os olhos, e, por um segundo, acho que ele vai chorar. Quando ergue o olhar, vejo exaustão no rosto dele.

— Tori — diz ele de novo. — Nós vamos superar isso. O dinheiro está vindo, sabe. Os advogados prometeram. A qualquer momento.

Meus olhos ardem e minha garganta arranha. Ele não para de dizer isso, como se esses tais advogados fossem nos oferecer uma baita de uma bolada. Mas, conforme os dias foram se transformando em semanas e agora em meses, não consigo deixar de sentir que o pouquinho de esperança no meu coração é mais juvenil do que realista. Ainda assim... ainda assim, estou desesperada para acreditar nele, para que o dinheiro não seja um problema para nós.

Nem sempre foi assim. Não quando a minha mãe estava saudável, antes de cair da escada levando ingredientes para o porão da lanchonete e fraturar o quadril. A lesão não ameaçava a vida dela, foi só um acidente infeliz. Uma chatice enorme que a impediria de ficar em pé por meses. O médico do pronto-socorro disse que bastaria uma cirurgia e um pouco de fisioterapia durante a internação. Meu pai até fez um banquinho acolchoado especial para ela poder se sentar atrás do suporte de recepcionista na lanchonete durante a cicatrização.

Mas o médico a recebeu em um hospital lotado e com poucos funcionários, e durante a estada de uma semana, ninguém percebeu que ela havia contraído pneumonia. Minha mãe teve asma a vida toda, e apesar de meu pai ter dado um chilique, o hospital não fez muita coisa para ajudar. Os funcionários mal olharam para ela. A infecção se espalhou rapidamente, e, em duas semanas, ela estava no respirador mecânico, morrendo diante dos nossos olhos.

Era evitável. Um caso terrível de erro médico e negligência. Foi isso o que os advogados disseram quando fizeram contato conosco algumas semanas depois do enterro, depois que as travessas de carne e os charutos de folha de uva embrulhados à mão pararam de chegar à nossa porta. Dois caras de vinte e poucos anos de ternos escuros e cabelos brilhantes apareceram na nossa casa para dizer ao meu pai que nós tínhamos um caso contra o hospital, que podíamos processá-

-lo. Que receberíamos milhões de dólares de compensação. Eles entregaram cartões de visitas, e eu observei tudo da escada quando meu pai, curvado de choque, apertou a mão deles e assentiu.

Não demorou para os advogados se acertarem com o hospital para que o caso não tivesse um julgamento público prolongado, mas o dinheiro ainda não chegou. Ainda estamos esperando. Tentando pagar as contas médicas dela enquanto a realidade da sua morte mal foi absorvida.

— Tem meses — digo, a voz baixa. — Eles não podem dar uma previsão?

Meu pai engole em seco e passa a mão pela cabeça careca.

— Eu fico ligando e... — Ele levanta as mãos. — Nada.

— Talvez você deva processar os *advogados* — resmungo, meio brincando.

Espero que meu pai ria, mas ele só assente devagar, os braços cruzados sobre o peito.

— Eu não quero que você se preocupe, Tor — diz. — Vai ficar tudo bem.

Assinto, sabendo que ele está mentindo, que se não arrumarmos dinheiro rápido, podemos perder tudo pelo que minha família trabalhou.

E, para ser honesta, não é só isso. Perder a lanchonete seria como perder a minha mãe de novo.

— Principalmente agora que você é membro daquele Clube chique, né? — Ele dá tapinhas no meu braço como se estivesse orgulhoso. Como se *entendesse*, apesar de não entender. — Você vai ter um negócio um dia e nos tornar milionários. Mas, até lá, sempre teremos a Tasso's.

— Claro, pai.

Sua expressão se fecha um pouco, mas ele indica a porta.

— Por que você não ajuda o Nico com os sorvetes? As gorjetas hoje estão boas.

Eu me levanto e saio do escritório, fechando a porta suavemente atrás de mim, mas não antes de escutá-lo suspirar um pouco alto demais, a cadeira rangendo quando ele se recosta.

Mas ele não sabe que posso ajudar. Eu posso *fazer* alguma coisa. Eu posso ganhar aquele dinheiro.

Vinte e cinco mil dólares.

Uma quantia obscena de dinheiro para a maioria das pessoas no mundo, para todo mundo que eu conheço. Todo mundo, exceto o resto do pessoal do Clube do Legado. Os alunos que nem ergueram a sobrancelha quando a sra. Gellar mencionou o prêmio em dinheiro.

Seria mais do que suficiente para nos dar um alívio por alguns meses.

Eu enfio a mão na mochila, pego a pasta de couro pesada que recebi no final do almoço e a abro para olhar minha bolsa. *Artes e Letras*, a mesma que recebi três anos antes.

Seu trabalho é persuadir os doadores a custear a bolsa de Artes e Letras em seu nome, mostrando-os por que essa bolsa pode ajudar os necessitados a vivenciarem a educação incomparável que você recebeu em uma das escolas da Liga Intercolegial.

Ergo o rosto quando uma onda de percepção me atinge. Não tem ninguém que possa fazer isso melhor do que eu; não tem ninguém capaz de convencer esses babacas ricos melhor do que eu. Uma determinação se acomoda no meu âmago. Eu vou vencer.

DEPOIS DO BAILE

O saguão é gigantesco, está lotado de tule, smokings e batom manchado. Por todo o lado, há soluços sufocados, sussurros, o som de fofoca no ar, conforme os policiais levam os convidados um a um para salas menores para serem interrogados.

Ninguém sabe de verdade o que aconteceu, mas todo mundo está desesperado para descobrir, para revirar os eventos da noite, da semana, em busca de pistas ou desculpas.

Um grupo de alunas se reúne, as expressões de olhos arregalados escondidas atrás de cortinas de cabelo e unhas feitas.

— Ela merecia ganhar — exclama uma garota jovem para outra.

— Eu só não achei que ele iria tão longe — diz outra.

— Soltar aquela bomba aqui? Ela sabia que não devia.

Um garoto se aproxima do grupo.

— Vocês viram Tori? Tori Tasso?

A primeira garota balança a cabeça.

— Não. — O rosto dela fica pálido. — Espera, foi ela?

Uma nota de esperança pontua suas palavras, perceptível apenas para os que também a sentem, que sabem que se a pessoa falecida fosse alguém cuja presença tinha sinalizado uma mudança, que fosse nova e incomum, e por isso uma forasteira, talvez a notícia da morte pudesse não ser uma tragédia e sim um alívio. Ninguém ali ousa perturbar a atmosfera, a tradição, a transferência pacífica de poder geracional. Mas Tori... bem, Tori perturbou.

A garota estica o pescoço para olhar por cima da multidão na direção do fundo do salão, onde ninguém tenta se aventurar. Lá, janelões vão do chão de mármore ao teto, iluminando um jardim abaixo.

Mas, naquele jardim, por aquelas janelas espetacularmente brilhantes, daria para ver o pátio, onde poças de sangue mancharam pedras e estilhaços de vidro, onde canteiros de flores foram esmagados e pisoteados, onde um corpo caiu depois de ser jogado do telhado.

BERNIE

— **Tem certeza de que não a viu?** — Uma das mãos se apoia na recepção com firmeza enquanto a outra continua segurando o celular, a tela acesa, esperando o ícone da minha mãe aparecer de novo.

Mas a recepcionista faz que não.

— Me desculpa, não vi.

— Tem certeza? Cabelo ruivo comprido, tipo o meu? Ela vem sempre aqui, normalmente para o spa.

A mulher repuxa os lábios.

— Sinto muito, mas ninguém se registrou aqui com esse nome.

— Você não pode perguntar de novo? — Meu coração está batendo muito rápido e eu me sinto frenética, como se ele fosse pular do peito. Essa é minha única pista, a única indicação de que a minha mãe ainda está em algum lugar da cidade, de que ela pode voltar a tempo de algum dos eventos dessa semana.

A mulher balança a cabeça de novo.

— Sinto muitíssimo, srta. Kaplan. Talvez você tenha se enganado.

Um nó se forma na minha garganta, mas mordo a bochecha por dentro para impedir que as lágrimas venham. Se a minha mãe estivesse aqui, ela me mandaria empertigar os ombros e erguer o queixo. Projetar confiança mesmo que não haja nenhuma. Eu relaxo minha expressão.

— É verdade — digo. — Obrigada.

Eu me viro e deixo meu rosto se transformar de novo quando dou alguns passos na direção da porta, puxando a jaqueta sobre o tronco. Mas quando olho para o Bartholomay's, onde passei noites demais com Skyler, dou de cara com ele e Isobel me olhando.

Merda.

Os dois parecem perplexos, e tenho aquela sensação corrosiva no estômago que vem se repetindo desde o dia seguinte à festa em Shelter Island. Sinto um aperto no peito ao pensar naquela noite.

Eu não tinha planejado sair, mas quando Skyler me mandou uma mensagem suplicando para me juntar a ele na casa de Lee, eu pensei: "Que se dane, por que não?" Era só um Uber rápido depois da balsa, e eu estava entediada em casa porque minha mãe tinha saído para um jantar de arrecadação no Parish Museum.

Mas quando olhei o grupo de mensagens da Excelsior, vi que uma pessoa tinha postado fotos de Isobel de biquíni bebendo de um barril de cerveja enquanto plantava bananeira sobre ele. Foi só então que percebi que Lee estava dando uma festona com tudo o que tinha direito. Enquanto meu carro se aproximava do estuário de Long Island, de repente me percebi sem ar. Isobel tinha me dito que estava em casa, no Brooklyn, mas na verdade estava *ali*, pagando mico e me fazendo pagar mico junto.

Algo dentro de mim endureceu, e quando cheguei à festa, entrei e vi Isobel deitada não só no colo de Lee, mas no de Skyler também, o ciúme cresceu em mim. Os três pareciam o trio perfeito, rindo de algo hilário, bebendo shots e derramando bebida uns nos outros com Isobel com os braços passados nos pescoços dos dois.

A fúria começou a aumentar, até que me vi andando até eles e puxando Isobel de cima de Skyler.

— Bernie! — gritou ela. — Você veio!

— Até parece que você se importa — falei, as palavras afiadas na minha língua.

Isobel oscilou ao ficar de pé.

— Alguém andou puxando seus pentelhos, por acaso? — perguntou ela, rindo.

Meu rosto ficou quente e tive tanta raiva que minha visão ficou borrada. Como é que ela não entendia como era humilhante chegar e encontrá-la jogada em cima do Skyler? Não ter sido convidada por ela?

Isobel veio andando na minha direção, mas recuei na hora que ela tentou me abraçar.

— Sai — falei, e ela caiu no chão, os joelhos batendo com um ruído nauseante na ardósia dura.

— Porra, Bernie. — Isobel se levantou com dificuldade e agora já havia um grupo reunido em volta de nós, Lee e Skyler cochichando um para o outro. — Eu só estava tentando te dar um abraço.

Um desejo de impedir que isso virasse uma *torta de climão* me fez ajudar Isobel a se levantar. Quando cheguei perto, sussurrei no ouvido dela:

— Você mentiu. Você me disse que estava em casa.

Era mais fácil dizer que eu estava com raiva por causa *disso* do que pelo real motivo, que Isobel tinha colaborado para tornar real o meu maior medo: que Skyler logo perceberia que eu não era uma companhia divertida ou empolgante o suficiente, que toda a nossa história familiar e as vidas entrelaçadas não seriam o bastante para que permanecesse comigo, uma pessoa desesperada para manter as aparências mesmo quando mais ninguém na minha vida parecia se importar.

Isobel riu.

— Sério, Bern? Esta festa não era segredo. — A voz dela se espalhou pela noite e as pessoas se viraram para olhar, inclinando-se em nossa direção.

— Para com isso — falei, piscando para segurar as lágrimas. — Não seja assim.

— Assim como? — disse ela, rindo. — Divertida? Você devia experimentar!

— Você está agindo como uma idiota escrota — falei alto o suficiente para todo mundo ouvir. Os olhos bêbados de Isobel piscaram em choque e se fixaram em mim, no meu rosto, apesar de ela estar oscilando e da alça de seu biquíni escorregar pelo seu ombro. — Você devia se envergonhar.

— Eu? — Isobel riu, recuperando a postura. — É você quem devia se envergonhar. Aparecendo aqui do nada e gritando comigo por sei lá que motivo. Só porque não me dignei a te informar de cada detalhe da festa? Vê se cresce. — Ela fez uma pausa para terminar o que havia no copo. — Você acha que é a última Coca-Cola do deserto, que é *tão* melhor do que todo mundo.

Dei um passo para trás, com calor subindo pelo peito. Isobel nunca tinha falado comigo assim.

— Vai se foder — sussurrei.

Isobel veio na minha direção, os punhos fechados ao lado do corpo. Ela estava muito bêbada, mas alerta, o que tornou tudo o que disse em seguida pior, porque eu sabia de sua sinceridade.

— Você acha mesmo que qualquer um aqui seria seu amigo se você não fosse *a* Bernie Kaplan?

Lee se aproximou nessa hora e colocou a mão no braço dela.

— Para, Is. Você não está falando sério.

Isobel parou e levou a mão à boca, arregalando os olhos.

— Merda — disse ela, e eu soube que estava prestes a pedir desculpas. Mas eu não esperaria para ouvir. Não depois que ela anunciou meus piores medos em voz alta, para todo mundo ouvir.

Procurei por Skyler em meio à multidão que tinha se juntado e o vi vindo na minha direção, uma expressão atordoada no rosto. Mas ele chegou um momento tarde demais, e eu já tinha corrido com lágrimas descendo pelo rosto para a rua, onde ainda estava meu Uber, que pude pegar de volta para casa. Quando olhei pela janela, vi Skyler correndo até o carro e, assim que seguimos pela rua, recebi umas dez mensagens dele, desculpando-se e oferecendo-se para ir me encontrar. Isobel não fez contato. Só no dia seguinte, quando ela me perguntou se podia ir **à** minha casa pedir desculpas.

Ela botou culpa no álcool com Xanax e admitiu que às vezes achava que eu a odiava, que ela quis me magoar naquele momento. Ela disse que não acreditava nas coisas que falou, que se arrependia completamente delas.

Demorou algumas semanas para nos reaproximarmos, para nosso vínculo se curar um pouco. Mas a casca da ferida ainda está lá, ameaçando deixar cicatriz, e nós duas sabemos que não podemos voltar a como as coisas eram antes daquela noite, não podemos nem falar sobre o que ela me disse. Às vezes, quando a vejo sozinha com Skyler, ou na farra com Lee, fico com medo de ela estar certa. De que ninguém ia querer ser meu amigo se eu não fosse *eu*.

Mas agora Skyler é o primeiro a pular da mesa, e ele vem na minha direção, o rosto passando de surpresa a prazer. É suficiente para acalmar meus nervos, para me convencer de que ele está genuinamente feliz por me ver, de que sabe que eu sei ser divertida, como Isobel. Mas, quando o espaço entre nós vai diminuindo, percebo que vou ter que mentir sobre o motivo de eu estar aqui, sobre o que vim procurar.

— Gata — diz ele, passando os braços pela minha cintura. — Está melhor?

— *Muito* melhor.

— Como você sabia que a gente estava aqui?

— Um passarinho me contou — digo, cheia de mistério.

O sorriso de Skyler aumenta, acreditando em sei lá o que ele acha que aquilo significa, e ele aperta mais minha cintura e encosta o queixo no meu pescoço. Sinto os olhares se virarem para nós, para observar a cena. Algumas pessoas talvez nos reconheçam, talvez saibam quem são nossos pais. Mas são os outros que me intrigam, os que nos olham de soslaio e entendem que, quem quer que sejamos, somos importantes, relevantes.

É por causa do jeito como nossos pais nos ensinaram a nos portar, a nos vestir, a falar. Isto foi martelado em nossas cabeças desde que éramos crianças: como inclinar o queixo para cima de leve e andar com postura ereta e fazer contato visual. A omitir *tipo* e *hum* do nosso vocabulário e ter percepção corporal em cada aposento que entramos. Tudo isso ajuda a demonstrar sofisticação, postura, a ideia de que somos dignos de estar entre a elite de Nova York um dia. De que já estamos.

Em momentos assim, meu coração incha com o peso de *ser* Bernie Kaplan. É quase como se a minha vida estivesse predestinada; como se, quando estávamos no útero das nossas mães, os pais de Skyler e os meus tivessem decidido que nós ficaríamos juntos, que nossas vidas convergiriam e explodiriam em uma parceria dinâmica com a intenção de solidificar a lealdade das nossas famílias uma com a outra por gerações.

— Vem — diz Skyler, me levando para o compartimento onde Isobel acena com avidez.

Eu me sento no banco e fico entre os dois, como já fiquei tantas vezes. Isso *deveria* ser natural, como se não houvesse nenhum lugar onde eu preferisse estar que não fosse entre minha melhor amiga e o meu namorado, mas parece errado. Afasto o sentimento, sabendo que é só porque estou escondendo uma coisa deles.

Só pode ser isso.

Isobel apoia a mão no meu braço.

— Estou *tão* feliz que você veio — diz ela, se aconchegando em mim. — Lee acabou de ir embora e o dia estava *morto*. — As palavras dela saem arrastadas, como se estivessem molhadas, e por um segundo fico grata de ela não desconfiar de nada sobre a minha mãe e sobre o motivo de eu estar ali. — Mas agora você chegou! Tudo está dando certo. — Ela levanta o copo e me abraça com força. Eu me inclino para ela e deixo que me envolva.

Um copo com uma coisa amarela e enfeitado com uma laranja é colocado na minha frente, e eu tomo um gole com cuidado, devagar, sentindo a bebida bater no meu cérebro em um instante. Meus pulmões estão em chamas e tudo no meu corpo me manda empurrar a bebida para longe. Mas Skyler aperta meu joelho embaixo da mesa, e eu decido tomar um drink. Só um.

— Faz um brinde, Bernie — diz Skyler, o polegar roçando minha pele.

— Isso, isso — diz Isobel, pulando no banco.

Eu faço uma pausa, pensando no que dizer para aqueles dois, as pessoas mais próximas de mim no mundo.

— Bom — começo, segurando o copo no ar. — A... nós e ao que acontecer esta semana. Ao nosso futuro no Clube.

— Amém — diz Skyler, e vira o que tem no copo dele.

Isobel faz o mesmo, e eu fico olhando para a entrada, torcendo para que a qualquer minuto a minha mãe entre pela porta giratória com um gritinho e um abraço, me dizendo que as últimas 24 horas não passaram de uma pegadinha elaborada.

Mas ela não chega. E Isobel e Skyler não reparam em nada de estranho. Então eu continuo bebendo, e apesar de o gosto ser de veneno e eu já conseguir sentir meu controle diminuindo, continuo por ali quando Isobel pede ao garçom:

— Outro!

ISOBEL

TRÊS DIAS ANTES DO BAILE

Acordo com a garganta arranhando e uma dor de cabeça latejante que parece prestes a partir meu cérebro no meio. Meus olhos se abrem e só vejo rosa. Tons rosados familiares cobrindo tudo à minha frente. Por um segundo, me pergunto onde estou, mas aí rolo para o lado e percebo que estou na cama da Bernie, com o edredom bonito e clarinho protegendo meu olhar do sol matinal entrando pela janela.

— Argh — resmungo, e jogo o braço para o lado, esperando encontrá-la ali, mas a cama está vazia e eu só encosto na cobertura de penas do colchão.

Estico a mão para pegar o celular e o encontro escondido embaixo do travesseiro, a bateria em cinco por cento. O relógio diz 10h.

Merda.

Bernie deve estar acordada há horas, pois ela tem a habilidade especial de se levantar às 7h todos os dias sem alarme, e é provável que me julgue por dormir até tarde e estar com uma baita ressaca. Mas, quando a noite anterior volta à minha memória, eu lembro que *ela* estava lá conosco, acompanhando cada bebida. Estava mesmo? Eu me lembro dela ter feito um brinde. Tão atípico de Bernie. Tão livre. Foi quase bizarro.

Bernie bate com os dedos na moldura da porta.

— Ah, que bom. Você acordou.

— Mais ou menos — resmungo. Mas, quando olho para Bernie, fico grata de ver que, apesar de caminhar pelo quarto com uma caneca de café, ela ainda está com o pijama de bolinhas, o cabelo ruivo amarrado em um coque frouxo, com adesivos para desinchar a pele colados sob os olhos.

Bernie ri e joga para mim uma garrafa de água com eletrólitos, que bebo enquanto me sento na cama.

— Por favor, diz que a sua mãe montou um café completo — comento, desejando de repente um bagel com cebolinha e *cream cheese*.

Bernie parece se incomodar e dá as costas para mim, tira a blusa do pijama e coloca um sutiã, prendendo o gancho nas costas.

— Ela está se sentindo melhor? — pergunto.

— Ela está no Trinity — diz Bernie. — Não queria que mais ninguém ficasse doente antes do Baile. Por isso eu fui lá ontem, pra levar umas coisas que ela esqueceu.

— Ah.

Na maioria das vezes em que durmo na casa de Bernie, a mãe dela fica trabalhando na cozinha, se preparando para nos receber com uma jarra de suco de laranja fresquinho e um prato de bagels servidos com salmão defumado e peixe branco. Ela raramente conversa comigo, mas adora passar horas enchendo Bernie de perguntas sobre a noite anterior: quem ficou com quem e quais restaurantes novos eram considerados legais. Ela teria amado saber da festa em Shelter Island se o drama *não* tivesse sido com a filha dela. Fiquei muito grata quando Bernie disse que não contou para ela.

Ver Esther com Bernie sempre me deixou com um pouco de inveja, porque a minha mãe raramente se interessa pelos aspectos sociais da vida. Ela passa a maior parte do tempo trabalhando como editora-chefe da *Glam*, a maior revista feminina do país.

Ela não entende que ninguém da minha geração se interessa por revistas, mas isso não a impede de tentar minar meu cérebro em busca de ideias de como transformar aquelas matérias longas em TikToks virais. Os pais da minha mãe são do México, e isso a tornou a primeira mulher não branca a comandar a *Glam* na história de cem anos da revista, uma coisa que até eu consigo entender que é importante pra cacete. Desde que minha mãe assumiu, ela apareceu *em toda parte*, falando de moda, política e questões femininas na televisão, em painéis e em tapetes vermelhos.

— Então sua mãe não vai à prova? — Não consigo evitar a surpresa na minha voz. Tradicionalmente, todas as indicadas do sexo feminino fazem as roupas no único ateliê previamente aprovado, o Vestidos Customizados da Madame Trillian, que por acaso fica no mesmo quarteirão do Clube. Os indicadores pagam pelos trajes, que são feitos sob medida pela Madame Trillian e equipe. Nós temos uma prova final hoje, na qual o comitê indicador dá a aprovação definitiva. Todo o evento é extremamente formal e antiquado, mas é basicamente a única coisa sobre a qual Esther falou nas últimas semanas.

Bernie faz um ruído debochado.

— E deixar todo o comitê de indicação *e* metade dos indicados doente? De jeito nenhum.

Termino de beber o resto do conteúdo da garrafa de água e limpo a boca com as costas da mão. Olho para baixo e vejo que estou usando uma das camisetas velhas de hóquei na grama da Excelsior de Bernie, surrada e macia de tanto ter sido lavada. Meu macacão está jogado no chão, e percebo que não planejei dormir ali e não tenho nada para vestir.

Bernie lê minha mente e joga para mim uma túnica de linho larga da qual ela sabe que eu gosto.

— Isso vai ficar bom com os sapatos que você usou ontem — diz ela.

— Obrigada.

O tecido é macio nas minhas mãos, e sei que deveria ficar agradecida por Bernie sempre pensar em tudo, por sempre ter um plano. Mas, mesmo quando está sendo gentil, não consigo deixar de sentir que ela gosta de quando faço besteira, pois isso faz com que ela pareça superior. Bernie controlaria a minha vida se eu deixasse.

— Que horas nós temos que estar na prova? — pergunto, colocando meu celular para carregar ao lado da cama dela.

— Em uma hora e meia — diz ela. — Mas, sem querer ofender, você devia tomar um banho.

Eu jogo um travesseiro nela.

— Você não acha que a *famosa* costureira Madame Trillian vai gostar do meu novo perfume, *eau de champagne*? — Eu expiro meu bafo de dragão em cima dela, e Bernie ri antes de ter ânsia de vômito

— Madame Trillian talvez, mas a sra. Shalcross e o comitê de indicação não.

Bernie se olha no espelho, tira os adesivos de debaixo dos olhos e ajeita as sobrancelhas com os dedos mindinhos. Ela parece preocupada por um momento, abalada.

— Sua mãe vai?

Olho para o celular, me perguntando se devia ligar para ela para perguntar. Esther nos disse algumas semanas antes que era costumeiro as mães irem à última prova de trajes, e a minha mãe pareceu descartar completamente a ideia. Mas, quando olho para a tela, vejo que o assistente dela me mandou uma mensagem: Sua mãe vai chegar na Madame Trillian às 11h45. Ela vai ter que sair de lá no máximo às 12h15 para um almoço no centro.

— Thad disse que ela vai.

— Abençoado Thad.

Esfrego os olhos com a parte de trás das mãos e prometo enfiar o rosto na água gelada assim que for para o banheiro. E tomar dois Advil. Talvez um pouquinho de Vicodin se eu conseguir encontrar um de quando Skyler me deu na última vez que todos saímos para comer sushi.

— Sua mãe te deu algum conselho? — pergunto. — Palavras de sabedoria pra passar por isso?

A boca de Bernie se curva em uma careta e ela faz que não.

— Só o que ela sempre fala.

E, juntas, dizemos ao mesmo tempo:

— Seja você mesma, porque mais ninguém pode ser.

Talvez seja meu estado de ressaca, mas uma bolha de calor se espalha no meu peito quando me deito nos travesseiros macios de Bernie. Apesar dos últimos meses, da nossa briga e da nossa reaproximação, Bernie é a melhor amiga que já tive, que provavelmente *terei*. Mesmo ela me deixando louca com seu perfeccionismo, com sua necessidade de controlar tudo, ela sempre cuida de mim do jeitinho dela.

Eu abro a boca, meu coração subindo na garganta. *Agora. Agora é a hora de contar pra ela.* Seria tão fácil… admitir o que aconteceu naquela festa e continua acontecendo desde então. Ela entenderia por que guardei segredo. Não entenderia? Mas, assim que sinto as palavras na boca, que penso no som delas, sei que não posso. Claro que não posso. Além de Skyler parar de me fornecer, se Bernie descobrisse que eu menti esse tempo todo, não sei se ela me perdoaria. Principalmente depois que anunciei todas as piores desconfianças dela: as que ela admite tarde da noite, quando estamos só nós duas na escuridão do seu quarto, as feições visíveis apenas no luar. Falei aquelas coisas para magoá-la, não porque as achava mesmo. Não de verdade. Não sempre.

Mas nós quase não nos recuperamos daquela traição. E, se eu abrir o jogo agora, não sei se algum dia nos recuperaríamos.

TORI

> Desculpa, mas você está me dizendo que experimentar vestidos cheios de babados é mais divertido do que isso?

Uma foto de uma garota japonesa bonita com um sorriso rosado largo e cabelo escuro comprido, segurando um garfo com um pedaço de waffle, aparece no meu celular. Ela sorri para a câmera, um braço passado nos ombros do meu pai em nosso banco estofado favorito na Tasso's. O esmalte verde cintilante dela combina com o cardápio na mesa. Quando dou zoom, vejo o alto da cabeça do meu irmãozinho, George, aparecendo na lateral da foto, sem dúvida com um prato de bacon crocante e ovos estrelados na frente. Ver Joss com a minha família me dá uma sensação de calma e segurança, um pequeno lembrete de quem eu sou fora da Excelsior, em casa. Mordo o lábio e sorrio para a foto, desejando estar ao lado dela.

Você sabe que não tem outro lugar em que eu preferia estar, escrevo para Joss, junto com um emoji emburrado. *Mas a beleza chama, gata*. Tiro uma selfie enquanto subo a escada do metrô, saindo no Upper East Side, a um quarteirão da sede do Clube do Legado.

Enfio o celular de volta no bolso e tento não pensar muito no que estou perdendo com Joss e minha família. Tivemos incontáveis manhãs como essa, em que nós ocupamos a mesa na lanchonete com nossos fichários e livros, estudando e brincando enquanto passávamos pratos de rabanada e batata frita do tamanho das nossas cabeças.

Joss não estuda na Excelsior, mas nós nos conhecemos no quarto ano do Fundamental, quando fomos colocadas na mesma turma da escola que fica pertinho da minha casa e da dela. Somos inseparáveis desde aquela época.

Ela foi a única da minha antiga escola que não me tratou diferente quando comecei a estudar na Excelsior no nono ano. Os outros começaram a fofocar pelas minhas costas, dizendo que eu me achava boa demais para eles, apesar de eu estar desesperada para manter a normalidade quando a minha vida toda pareceu mudar da noite para o dia. Joss disse que os demais alunos da nossa turma ficaram com inveja — e que ela também estava, do jeito dela —, mas que torcer por mim e querer mudar sua própria vida não eram atividades necessariamente excludentes. Foi só algumas semanas depois do início do nono ano que nosso relacionamento passou de amizade para algo mais, dois meses antes de eu admitir que a amava.

Continua sendo assim, agora mais do que nunca, mesmo que ela ache que waffles são mais importantes do que a prova de vestido do Baile do Legado.

Sigo as instruções para chegar na costureira que decorei na primeira vez que vim aqui, quando Madame Trillian tirou minhas medidas algumas semanas atrás. Quando chego à loja, com vitrines do chão ao teto e manequins expostas, meu peito se aperta.

Ir a um almoço com todos os outros indicados é uma coisa, mas ir à prova final do vestido, bom, tem mais cara de "concurso de beleza" do que me acho capaz de aguentar.

Ainda bem que Madame Trillian me ajudou a escolher um tecido que parecia ter a *minha* cara: simples, liso e escuro. Estico a mão para abrir a maçaneta, mas um segurança usando um comunicador preto no ouvido se adianta e me chama para entrar com a mão enluvada de branco.

— Por aqui, srta. Tasso.

Eu fico vermelha e entro na loja, que é um ateliê da região há décadas. Durante a minha primeira ida, a costureira me contou que Michelle Obama mandou fazer um vestido lá uma vez. Ao que parece, é *o* ateliê do Baile do Legado desde os anos 1970, e na sala dos fundos há desenhos de vestidos antigos na parede.

Na entrada, há manequins usando vestidos longos majestosos com mangas transparentes, lantejoulas e corseletes de seda feitos à mão. Eles cintilam quando a luz os atinge de ângulos diferentes, e prendo o ar quando vou até a porta dos fundos, que leva a uma sala de provas enorme.

Diferentemente do tipo de orientação que suponho que gente como Bernie receba sobre o Baile, eu não tinha ideia de que as roupas eram *tão* importantes. Mas quando minha indicação chegou, veio acompanhada de uma carta que mandava eu me apresentar para minha primeira medição ali e só ali, onde meu traje para o evento seria feito à mão de acordo com minhas especificações e pago pela pessoa que me indicou. Eu só precisava aparecer, ficar parada e não ser espetada pelos alfinetes. Mais fácil falar do que fazer.

As primeiras provas não foram tão ruins, porque fomos só eu e Madame Trillian, mas ela me avisou que a prova final seria um banho de sangue. Oficialmente, as coisas são assim para que o comitê de indicação possa aprovar todos os vestidos e as costureiras façam as alterações finais antes de sábado, mas, extraoficialmente, disse Madame Trillian, é para que nós, indicadas, possamos avaliar umas às outras e falar todas as merdas superficiais antes que o evento aconteça.

Empurro a porta e entro em um salão enorme, coberto de espelhos que refletem quase trinta de minhas colegas em vários estágios de nudez, com tecidos lindos e delicados ao redor enquanto embalagens plásticas que guardavam cintas e etiquetas de sutiãs sem alça caem no chão. Os desenhos emoldurados ficam quase obscurecidos pelo brilho da luz matinal.

O grupo é quase todo composto de garotas cis, embora a sra. Shalcross tenha me dito rapidamente que eu não era a única garota *queer* presente e que duas pessoas não-binárias também foram indicadas, e que era muito *empolgante* para o Clube poder receber pessoas de experiências tão diversas.

Tive vontade de rir na cara dela, mas parte de mim apreciou o esforço. Agora, no entanto, ao olhar ao redor, nunca me senti tão deslocada, e sei que não tem nada a ver com a minha sexualidade.

Porque tem uma coisa aqui que eu não esperava, e essa coisa é uma horda de mães.

Ao meu redor, vejo mães com suas proles, passando mãos por pontas de cabelo, dobrando camisetas e tirando sapatos de caixas com papel de seda dentro.

Uma dor intensa penetra no meu peito e seguro minha bolsa ao lado do corpo, sentindo um par de sapatos chiques apertar meu quadril.

— Tori! — Madame Trillian se aproxima e me beija nas duas bochechas. —Ah, que bom que você chegou. Eu estava *doida* pra te ver com o vestido. Vem comigo.

Ela segura a minha mão e me leva para um canto mais tranquilo do salão, onde há um espaço vazio perto dos espelhos. Mas aí ela desaparece descendo uma escada, e fico sozinha nessa agitação frenética de membros e alfinetes e tecido.

Olho para a esquerda e meu estômago despenca ao ver Bernie Kaplan sentada ereta em um pufe de veludo, vestindo uma blusa de seda branca e uma calça castanha. O cabelo é comprido e leve e está preso por uma faixa de seda. Ela observa seu telefone, lendo atentamente algo na tela. Mas quando percebo que está sozinha, sem a mãe como eu, sinto uma onda de alívio. De repente, Bernie ergue o olhar, sobressaltada de me ver, e um sorriso caloroso se forma no rosto dela.

— Tori — diz ela, e tenho certeza de que é a primeira vez que a escuto dizer meu nome. — Parabéns pela indicação.

— Obrigada.

— Estávamos todos curiosos pra saber quem era o sexto indicado.

Minhas bochechas ficam vermelhas enquanto me pergunto se isso foi um ato falho.

— É tão legal você estar aqui. Muito emocionante.

Eu não tenho ideia de como responder a isso de uma forma que não me faça parecer tão surpresa quanto ela. Então só pergunto:

— Que cor você escolheu?

Ela olha ao redor, vendo todos os lilases e magentas.

— Verde-esmeralda. E você?

— Azul-marinho — digo. — Madame Trillian achou que ficaria bem com meu tom de pele, e eu respondi: "Claro, desde que não seja rosa".

A boca de Bernie se curva com desagrado.

— Eu adoro rosa — diz.

Merda.

Tento uma tática diferente.

— Qual é a sua bolsa? — pergunto.

— Artes e Letras.

Meu coração despenca ao perceber que vou ter que competir com a maldita Bernie Kaplan no mesmo tópico.

— Ah, eu também.

Ela inclina a cabeça.

— Você já começou a trabalhar na sua apresentação? — pergunta.

Eu poderia mentir e dizer que não, que não passei a noite anterior escrevendo um rascunho e o revisando até finalmente ter algo promissor o suficiente para mostrar a Joss, que é editora-chefe do jornal da escola dela e disse que leria para mim. Mas falo a verdade.

— Já. Vai ficar ótima.

Bernie arqueia a sobrancelha de um jeito brincalhão.

— Eu amo um pouco de competição.

Antes que eu possa responder, Madame Trillian se aproxima com um vestido coberto passado pelos dois braços.

— Acho que você vai adorar, querida. Rápido. Se troca.

Faço o que ela pede, tentando esconder o corpo o máximo que posso, porque, embora eu não seja pudica, a ideia de tanta gente me vendo quase nua é mortificante.

Madame Trillian abre a capa e tira duas alças azuis finas segurando um vestido estreito e sedoso que tem um formato que não consigo identificar. Ela o abre nas costas e o segura para que eu entre nele. Depois, vai para trás de mim, puxa o vestido e prende as laterais. Enquanto fecha o zíper, não consigo me obrigar a me olhar no espelho, ainda não. Só quando ela ajeita o tecido nos meus quadris e dá um passo para trás, fazendo um sonzinho satisfeito, que abro os olhos e vejo algo chocante olhando para mim no espelho.

O vestido é majestoso em azul-escuro, com um decote quadrado simples e alcinhas elegantes que sobem pelos meus ombros e se encontram entre minhas clavículas. Envolve meus quadris, mas não é apertado demais, e cai em dobras perfeitas pela frente, balançando quando movo meu corpo de um lado para o outro. É simples e deslumbrante, uma coisa que eu teria escolhido para mim se pudesse pagar.

Ao vesti-lo agora, sinto como se tivessem me oferecido uma armadura... ou um disfarce excelente.

Talvez seja *isso* o que vai me ajudar a sentir como se eu pertencesse de fato a este lugar.

— É perfeito, não é? — diz Madame Trillian, unindo as mãos à frente do peito. — Sua mãe ia *adorar*.

Viro a cabeça rapidamente. Não contei para ela nada sobre a minha mãe, mas, com base na forma como está me olhando agora, é óbvio que alguém do comitê contou. Aposto que aquela fofoqueira da sra. Shalcross garantiu que todos estivessem cientes do falecimento precoce da minha mãe.

Eu balanço o cabelo nos ombros e pisco algumas vezes, tentando impedir que meus olhos fiquem úmidos.

— Obrigada — digo baixinho.

— Madame! — alguém chama. — Temos uma emergên-
cia de corselete!

Ela balança a cabeça e se inclina para mim.

— Já volto. Fica quietinha aí até o comitê chegar e te
aprovar.

Faço que sim, mas, logo que ela se afasta, sinto a vergonha tomar conta, os olhares de todos no local. Mais do que
tudo, sinto os olhos de Bernie pousarem em mim e perma-
necerem, analisando cada centímetro do meu visual. Uma
amargura toma conta do meu coração. Não tem como ela
se sentir como eu, como se todo mundo estivesse observando cada gesto dela, esperando que fracasse, que prove que
não merece estar aqui, não importa o que diga a indicação.
Pessoas como Bernie nunca precisam imaginar se merecem
o que recebem. Elas só pegam. Mesmo que não seja delas.
Mas, se esse vestido é uma armadura, agora que estou com
ele, posso ao menos fingir estar preparada para a batalha.

— Opinião? — pergunto.

Bernie assente.

— Clássico, mas contemporâneo. Impressionante e elegante. Uma boa escolha.

— Como você descreveria o seu? — O vestido de Bernie
ainda não apareceu.

Bernie dá de ombros, como se a coisa toda não fosse tão
interessante assim.

— Feminino — diz ela. — E cheio de babados.

— Ideia sua?

Bernie sorri.

— Da minha mãe. Mas eu não me importo.

Parece que ela quer dizer mais alguma coisa, mas outra costureira faz sinal para ela ir para o outro lado do salão,

onde uma capa inflada de vestido está pendurada em um cabide de veludo.

Fico tensa quando a sra. Shalcross e um grupo de adultos passa e para na minha frente, de pé em um pequeno pedestal de veludo. Estico os braços como se eu fosse ser examinada, mas quando ela me olha de um jeito estranho, eu os coloco no lugar.

Ela para com um bloco na mão e me olha de cima a baixo, a sobrancelha franzida. Outro membro do comitê, uma mulher branca alta com cabelo prateado comprido dividido no meio e um terno quadradão que parece coisa de museu, assente furtivamente e se vira para uma das costureiras correndo para lá e para cá com uma almofadinha de alfinetes presa no pulso. Ela sai andando em uma direção diferente.

— Tori — diz a sra. Shalcross. — Que deleite. Absolutamente requintado.

Sinto as bochechas ficarem vermelhas e murmuro um rápido agradecimento.

— Aprovada — diz ela —, obviamente. — Mas então a outra mulher sussurra alguma coisa no ouvido dela. — Ah, sim, certo. Claro.

A costureira volta correndo com uma bolsinha de veludo e a entrega para a sra. Shalcross. Ela enfia a mão dentro e tira uma coisa que não consigo ver. Uma coisa pequena que cabe na palma da mão dela. A sra. Shalcross dá um passo para mais perto de mim e estica as duas mãos, e é nessa hora que vejo que está segurando uma corrente fina de prata com um diamante do tamanho da minha unha do polegar pendurado nela.

Não consigo conter meu arquejo quando ela estica as mãos e fecha o colar no meu pescoço.

— A pessoa que indicou você queria que usasse isso — diz ela, sua voz não revelando qualquer emoção. — Para completar o visual.

Balanço a cabeça, olhando a joia enorme pendurada entre minhas omoplatas.

— É... é muito.

A sra. Shalcross ri.

— É. Mas às vezes os membros que fazem a indicação dão presentinhos adiantados. É claro que no *seu* caso a pessoa exagerou um pouco, mas... — Ela dá de ombros, o que gera algumas risadas das pessoas atrás dela. — É perfeito.

DEPOIS DO BAILE

— *Por favor, afastem-se da cena do crime.* — *Uma mulher de uniforme balança as mãos para longe do jardim, para longe do sangue, do contorno de um corpo, das marcas onde dedos se enfiaram na terra. Ela pega um rolo de fita amarela e separa a violência da festa. É chamativo em comparação ao interior majestoso, as luzes que tão recentemente iluminaram uma noite deslumbrante.*

— Cena do crime? — pergunta uma garota, alto demais. — Estão achando que foi assassinato?

Por todo o salão, costas se empertigam. Mandíbulas se contraem. A verdade fica clara: todos são suspeitos. Ninguém está seguro.

Era para os adultos estarem no comando. Deveriam manter as tradições do clube, a elegância. A harmonia. Mas eles deixaram que isso acontecesse. Jeanine Shalcross está em choque encostada na parede. Seus olhos percorrem o saguão, encontram-se com os de Yasmin Gellar, e elas trocam olhares furtivos.

Uma morte pode ser explicada. Mas um assassinato?

Isso não vai ser bom para eles, para o Clube. Um assassinato ameaça o futuro deles.

E ser ameaçado muda tudo.

Ainda assim, apesar da sensação de urgência para agir e se salvarem, ninguém no salão pode negar que cada Legado está se perguntando o que aconteceu, que cada possibilidade está sendo avaliada. Morrer assim, de forma tão brutal, tão horrível... bom, fez todos se questionarem sobre o motivo. Todo mundo sabe que a pessoa que morreu tinha inimigos... principalmente depois do que aconteceu nesta semana. Só uma determinação muito firme e persistente permitiria que aquilo ficasse para trás. Mas ninguém duvidou que seria possível. Afinal, eles eram do Clube. Eram intocáveis.

Ainda assim...

Seria estar em negação supor que ninguém mais poderia estar envolvido, que ninguém mais que tinha acesso àquele local queria vingança, justiça. Ninguém podia passar do segundo andar do clube. Mas ao menos uma pessoa violou as regras. Agora, eles precisam descobrir se mais alguém também fez isso.

BERNIE

No espelho, sou surpreendida por uma floresta de verde. O vestido que a minha mãe me ajudou a criar é sem alças, tem decote de coração e costas baixas, costurado com um fio dourado que capta a luz em todos os ângulos, principalmente quando eu giro. Semana passada, parecia que o vestido era simplesmente perfeito, mas agora ele coça e causa uma sensação claustrofóbica, como se as camadas de tule e renda fossem me sufocar com o seu peso.

Olho para as outras garotas ao redor refletidas no espelho. Algumas parecem ainda menos à vontade do que eu enquanto as mães inclinam a cabeça e sussurram com as costureiras, fazendo sinais para que os seios das filhas sejam erguidos, para que cinturas sejam apertadas, para que alças fiquem mais esticadas. Outras estão majestosas, como se tivessem esperado a vida toda por um vestido do Baile do Legado, e esperaram *mesmo*. Elas andam e giram as saias em volta dos tornozelos, apertam as mãos contra as barrigas e admiram suas curvas. Mas entre o mar de vestidos e alguns terninhos, não consigo parar de olhar para Tori Tasso, a garota que nem deveria estar ali. Ela está parada, olhando-se no espelho, o reflexo bonito a encarando sem expressão nenhuma.

O vestido dela é inegavelmente lindo, com uma elegância sutil. Nós estudamos juntas há três anos, mas eu nunca pensei nela. Só agora. Mas a indicação dela... não faz sentido. Quem no comitê saberia que Tori existe?

Isobel e eu passamos a maior parte do verão tentando imaginar quais dos nossos colegas receberiam os convites. Eu era cartada certa porque minha mãe é membro do Legado. Skyler também, graças a Lulu.

Nós supomos que Lee seria escolhido porque uma das clientes mais dedicadas de Lizzie Horowitz é uma socialite de 95 anos chamada Gertie, que foi uma das primeiras mulheres aceitas no Clube, e ela tinha prometido escolher Lee quando a época chegasse.

Isobel ficou insistindo que não seria escolhida e que não se importaria se isso acontecesse, mas eu sabia que ela estava só tentando se preparar para o pior e que ficaria de coração partido se não recebesse uma nomeação. Ela devia ter ficado com medo de ninguém a escolher e, secretamente, eu também estava. É contra as regras escolher familiares, então ao longo dos anos sugeri à minha mãe que nomeasse Isobel. Mas o afeto da minha mãe por Isobel nem sempre foi óbvio. Em mais de uma ocasião, ela confidenciou a mim que achava Is ousada demais, meio *esquisita.* Minha mãe até admitiu que achava que Isobel só era minha amiga porque eu tornava a vida mais fácil para ela: eu planejava nosso calendário social, a apresentava para as pessoas certas, fiz com que Lee a chamasse para sair. Ofereci a ela um mundo inteiro, um ao qual Is nem precisou pensar para ganhar acesso.

Essa era a pior e mais recorrente briga entre mim e a minha mãe, porque é claro que eu defendia Isobel. Eu *sempre* defendia Isobel. Mesmo quando ela apagou no feriado de Quatro de Julho do nono ano e vomitou na piscina da nossa casa nos Hamptons.

Mas nunca contei para a minha mãe o que Isobel me disse naquela festa. Era vergonhoso demais, horrível demais. Porém, depois daquela noite, as desconfianças da minha mãe passaram a ser minhas também. Elas surgiam quando Isobel recusava convites para ir dormir na minha casa ou quando me dispensava para ficar com Lee.

Ou quando, naquele dia no verão, fomos de bicicleta até Montauk para ver o farol no pôr do sol e Isobel confidenciou que estava com medo de nos afastarmos quando eu entrasse para o Clube do Legado e ela não.

— Você ainda vai ser minha amiga? — perguntou ela.

Eu tive que rir. Nós tínhamos acabado de passar pela pior briga das nossas vidas.

— Você está brincando, né?

Isobel deu de ombros e olhou para a água.

— Você vai ser indicada — falei, tentando projetar segurança. — Se não pela minha mãe, provavelmente por Lulu. Além do mais, uma das editoras da empresa da sua mãe não é do Clube? — Não passou pela minha cabeça naquele momento que Isobel poderia ser escolhida por causa do talento dela, por mérito dela. A minha mãe sempre dizia que o que fazia diferença era quem você *conhecia*, quem seus pais *conheciam*. A ideia fedia a nepotismo, mas nenhum de nós questionava. Nenhum de nós se importava.

— Talvez — disse ela. — Mas, sério, o que tem de tão incrível no Clube? Tipo, você *ainda* vai querer andar comigo, né?

Eu passei um braço em volta dela, ignorando a sensação corrosiva no meu estômago, a que me dizia que as desconfianças dela estavam certas. As coisas *mudariam* se eu entrasse e ela não. Apesar de o Baile sinalizar o fim da Semana do Legado, ainda há o que vem depois. A filiação ao Clube, os eventos mensais, o segredo do que acontece entre aquelas paredes... Se eu não pudesse conversar sobre essas coisas com Isobel, quem sabe sobre o que mais eu guardaria segredo?

Mas menti.

— Nós não precisamos nos preocupar com isso porque você vai entrar. E mesmo que não entrasse, nós continuaríamos sendo amigas.

Mas minha lealdade nunca foi testada, porque a indicação de Isobel chegou no mesmo dia da minha, na forma de convites de papel-cartão grosso, endereçados às nossas casas. Liguei para ela assim que vi o meu, sem fôlego e aliviada quando ela me contou que também tinha recebido.

Quase gritei, e ela me disse que eu estava certa o tempo todo.

— Claro que estava — falei, agarrada à minha indicação.

Mais tarde, nos reunimos para uma comemoração na casa de Lee, onde passamos horas tentando descobrir quem mais formaria o sexteto da Excelsior.

Não demorou para descobrirmos que Kendall Kirk, o cabeçudo fofo para quem eu costumava pedir explicações de fórmulas de Física Avançada, havia recebido indicação, porque ele mandou mensagens para Isobel perguntando se ela tinha ideia do que esperar.

Mas Tori. Tori foi a surpresa.

Ao olhar para ela agora, é difícil ler sua expressão: como se sente por estar aqui entre todos *nós*, que crescemos juntos desde o começo. Mas ela está com a gente há três anos. Já está acostumada. Pelo menos, é o que suponho.

Mas fico chocada que, mesmo com todo esse tempo passando uma pela outra nos corredores, eu não sei muito sobre ela, fora o fato de que tem a maior média da nossa turma, que mora no Queens e que a mãe dela faleceu na primavera.

No espelho, vejo a sra. Shalcross recuar e admirar Tori antes de seguir para a aluna seguinte. Tori inclina a cabeça para o lado e o pescoço dela fica visível. Entre suas clavículas há uma coisa grande e cintilante, um diamante tão brilhante que reluz no espelho. Eu me inclino para ver melhor.

Ela passa os dedos em volta da pedra com firmeza, até eu não conseguir mais ver os ângulos brilhantes. Os olhos de Tori percorrem o salão, como se constrangida, e por um segundo meu coração fica apertado por ela. Tori não deve conhecer ninguém. Eu e Isobel nunca fizemos questão de sermos acolhedoras.

Eu me pergunto como é andar por este mundo como turista, sem nunca habitar seu próprio espaço. Pelo menos, é assim que imagino que a vida dela na Excelsior seja. Eu nunca tive essa sensação. Nunca precisei questionar meu lugar bem no centro de tudo.

Mas aí meus pensamentos mudam de direção. Talvez ela também não se sinta assim... e seja eu quem a esteja excluindo sem nem perceber.

— Bernie, como você está maravilhosa. — Eu me viro e vejo a mãe de Isobel ali, a bolsa de trabalho de couro pendurada na dobra do cotovelo. Ela está segurando o celular na outra mão.

— Obrigada, Gloria — digo, descendo do pedestal de veludo e tirando os sapatos. — Que bom que você conseguiu vir.

Ela sorri e ergue o celular.

— Tenho que fazer umas ligações, mas eu *precisava* ver Izzy de vestido. — Ela indica Isobel, que está no processo de tirar um vestido prateado de um ombro só e vestir a roupa que emprestei para ela de manhã.

Estou prestes a dar uma resposta, mas Gloria dá meia-volta, sopra um beijo para Isobel e sai correndo pela porta o mais rápido que pode, os fones de ouvido nas orelhas e já conectada com algum editor na Itália para quem ela precisava ligar.

Isobel se senta ao meu lado, toda arreganhada na poltrona. Luto contra uma vontade de mandar que ela se sente ereta e preste atenção nos modos; de dizer que tem membros do comitê de indicação ali, afinal. Mas eu não sou a mãe dela. E também não sou a *minha* mãe.

— A gente já pode ir? — pergunta ela. — Lee disse que a gente pode ir pra casa dele. Skyler está lá. — Ela coloca um chiclete na boca e começa a mastigar alto. — Eles convidaram o Kendall também. Vai ser um encontro de todos os indicados.

Olho ao redor e vejo Tori com a roupa comum, colocando o vestido de volta na capa e fechando o zíper com cuidado.

— Vamos — digo.

Isobel se levanta, um sorriso diabólico no rosto.

— Ainda bem. Eu estava…

Mas eu saio andando, sem esperar que ela termine a frase. Em poucos segundos, alcanço Tori.

— Vem pra casa do Lee Dubey com a gente — digo. — O resto dos indicados da Excelsior vai estar lá. A gente pode… se conhecer melhor, todo mundo.

Tori cruza os braços sobre o peito, uma sobrancelha arqueada.

— Vocês já não se conhecem desde, tipo, o jardim de infância?

Fico vermelha, constrangida, mas tento afastar a sensação.

— A gente vai te conhecer.

Tori faz uma pausa tão longa que percebo que a ofendi. Como se ela soubesse que só agora, depois que foi indicada para o Clube, estou tentando fazer amizade com ela. Meu estômago fica embrulhado e a vergonha cresce nas minhas entranhas. Mas um sorriso discreto surge nos lábios dela.

— Tudo bem — diz Tori. — Eu vou.

ISOBEL

Tori está espremida entre mim e Bernie no banco de trás de um carro preto, seguindo para o centro pela West Side Highway para a casa de Lee. O rádio toca uma música pop tão repetitiva que começa a me dar dor de cabeça, e nosso motorista está murmurando no celular em espanhol.

Minhas bochechas ficam quentes quando percebo o que ele diz. *Tomara que essas pirralhas ricas deem uma boa gorjeta.*

Enfio a mão no bolso e encontro meio Xanax, que enfio na boca. Acho que ninguém repara.

Bernie se inclina para a frente do outro lado do assento e apoia o queixo na mão fechada.

— E então — pergunta ela a Tori. — O que está achando do evento até agora?

Tori mexe nas unhas.

— Não sei. — Ela faz uma pausa. — Meio o que eu esperava.

Bernie inclina a cabeça para o lado.

— Como assim?

Tori olha pela janela como se estivesse tentando refletir sobre o que dizer, como agir. Parece muito insegura de seu comportamento e de como as palavras devem sair de sua boca. Parte de mim quer sacudi-la e dizer para relaxar, que aquela semana não é *tão* importante assim. Mas eu estaria mentindo. Porque, mesmo que eu não ligue para a ideia de ser do Legado, mesmo não querendo, ainda sei o que isso pode oferecer e os tipos de portas que pode abrir. Se eu sobreviver à esta semana, vou ter acesso fácil a uma dezena de donos de galerias da cidade e a alguns dos mais prolíficos colecionadores de arte da Costa Leste. Nenhum *deles* vai se importar se eu estudar em Yale ou se sequer for para alguma faculdade. Eu estarei encaminhada.

Mas a ideia de me tornar um sucesso por causa do Clube do Legado revira meu estômago. Principalmente porque sei que só fui indicada porque sou a melhor amiga da Bernie. Esther deve ter me escolhido por pena.

— Parece que todo mundo já se conhece — diz Tori, a voz tensa. — Como se vocês todos estivessem se preparando para isso há muito tempo.

Bernie pensa a respeito e assente, concordando.

— Acho que é verdade. A maioria de nós *está* nas escolas do Intercolegial desde sempre. Você sabe que a minha mãe é do comitê do Clube. A do Skyler também. Os membros revezam quem vai indicar os formandos, então foi sorte as duas entrarem este ano, eu acho. — Mas ela vê a expressão corada no rosto de Tori e recua. — Isso não quer dizer que não haja espaço pra rostos novos. — Bernie abre um sorriso largo, se esforçando.

Tori assente, mas não parece acreditar.

Ficamos em silêncio por um segundo e tento pensar em algo para dizer, mas tudo no meu corpo se rebela, sufocado neste banco de trás. Olho pela janela e vejo que ainda falta muito para chegarmos à saída para a casa de Lee.

Bernie muda de assunto.

— E o que seu pai faz?

Eu fecho os olhos e encosto a cabeça no banco. Odeio essa pergunta. As únicas pessoas que a fazem são as que querem saber se seus pais trabalham com os pais dela, se sua família está no mesmo nível da família delas quando o assunto são férias, casas e onde elas gostam de jantar. A maioria dos nossos colegas tem respostas simples como "finanças" ou "empresa privada", mas todo mundo sabe que isso quer dizer "dinheiro". Quando digo que a minha mãe é editora de revista e meu pai é médico, costumo ser recebida por olhos arregalados e ruídos sinalizando surpresa, como se a pessoa não soubesse como dois profissionais da classe média-alta tinham sido capazes de jogar um filho no mundo *deles*, de super-riqueza. Só quando revelo que a minha mãe *comanda a Glam* e que, se alguém perguntar, sim, meu pai *herdou* um dinheirão da tia que era incorporadora imobiliária, é que minha presença faz sentido.

Mas agora, quando Tori é obrigada a responder, eu queria poder bloquear tudo no carro.

— Ele é dono de uma lanchonete em Astoria — diz Tori. — Está na família há décadas.

Os olhos de Bernie parecem prestes a pular da cabeça.

— Que legal. — Ela usa sua voz de fingimento e aposto que Tori sabe. — A minha mãe *ama* lanchonetes. A favorita dela é a Edna's in the Fifties, onde fazem a *melhor* salada grega com pão pita.

— Vocês deviam visitar a Tasso's qualquer hora — diz Tori. — É grego *de verdade*.

Bernie assente e ficamos em silêncio, em um momento meio constrangido.

O silêncio é insuportável, até que finalmente saímos da via expressa na Rua Vinte e Quatro e viramos em algumas ruas até pararmos na frente da casa de Lee. O comprimido está fazendo efeito e, como se fosse magia, fico muito mais relaxada e preparada para o que vier. Eu me inclino para a frente para poder pular do carro assim que pararmos.

As ruas no bairro de Lee são mais largas do que no meu. É uma parte mais esparsa da cidade, ocupada por galerias de arte e grandes edificações, construções que parecem OVNIs, lançando moda para o resto do mundo.

Os Dubeys moram aqui desde os anos 1990, antes da High Line e do Whole Foods e das lojas de departamento transformarem a parte leste de Chelsea em Murray Hill Lite. Eles permaneceram na Onze, onde o metrô fica longe e as vistas do rio Hudson são imbatíveis. Tem privacidade, eles dizem. Mais do que nos prédios enormes com porteiro no Upper East Side ou no ambiente amistoso de Clinton Hill.

O motorista pisa no freio e eu saio do banco de trás, dando alguns passos na direção da casa dos Dubeys, que é a construção inteira à minha direita. Por fora, parece uma casa clássica de tijolos marrons em estilo italiano, mas, por dentro, é um sonho minimalista moderno, com uma claraboia que espalha sol por toda a construção graças a um interior aberto que cria um tubo enorme no centro do espaço. Foi criada especialmente para os Dubeys por um famoso arquiteto japonês, e a casa deles já foi fotografada para todas as grandes revistas de decoração de interiores. Em julho, eles a reabriram para passeios e visitações particulares que atraíram a maior parte das celebridades e colecionadores de arte importantes.

Agora, Lee está no degrau de entrada de casa usando uma calça de moletom que aperta nos lugares certos e uma camiseta branca larga. Os antebraços expostos são esculpidos e o cabelo está meio desgrenhado. Quando sorri para mim assim, ele acalma meus nervos. Faz com que eu lembre que as coisas são fáceis com ele. Simples.

Bom, na maior parte do tempo.

Ainda há falhas na conversa. O segredo que escondo dele sobre Skyler. Mas talvez Lee não perceba, talvez ainda esteja empolgado por ter me escolhido, mesmo eu não entendendo bem por quê.

Mas, se eu quiser ser honesta comigo mesma, sei sim o motivo.

É por causa da Bernie. Tudo é por causa da Bernie.

— Vocês chegaram! — grita Lee do degrau mais alto.

Com base na curiosidade que surge no rosto dele, rápida e sumindo em seguida, ele está tão surpreso quanto eu de Bernie ter convidado Tori Tasso para vir conosco. Mas Lee, que nunca se enrola, nem pisca. Ele desce a escada descalço e corre até nós, abraça Tori e depois me cumprimenta. Dou um passo para trás, surpresa.

— Tori Tasso, a sexta indicada que nós nunca soubemos que precisávamos — exclama ele, soltando-a em um estado atordoado de confusão.

— Hã... obrigada — diz ela, tensa.

Lee passa um braço em volta de mim e nos leva para o saguão da casa, que é coberto de placas de mármore preto. Depois da entrada fica uma sala branca iluminada, sem cor nenhuma. Uma vez, durante o jantar, o pai de Lee, Arti, me disse que queria simular a experiência do nascimento, forçando os convidados a passarem por um espaço completamente escuro antes de serem jogados no mundo, nascidos de novo na luz intensa.

Depois que ele disse isso, Lizzie se inclinou e sussurrou, com a voz bêbada de vinho:

— Ele queria luzes fluorescentes para imitar um hospital. Isso pra mim foi o limite.

Lee nos leva pela casa, passando pela carta manuscrita emoldurada de Marina Abramović no corredor, pelo quadro de Cy Twombly acima da mesa de café da manhã, e pela porta dos fundos para o deque, onde Skyler e Kendall estão sentados em sofás a céu aberto. Skyler o oferece um baseado, mas ele afasta o olhar, constrangido.

Meu estômago se contrai quando olho para Kendall. Estico a mão para a de Lee e a aperto com a minha.

— É injusto que a gente precisou acordar cedo e participar de um desfile de moda enquanto vocês não fizeram *nada* hoje — diz Bernie, passando por mim para se sentar ao lado de Skyler, que não consigo deixar de notar que está observando Tori com expressão confusa e curiosa. Ela nem olha para ele.

— Ah, para com isso. Experimentar smokings com *cauda* é um tipo especial de inferno — diz Skyler, dando um tapa no baseado e passando-o para Bernie, que recusa.

Kendall se inclina para a frente e assente para mim. Muito diferente da familiaridade que tivemos quando éramos crianças. Naquela época, brincávamos todos juntos: Kendall; a irmã dele, Opal; meu irmão, Marty; e eu. Nós nos encontrávamos no parque Fort Greene enquanto nossos pais faziam compras na feira aos sábados. Marty, o mais velho, mandava em nós e nos levava para cima e para baixo pelos degraus de concreto perto do monumento, como se fosse um sargento do exército. Opal, uns bons cinco anos mais nova do que ele, era sempre a primeira a obedecer, dando risadinhas e sorrindo, sem medo de se sujar ao rolar na grama. Opal era uma fofa. Até mesmo meio estranha.

Mas, na Excelsior, ela virou outra pessoa. Uma aluna tenaz e obsessiva com maquiagem suave perfeita, poros quase invisíveis e um carisma natural que encanta os professores, os treinadores e todos os colegas. Ela foi presidente de turma, capitã do time de hóquei na grama, seguindo os passos para ser a próxima Bernie Kaplan. Ela tem esmero. É profissional. Perfeita.

Eu deveria odiá-la por mil motivos, mas não odeio. Não consigo. Ela ainda é a pequena Opal para mim.

— Ah, dá um tempo — diz Bernie. — Você não faz ideia do tipo de expectativas absurdas que acompanham ser *garota* associada ao Clube do Legado. Mesmo a ideia de que nossos trajes precisam ser aprovados por um comitê é absurda.

Lee me entrega o baseado e o pego com avidez, desesperada para fazer Bernie parar de falar. É tão hipócrita. É óbvio que o Clube não liga de estarem sustentando estereótipos antiquados e, no entanto, aqui estamos nós, participando dessa baboseira ultrapassada. Dou um trago forte e me concentro na sensação de leveza que se espalha pelo meu cérebro.

Bernie se dirige à Tori.

— Não é? — pergunta ela. — Nós fomos colocadas em exibição hoje como se fôssemos bonecas.

Todo mundo se vira para Tori, e eu a vejo empertigar a coluna, a pele do colo ficando vermelha. Olho para Bernie, uma bolha de ressentimento se formando no meu estômago. Ela não precisava botar Tori na berlinda assim, mas, lá no fundo, sei que Bernie nem percebe o que está fazendo. Na mente dela, deve achar que essa virada para Tori é uma *gentileza*, um esforço para incluí-la na conversa. Mas eu queria que percebesse que não é.

— Bem — diz Tori devagar. — Eu não esperava nada menos do que isso.

Lee se inclina para a frente e apoia os cotovelos nos joelhos.

— Nunca me passou pela cabeça que hoje seria diferente do que foi — diz ela, as palavras saindo mais rápido, como se ganhasse confiança conforme fala. — Eu acho que, se você aceita a indicação, está se submetendo à ideia de executar papéis ultrapassados de gênero, ao menos esta semana. Isso sem mencionar o aspecto de classe. Nós temos que assumir nossa parte nisso. Não podemos fingir não somos diferentes ou melhores quando nos submetemos. Talvez nós sejamos quem vai ter que mudar de dentro. Não adianta reclamar aqui entre nós, né?

Todos ficam quietos, perplexos, e o pescoço de Bernie fica vermelho, o sinal revelador de que não está à vontade. De que está constrangida. Mas ela assente.

— Tori tem razão. Talvez sejamos *nós* que vamos mudar.

Os outros murmuram algum tipo de concordância, mas está na cara que ninguém aqui, certamente não Tori, está em uma cruzada para refazer o Clube do Legado todo esta semana. Nós só estamos tentando sobreviver.

— Banheiro — murmuro, e vou na direção da casa. Passo pela situação ridícula do canal de nascimento e entro no lavabo, onde coloco a cabeça entre os joelhos e respiro fundo algumas vezes. Não é que eu esteja ansiosa. Não agora. Eu só preciso me afastar daquelas pessoas, algumas que em teoria me conhecem melhor do que eu me conheço.

Mas, se isso for verdade, por que eu sempre fico com vontade de fugir?

Eu finalmente levando a cabeça, lavo as mãos e abro a porta. Mas, quando vejo Kendall esperando, dou um passo para trás.

Ele empurra os óculos pretos redondos nariz acima e vejo os olhos dele um pouco melhor. Kendall sempre foi estudioso, sem interesse em ir a festas ou cheirar carreiras em um espelho ou ficar na rua até tarde. Quando éramos crianças, eu sempre tentava fazer com que ele tomasse junto comigo goles das garras de vinho da minha mãe que sobravam, mas ele só ficava vigiando e nunca participava.

— E aí, Ken?

— Só queria saber se você gostaria de vir comigo ao mercadinho — diz ele. — Skyler disse que o gelo acabou.

— Ah. Tudo bem.

— Legal.

Kendall se vira e vai rápido na direção da porta. Vou atrás dele, meu cérebro vibrando, meus pés pegando impulso no concreto.

Depois de alguns momentos, eu o alcanço e seguimos juntos, andando tranquilamente até a avenida seguinte, onde o mercado de esquina mais próximo tem praticamente tudo, inclusive a guloseima favorita de Lee, um biscoitinho com cobertura de chocolate da Inglaterra. Faço uma nota mental de comprar um pacote. E um saco de Doritos. Talvez uns pacotinhos de balas de goma também. Merda, talvez eu *esteja* chapada.

Kendall me olha de lado e, enquanto andamos, há um silêncio entre nós, do tipo que só acontece quando não há expectativas, quando você não se importa com o que a pessoa ao seu lado pensa de você. Acontece com tão pouca frequência na Excelsior. Mas sempre foi assim com Kendall. Mesmo quando éramos pequenos, a minha mãe dizia que nós brincávamos juntos sem falar, passando xícaras de medida de plástico de um para o outro e as empilhando, uma atividade estranha com a qual ficamos obcecados depois que o pai do Kendall as jogou para nós numa tarde de sábado quando os adultos tentavam jogar cartas no nosso pátio.

Quando chegamos ao semáforo, eu continuo andando, mas de repente sinto um aperto no meu cotovelo me puxando de volta para o meio-fio na hora que um motociclista passa voando, gritando comigo por cima do ombro.

— Está vermelho — diz Kendall, a voz rouca.

Eu ergo o olhar.

— Merda. Desculpa.

— Você podia ter morrido.

Eu me solto dele.

— Está tudo bem.

Kendall para e me olha.

— *Não* está tudo bem.

— O que você tem? — Cruzo os braços e o olho intensamente. A testa dele está franzida, e a camisa de botão amassada, meio enfiada na calça cáqui.

Kendall passa a mão pelo cabelo escuro curto e suspira, frustrado.

— Eu preciso conversar com você — diz ele.

— Tudo bem — digo, o medo corroendo meu estômago.

O sinal muda para verde e ele sai andando. Vou atrás, tentando acompanhar os passos rápidos. Minha mente gira com o que ele pode querer conversar, mas, lá no fundo, sei o que é.

Quando chegamos do outro lado da rua, Kendall vira para a esquerda, para longe do mercadinho.

— Opal me contou o que aconteceu — diz ele, confirmando meus piores medos. — Naquela festa em Shelter Island.

Fecho os olhos.

— Eu não sei de que você está falando.

Kendall estala a língua sem acreditar.

— Para com isso — diz ele baixinho. — Seja honesta comigo.

Mas não sei se consigo. Porque, se eu for, vou ter que admitir o que aconteceu, o que estou escondendo de Bernie.

Naquela noite de verão escrota, eu estava andando pela propriedade de Lee de biquini molhado, pingando água da piscina no pátio de ardósia, procurando pelo meu namorado. Minha cabeça estava confusa depois da briga com Bernie e eu só queria encontrá-lo, ouvir dele que tudo estava bem, que eu não tinha feito papel de idiota. Eu entrei na casa onde dezenas de adolescentes estavam virando shots e cheirando na mesa de centro. Peguei uma cerveja no cooler e a abri enquanto subia a escada, os pés descalços suaves no tapete felpudo.

Abri a porta do quarto do Lee primeiro, cheio de fotos de vários lagos, baías e praias. Mas estava vazio. Pensei em entrar embaixo da colcha branca e dormir enquanto o esperava se deitar ao meu lado, de conchinha. Mas continuei procurando e bebi metade da cerveja enquanto caminhava pelo corredor, a música do andar de baixo pulsando no meu cérebro.

Quando passei pela suíte principal, onde os pais dele costumavam dormir, ouvi barulhos dentro. Risadas e música suave, diferente da que estava tocando na sala, onde o resto da festa cheia de casais se pegando nos sofás, estava.

Girei a maçaneta e entrei, esperando ver Lee e Skyler deitados no chão, rindo para o teto, mas o que vi me fez largar a cerveja com um estrondo.

Na cama, estava a bunda nua de Skyler macetando loucamente alguém que obviamente *não* era Bernie.

Ele levou um segundo para ouvir a lata cair no chão, mas, quando ouviu, ele se virou e me encarou com fogo nos olhos cinzentos, o cabelo escuro deslizando para a testa.

Eu sabia que devia sair correndo, mas estava paralisada, chocada, meu biquíni molhado de repente frio na pele.

— O que…

Uma voz de garota cortou o ar e, enquanto eu continuava olhando, ela pareceu se apoiar na cama, nos cotovelos, e esticar a cabeça, de forma que o rosto bonito ficou visível no escuro, corado e vulnerável.

Opal Kirk estava deitada ali, debaixo de um Skyler Hawkins pelado, o cabelo escuro desgrenhado no travesseiro, os olhos arregalados de choque. Eu nunca vou me esquecer daquela expressão, da forma como ela suplicou sem dizer nada. *Não conta.*

Parado na esquina da rua deserta em Chelsea, Kendall me encara com expectativa. Mas não posso contar o que sei, não considerando que dependo de Skyler.

— De que você está falando? — pergunto da forma mais inocente que consigo.

Kendall inclina a cabeça.

— Opal me contou — diz ele baixinho. — Ontem à noite.

Olho para ele sem trair nada.

— Ela disse que você sabe. Que você viu — fala Kendall.

Eu abro a boca, mas a fecho.

— Sabia que a Opal diz que o ama? Que ele entra escondido no nosso apartamento de vez em quando? A ideia de que ele vai na minha casa me dá vontade de vomitar. — Kendall treme. — Ele fica dizendo que vai terminar com a Bernie.

"Espera só mais um pouco." No começo, era "antes das aulas começarem". Agora é "depois do Baile". — Ele balança a cabeça e morde o lábio inferior. — Eu falei que o Skyler nunca vai fazer isso. Ele e Bernie são... predestinados, ou sei lá como dizem.

Balanço a cabeça, desejando ter dado outro trago no baseado, desejando estar na casa de Lee com todo mundo. Desejando nunca ter que carregar o fardo do que vi.

Mas, mais do que tudo, gostaria de ter contado para Bernie quando tive a oportunidade. Em vez disso, o que faço é guardar o segredo de Skyler e o escutar falar sobre Opal há meses.

Eu não sei o que fazer além de andar o mais rápido que posso para o mercadinho, onde pego um saco de gelo e deixo uma nota de cinco dólares na bancada, ignorando Kendall me chamando.

— Ei — diz ele, andando rápido atrás de mim. — Isobel, para.

Ignoro a voz dele e continuo andando para a casa, para Bernie, Lee, Skyler e o resto da semana pela qual ainda temos que passar.

— Por que você está agindo assim? — pergunta ele.

Lágrimas surgem nos meus olhos, mas eu continuo andando, ouvindo os passos dele se aproximarem atrás de mim.

— Você *conhece* a Opal. Ela está arrasada. Me procurou chorando, suplicando pra eu não contar pra ninguém.

— Então por que você está me contando?

— Porque *você* já sabe. Você pode fazer alguma coisa — diz ele, praticamente suplicando. — Pode contar pra Bernie. Ela vai terminar com o Skyler, e aí a Opal vai ver como ele é babaca, que Bernie não tinha ideia de nada disso.

Eu paro e Kendall esbarra em mim.

— Você acha que nunca pensei nisso? — digo. — Só o que posso fazer é sugerir que você fale pra Opal esquecê-lo. Ele nunca vai querê-la como quer a Bernie. Ele vai usá-la mais um pouco, mas ela nunca vai ter o que deseja. Diz pra ela desistir logo.

— Porra, Is. Quando foi que você ficou desse jeito?

— Desse jeito como?

— Cínica e com raiva do mundo.

— Eu não sou assim.

Eu me curvo para pegar o gelo, mas Kendall faz o mesmo, e por um segundo nossos dedos se encostam, quentes do sol da cidade, ardendo sobre nós. Eu me afasto e fico ereta.

— A Isobel que eu conhecia faria a coisa certa. Se não por Opal, ao menos por Bernie, sua melhor amiga de todos os tempos, entre aspas. Vocês não são tipo irmãs de sangue?

Eu balanço a cabeça, com lágrimas ardendo nos meus olhos.

— Você não faz ideia de como são minhas amizades.

Kendall faz um ruído debochado.

— Isso com certeza — responde.

— O que isso quer dizer?

— Você não continuou sendo *minha* amiga quando foi pra Excelsior.

— Ah, por favor. Como se você quisesse andar com a Bernie e o Skyler quando a gente tinha doze anos.

— Não — diz ele, a voz baixa. — Mas eu queria andar com *você*.

Meu rosto fica quente, e percebo que estamos quase na casa, de volta à segurança.

— Por que estamos falando disso?

— Eu só pensei… — Kendall balança a cabeça. — Deixa pra lá.

— O quê?

— Eu só achei que você talvez ainda se importasse com a Opal. Ou pelo menos com a Bernie. Mas já entendi que não.

— Por que você não diz alguma coisa? — pergunto. — Conta pra Bernie que o namorado angelical dela há um milhão de anos anda trepando com uma aluna do segundo ano. Que tal? *Você* pode ser o portador das más notícias.

Kendall me olha, decepcionado.

— Todo mundo culparia a Opal por separar *o casal mais perfeito de toda Nova York* — diz ele com desdém. — Você acha que Bernie não tornaria a vida da Opal um inferno depois disso? — Ele faz um ruído de deboche. — Ela voltaria todos da Excelsior contra ela. Não quero isso pra Opal.

— Você acha que isso não aconteceria se eu contasse?

Ele dá de ombros.

— Bernie confia em você. Você gosta da Opal. Ou pelo menos gostava. Talvez isso fizesse com que Bernie percebesse que a culpa é do Skyler, e não da minha irmã.

Estamos parados na frente da casa de Lee agora e há o som baixo de uma sirene a alguns quarteirões.

— Merda — diz ele.

Fico em silêncio, me coçando para entrar, para me afastar dele e da verdade.

Kendall empurra o saco de gelo para mim.

— Diz que eu tive que ir embora.

Pego o saco de gelo e abro a boca para dizer alguma coisa, mas quando minha voz chega à garganta, Kendall já deu meia-volta e está se afastando, e a única coisa que consigo sentir é um alívio sufocante.

TORI

Estou ouvindo com relutância Skyler falar sem parar sobre em qual fraternidade ele acha que vai entrar quando for para a Escola de Administração na Universidade da Pensilvânia no outono, apesar de ele ainda nem ter enviado a candidatura *nem* ter sido aceito, quando a porta do pátio bate e Isobel desce os degraus com um saco de gelo pingando no chão. Ela o joga ao lado de Skyler e se senta no sofá enquanto coloca os óculos de sol nos olhos.

— Kendall teve que ir embora — diz.

— Vocês ficaram muito tempo fora. Tudo bem? — pergunta Skyler em um tom que me deixa tensa.

Ele a olha com uma expressão dura, e me pergunto se mais alguém repara. Observando Lee, que está em uma espécie de pose de ioga na grama e Bernie que encara o celular com atenção, sei que nenhum dos dois liga.

Isobel assente e prepara outra bebida, derramando um pouco no chão quando coloca num copo com gelo.

— Aham.

Skyler assente, mas mantém os olhos em Isobel, que está virando a bebida, derramando gotas na camisa.

Eu nunca soube que ela era estabanada até aquela noite em Shelter Island, quando a impedi de cair de cabeça no raso da piscina depois de ela beber cerveja plantando bananeira no barril sobre a grama.

Acho que ela nem reparou em mim. Não o suficiente para agradecer.

Eu nem queria estar na festa, mas fiquei para comprovar uma coisa. Para mostrar que eu podia. Eu nem teria ido se os eventos do dia tivessem sido diferentes, se nossas férias não tivessem começado a dar uma virada.

Foi uma coincidência aleatória estarmos em Shelter Island naquele fim de semana. Depois que a minha mãe morreu e o funeral passou e todas as refeições congeladas dos vizinhos foram consumidas, meu pai, os gêmeos e eu ficamos sozinhos com a nossa dor e o vazio de casa. Era insuportável a ausência da risada dela, do cheiro dela, das reclamações dela para eu apagar todas as luzes.

Um dos nossos clientes fiéis, um incorporador imobiliário de Long Island, deve ter se comovido após conversar com o meu pai uma noite, porque, no dia seguinte, ele nos deu a chave da casa de praia dele em Shelter Island e disse para passarmos umas semanas lá. Que achava que a gente precisava de um descanso da cidade. De tudo.

Meu pai não queria ir, mas os gêmeos imploraram, e fiquei secretamente ansiosa para sair da cidade e olhar para a água, ler uns livros de ficção científica que Joss tinha escolhido para mim na livraria. Então, em um fim de semana no começo de junho, meu pai cedeu e nós quatro arrumamos as malas, colocamos tudo no carro velho que ele deixa estacionado na rua e fomos para leste, pela Long Island Expressway, até a balsa para Shelter Island, um trecho de terra de quase oitenta quilômetros quadrados entre os vinhedos de North Folk e as mansões no litoral dos Hamptons.

Era um pouco mais rústico e tranquilo do que as regiões pomposas vizinhas, com áreas naturais preservadas de vegetação alta e lagos secretos para nadar, e nós passamos duas semanas flutuando na baía e comendo hambúrgueres que meu pai grelhava sobre chama aberta. Nós jogamos cartas, vimos filmes e comemos biscoitos recheados com marshmallow no deque.

Perto do fim de nossas férias, estávamos todos chorando menos, falando mais sobre a mamãe, nos concentrando em quem ela era, e não em como morreu. Nós quase nos sentíamos… normais.

Era nosso penúltimo dia lá e eu me ofereci para levar os gêmeos para jogar minigolfe e deixar o meu pai ter um tempo sozinho. Juntos, fomos de bicicleta até o campo e esperamos pacientemente na fila enquanto Helen falava sem parar sobre arranjar uma bola lilás, e George me fez prometer que poderíamos tomar sorvete depois do jantar. Eu os agradei, feliz de ver sorrisos nos rostos de meus irmãos, de ouvir as risadas deles no ar. Nem fiquei irritada quando dois caras usando moletons da Lipman Academy esbarraram em mim e derramaram Coca Diet na minha camiseta.

— Opa — disse um, acho que como pedido de desculpàs.

Tudo estava bem, ótimo até, enquanto percorríamos um buraco atrás do outro e chegamos às últimas estações, onde tínhamos que jogar a bola por uma boca de baleia e chegar ao final.

Helen foi primeiro, com uma tacada, mas logo ficou claro que George levaria um tempo. Depois de várias tentativas, ele começou a ficar agitado, os ombros remexendo, a voz tremendo.

— A gente pode ir — disse Helen, entediada. — Você não precisa terminar.

Mas George permaneceu inabalável, com rugas de concentração se aprofundando no rosto conforme ele tentava e tentava jogar a bola no buraco. Seu rosto foi ficando vermelho e ele soltou um suspiro frustrado, uma indicação de que a dor que fervilhava sob a superfície ameaçava irromper bem ali, naquela pista de minigolfe. Eu me aproximei do meu irmão e passei um braço em volta do ombro dele, abraçando-o de leve.

— Anda logo! — gritou alguém atrás de nós.

Eu me virei e vi os garotos com os moletons da Lipman, bonés ao contrário na cabeça, rindo com deboche de nós. Eles reviraram os olhos e fizeram gestos para acelerarmos o passo.

— Andem logo, caipiras — disse um.

Eu soltei George e segurei o taco com força na mão.

— Nós somos da cidade. — Não sei por que essa foi a minha resposta, pesada e inútil, mas foi a primeira coisa que veio à minha mente; a repulsa de ter sido erroneamente reprimida por não ter o mesmo CEP que eles.

Um deles riu.

— Sei — disse, claramente sem acreditar em mim. Eu o vi esticar a mão e virar o boné para que a frente ficasse voltada para mim. Quando percebi o que havia bordado na frente, parei. Uma simples palavra, LEGADO, bordada em letra cursiva branca, cada ponto perfeito.

Minha garganta arranhou e fiquei sem resposta.

— Finalmente — disse George. — Vem, Tori.

Com o rosto vermelho e ardendo, eu me virei e levei Helen e George dali, sem ousar olhar para trás, para os garotos de Lipman, cujas risadas ressoavam pelo ar.

Quando pedalamos de volta para casa, fiquei feliz de estar atrás dos gêmeos, de modo que eles não puderam ver meus olhos piscando para segurar as lágrimas. O que mais me chocou naquele encontro não foi que tinha me chateado, mas o *porquê*. Não foi por eles terem sido grosseiros com George, nem por terem sido impacientes. Foi porque eles não me viram como um deles. Não fiquei com raiva. Fiquei constrangida. Porque, por algum motivo sombrio e estranho, eu queria que eles gostassem de mim. Queria que me vissem como uma igual, porque, de modo geral, eu era.

Eu também estudava em uma escola Intercolegial e era da cidade, minha vida toda formada dentro daqueles cinco bairros. Eles não tinham ideia de que eu era a melhor da turma, com notas tão boas que poderia estudar em qualquer faculdade que quisesse, que eu tinha cartas de referência pelas quais meus colegas matariam, uma ética de trabalho implacável. Mas eles simplesmente supuseram que eu não era ninguém.

Por que não conseguiram perceber que eu *era* como eles?

A resposta era óbvia: porque, no fim das contas, eu não era. Não seria. A não ser que alguma coisa mudasse. Drasticamente.

Quando nos aproximamos de casa, lembrei dos garotos. Seus bonés. A palavra *Legado*.

Meu coração disparou quando me dei conta do que significava. O Clube do Legado. *Isso* mudaria as coisas. Um jeito garantido não só de conquistar aceitação, mas segurá-la com punhos apertados pelo resto da vida.

Mas, tão rapidamente quanto a percepção veio, a decepção surgiu. Eu não era o tipo de pessoa que ganhava uma indicação, que era notada. Isso acontecia com gente como Bernie Kaplan ou Skyler Hawkins, pessoas que eram Legados *de verdade* do clube, que usavam os moletons da turma do Legado dos pais no dia de roupa mais casual na escola.

Mas quando deixei a bicicleta perto de casa, tomei uma decisão: o último ano era a minha última chance de finalmente me sentir como aluna da Excelsior. E eu que não ia para a faculdade sem pertencer integralmente àquele mundo e todos os privilégios dele. Eu tinha ganhado a bolsa três anos antes, mas, pela primeira vez, estava pronta para ser parte de tudo que a Excelsior tinha a oferecer, mesmo que mais ninguém achasse que eu deveria.

Assim, quando o chat da turma da Excelsior mostrou um convite para todos irem a uma festa em Shelter Island, enfiei meus pés em sandálias e andei os oitocentos metros por um trecho da estrada Ram Island que contornava o lago, a coragem me empurrando pelo caminho.

Eu tinha ido a poucas festas da Excelsior, mas entrei lá naquela noite me sentindo diferente, ousada. Era uma chance de recomeçar. De entrar no último ano me sentindo nova e de abandonar a dor que o segundo ano do Ensino Médio tinha trazido para mim. O isolamento que eu tinha forçado a mim mesma nos anos anteriores. Era a minha chance de mostrar àqueles garotos, a todo mundo, que eu merecia estar lá.

Quando cheguei, a festa parecia ter acabado de entrar em uma fase acelerada e hedonista, e vi vários colegas em diversos estágios de nudez, pulando na piscina ou tomando shots nos corpos uns dos outros na mesa de pingue-pongue, que parecia prestes a desabar.

A casa estava escura e cheia de corpos suados, e me deu claustrofobia. Mas me obriguei a ficar. Aquilo era para ser diversão, não era?

Vaguei pela casa e acabei subindo a escada, parando por um tempo junto ao corrimão. Foi quando Isobel saiu correndo daquele quarto, o rosto em choque, esbarrando em mim e quase caindo da escada.

— Você está bem? — falei para ela, mas não ouvi resposta.

Um momento depois, Skyler saiu do quarto, o short vestido, mas não abotoado, falando com alguém ainda no quarto:

— Fica aí! — disse ele com rispidez.

Eu vi tudo acontecer, com as engrenagens na minha cabeça girando, juntando as peças, até perceber que tinha chegado a uma encruzilhada.

Com poucas escolhas, eu poderia solidificar minha permanência naquele mundo e nunca sair dele.

Eu nunca havia feito nada tão ousado, tão errado, mas eu tinha observado meus colegas de perto ao longo dos anos, percebido os atalhos que tomavam, como suas conexões funcionavam a seu favor.

Pela primeira vez, quis que funcionassem ao meu.

— Tori? — diz Bernie agora, a voz carregada com um leve toque de irritação.

— Desculpa, o que foi?

Ela está me observando com um sorriso tenso.

— Eu perguntei quem você acha que te indicou. Você conhece alguém no Clube?

Olho de relance para Skyler, que desvia os olhos e joga um cubo de gelo em Lee, que está agora plantando bananeira encostado em uma árvore, a camisa de linho caindo sobre o rosto e revelando o abdome musculoso.

Eu balanço a cabeça.

— Não — minto. — Não faço ideia.

BERNIE

Está todo mundo muito esquisito hoje. Pelo menos, não sou só eu. Talvez as pessoas estejam surtando com o Baile e com as apresentações de sábado. Mesmo assim, Skyler parece distraído e Isobel tem bebido mais do que o normal para uma tarde qualquer. Só Lee está do jeito normal, despreocupado. E quem sabe como Tori costuma agir, mas ela parece estranhamente desanimada para alguém que eu acho estar tentando cair nas nossas graças.

Pelo menos o Dia dos Atos de Serviço amanhã vai ser um pouco mais suave. Com menos espaço para erro.

Ouço uma barulheira, me viro e vejo Isobel esticando a mão no meio de um monte de copos e derrubando vários ao pegar uma garrafa de vodca na mesa.

— Você não acha que já é melhor parar? — sussurro para ela, colocando a mão em seu ombro.

Mas ela se solta de mim. Só que, nesse momento, Isobel perde o equilíbrio e tomba de lado em seu assento, caindo na mesa e batendo a cabeça na quina com um barulho alto, antes de se esborrachar no chão.

— Isobel! — Dou um pulo para ajudá-la a se levantar.

— Eu estou bem — diz ela, puxando o braço da minha mão. Mas ela está com a mão na cabeça, e vejo que sangue escorre por entre os dedos.

— Me deixa te ajudar. — Pego um guardanapo em meio ao vidro quebrado e líquidos derramados. Mas ela se levanta cambaleante e me afasta.

— Não fode, Bernie. — Qualquer pena que eu estivesse sentindo por Isobel evapora, substituída pela mesma sensação que tive em relação a ela em Shelter Island, quando a vi espiralando, transformando-se em algo feio.

Mas aí ela se vira para os arbustos, se curva e vomita nas hortênsias. O resto do grupo já percebeu o que está acontecendo. Skyler olha para ela com repulsa, enquanto as sobrancelhas de Tori se erguem de surpresa. Lee corre até Isobel e passa um braço em volta do corpo da namorada.

— Ah, amor — diz ele baixinho, com tom triste. — Vamos entrar pra você se limpar. — Lee a leva para dentro, para longe de nós, a plateia.

— Posso ajudar? — falo com pouco ânimo, mas Lee olha para trás e balança a cabeça.

— Melhor não — diz ele com movimentos labiais, sem emitir som.

— Vou entender isso como uma deixa pra ir embora — diz Tori, pegando as coisas dela e seguindo até a porta. Sinceramente, eu não a culpo.

Uma sensação de inquietação toma conta de mim, como se eu estivesse dividida entre querer ajudar Isobel e querer que ela cresça. Ser uma bêbada inconsequente era tranquilo quando éramos mais novas e ninguém esperava que soubéssemos lidar com bebida. Mas Isobel já deveria ser capaz de se controlar a essa altura, principalmente se vai ser do Legado… se as pessoas vão julgá-la como a *minha* melhor amiga. Achei que ela tivesse aprendido a lição na festa de Shelter Island.

Mas, enquanto vejo Isobel cambalear para dentro de casa, o peso quase todo apoiado no ombro de Lee, algo no meu peito se inflama, e começo a me perguntar se isso é mais do que a situação padrão de encher a cara e fazer besteiras. Pego o celular e abro minhas mensagens de texto com o irmão dela, Marty.

Nossas últimas conversas são em um tom parecido.

Oi, escrevi logo depois da festa de Shelter Island. Tudo bem com a Is? Ela andou abusando ultimamente.

Ele respondeu: É, você sabe como ela fica.

Deixei por isso mesmo na ocasião, mas agora… não sei. Algo parece diferente.

Estou preocupada com a Is de novo, digito agora. Será que a pressão do Legado está afetando ela? Ela parece não querer falar comigo, mas anda enchendo a cara mais do que o habitual. Será que uma conversa com o irmão mais velho não ajuda?

Marty responde imediatamente. Vou fazer planos com ela esta semana, escreve ele. Você é uma boa amiga, Bernie.

Meu estômago se acalma e eu me sento no sofá e fecho os olhos por um segundo. Skyler se senta ao meu lado e passa os braços em volta do meu ombro, deixando um dedo pender e o arrastando em minha pele exposta acima do meu seio.

Ele sussurra no meu ouvido:

— O quarto de hóspedes fica no andar de cima. Interessada?

Eu me inclino para perto dele e fecho os olhos para inspirar seu cheiro. Skyler tem o aroma do sabonete francês que a mãe dele coloca em seu chuveiro. De alecrim e cedro.

— Sim.

Skyler pega a minha mão e começa a me puxar para a casa, para onde não sei mais se quero ir. Mas talvez... talvez isso ajude a tirar tudo da minha cabeça, a me lembrar de como tenho sorte de estar aqui, de ter esses amigos, essa vida. Minha mãe vai voltar. Claro que vai.

Skyler abre a porta dos fundos e nós subimos dois degraus de cada vez, até estarmos no patamar do segundo andar, onde ele se vira para mim com expressão questionadora.

— Ei, como está a sua mãe? — pergunta.

— Bem — digo, a pele da minha nuca ficando arrepiada.

— Se sentindo melhor do que ontem?

— Um pouco.

Skyler assente e algo se eriça no meu cérebro. Uma onda de desconfiança. De confusão.

— Quando você começou a se preocupar tanto com a minha mãe? — pergunto, tentando fazer uma piada.

Skyler dá de ombros.

— Fiquei curioso, só isso. Eu não a vejo tem um tempinho. Ela está na cidade, né?

De repente, quero que ele pare, e quero afastar do meu cérebro todas as perguntas para as quais não tenho resposta. Eu me aproximo mais, seguro o queixo dele com meu polegar e indicador, coloco a outra mão em sua cintura e a deslizo para cima por dentro da camisa.

— Está pronto para subir agora?

Skyler curva a boca em um sorriso e aproxima nossos rostos, encostando o corpo contra o meu para que eu possa senti-lo por baixo da calça. Quando seus lábios se encontram com os meus, tento manter o foco, afastar todo o resto… mas só consigo pensar no que Skyler poderia saber sobre a minha mãe que eu não sei.

DEPOIS DO BAILE

Um a um, os convidados são questionados.

Eles são levados para armários, para trás de portas fechadas, para salas amplas decoradas com mobília de mogno e tapetes pesados. Respondem com educação, lembrando aos policiais quem são, o que já fizeram. Anders Lowell pede um advogado... e seu publicista. Um detetive o adula e deixa que ele saia por uma porta lateral, mas não sem antes pedir para tirarem uma foto.

Os policiais tomam nota. Escrevem informações. Tentam encontrar os elementos em comum. Uma história. A verdade.

Mas o que eles não percebem é que não vão obter a verdade, não como eles a veem. Podem aprender alguns fatos, momentos-chave que levaram à morte. Mas nunca vão entender o que realmente se passou dentro do Clube, porque aquelas pessoas, as que estão sendo interrogadas, sabem como construir a própria verdade de formas que apenas as beneficiam.

— Estavam brigando lá em cima. Está na cara que a pessoa caiu.

— Não tem como isso ter sido homicídio. Quem você acha que somos, membros de gangue?

Em pouco tempo, o salão esvaziou. Alunos são enviados para casa. Nomes são riscados de listas. Cartões de visita trocam de mãos.

Mas um grupo de alunos fica, as costas na parede, os nervos parecendo fios desencapados.

Bernie Kaplan se encontra entre eles, os olhos arregalados. O vestido verde tem uma mancha escura perto da barra, um paletó amassado de smoking cai em seus ombros. O cabelo ruivo ainda está em ondas, embora haja nós e partes embaraçadas visíveis, mesmo do outro lado do salão. Todo mundo diz que ela está em choque, o que é compreensível, afinal.

Alguém tenta pegar sua mão, mas ela não aceita. Não pode. Porque, na mão dela, está o maior colar de diamantes que todo mundo do salão já viu. E ela não quer soltar.

TORI

DOIS DIAS ANTES DO BAILE

As paredes do duplex são finas como papel, e quando meu alarme toca ao lado da cama, tento desligar rápido para que os gêmeos não escutem. George está em silêncio no quarto ao lado, mas Helen se mexe no colchão de cima do nosso beliche. Saio da cama, vou nas pontas dos pés até a pilha de roupas ao lado da janela e visto um short jeans que deixei no chão quando cheguei em casa na noite anterior. Quando passo pelo espelho, dou uma olhada rápida no meu reflexo e vejo círculos escuros debaixo dos olhos e o cabelo em pé em um ângulo estranho. Forço um sorriso no rosto. *Pronto. Melhor.*

Pego meu celular e mando uma mensagem para Joss.

> Dia da panqueca.
>
> Você vem?

Um sorriso puxa meus lábios quando ela responde na mesma hora.

> A caminho com café gelado.
> Capricha no mirtilo!!

Joss e eu sabemos que o caminho mais fácil para o coração de duas crianças de 12 anos é por meio de café da manhã doce e cheio de carboidrato, e o de hoje vai ser composto de pilhas grandes de círculos fofinhos na mesa. Felizmente, minha receita, que também era a da minha mãe, é perfeita.

Prendo o cabelo em um rabo de cavalo e olho para o porta-retrato triplo na minha cômoda, no canto do quarto. Uma das fotos é minha com Helen, abraçadas com pijamas iguais no Natal. A segunda é da minha família, minha mãe, meu pai, Helen, George e eu, no último aniversário de casamento da minha mãe e do meu pai, quando nós, os filhos, fizemos um frango à parmegiana com espaguete bem medíocre.

E a terceira é uma foto antiga que encontrei da minha mãe depois que ela morreu. É de quando tinha a minha idade, com o cabelo escuro e uma camiseta enorme. Na foto, ela está sentada ao lado de outra garota que parece ter a idade dela e tem cabelo castanho-avermelhado e um sorriso largo. Suas cabeças estão inclinadas uma contra a outra, e parecem tão à vontade, como se fossem melhores amigas. A minha mãe ri com a boca aberta, e a outra garota olha para ela com uma mistura de surpresa e prazer. Há um vínculo entre elas. Um vínculo sobre o qual eu nunca soube, pois ela não falava muito da adolescência. Só sei que cresceu em Brooklyn Heigths em uma família pequena. Os pais dela morreram antes de eu nascer, e ela não tinha irmãos nem primos que morassem por perto. Quando conheceu meu pai, tornou-se integralmente uma Tasso, absorvida pela família unida que comemorava todos os feriados e aniversários com comida suficiente para alimentar um exército e uma tradição de jogar pôquer com moedas de um centavo.

Eu encontrei a foto escondida em uma caixa de sapato cheia de programas de teatro antigos e ingressos de shows que ela devia ter guardado da infância. Não havia outras imagens, nenhuma outra foto, e eu amei aquela, porque minha mãe parecia jovem e livre. Eu me pergunto se ela manteve contato com a garota da foto, se foram amigas por muito tempo, ou se aquilo foi só um período curto da adolescência. Nunca tive oportunidade de perguntar.

Saio do quarto, tomando o cuidado de não bater a porta, e logo estou na cozinha com a massa pronta, com músicas de programas antigos no alto-falante. George e Helen levam só trinta minutos para descerem a escada e se sentarem à mesa de café da manhã.

— Bom dia — digo.

Eles resmungam em resposta enquanto se servem de suco de laranja e pegam seu modo preferido de relaxamento: um tablet de marca genérica com Tetris para Helen e um livro sobre tipos diferentes de plantas para George.

Helen é basicamente uma cópia minha, com o mesmo cabelo escuro e sobrancelhas grossas, o nariz esculpido que herdamos do lado da minha mãe da família. George é mais suave, com cabelo mais claro, ombros estreitos e o sorriso torto do meu pai. Mas, sempre que andamos pela rua juntos, todo mundo sabe que somos as crianças Tasso, terceira geração de astorianos, tão nativos do bairro quanto os hidrantes ou o mercado de peixe.

Esquento um pouco de manteiga na frigideira e, em segundos, sinto todo mundo relaxar um pouco, graças ao cheiro da gordura derretendo.

A tela na porta da frente se abre e meu coração acelera.

— Aqui! — grito para Joss enquanto largo o pano de prato e vou para o corredor, onde minha namorada extremamente adorável está tirando os Crocs tie-dye e soltando o cabelo escuro comprido, cortado daquele jeito repicado da moda que me dá vontade de passar a mão por ele. Ela está usando uma camiseta larga velha dos Backstreet Boys que roubou da irmã e vai até as coxas, cobrindo um short ciclista que eu tenho certeza de que também é tie-dye.

— Amor — diz ela, dando um beijo na minha boca na frente dos gêmeos.

— Vão pro quarto — diz George sem tirar os olhos do livro. Helen ri.

— Você por acaso sabe o que isso quer dizer? — diz Joss, bagunçando o cabelo dele. Ela pega um mirtilo no prato dele e coloca na boca. Se eu tentasse fazer isso, George daria um ataque, mas ele e Helen sempre adoraram Joss, graças ao fato de que ela leva presentinhos da livraria independente dos pais dela que fica a alguns quarteirões. Hoje, Joss coloca canetas de cor néon na mesa. — Uma coisinha de volta às aulas pra vocês fazerem o dever de casa.

Os gêmeos sorriem e pegam as canetas, tiram as tampas e desenham em uma nota fiscal largada na mesa.

Rindo, eu me viro para o fogão, onde a primeira leva de panquecas já está queimando.

— Merda — digo, e corro para virá-las.

— Eita — fala Joss, se virando para mim e batendo com o quadril no meu. — A primeira leva sempre dá ruim, né? — Ela pega a lata de lixo e oferece para mim. — A próxima.

Não consigo segurar um sorriso. Joss sempre teve jeito para me fazer me sentir melhor, como se sugerisse que ficaria ao meu lado a qualquer custo. Principalmente após o que houve com minha mãe. Durante aquele momento inicial, logo que ela morreu, Joss sempre ia para a minha casa depois da aula, para ver se os gêmeos estavam fazendo o dever e indo para as aulas de clarinete e treinos de futebol. Ela levava sacões de camarão shumai congelado que a mãe dela fazia e pilhas de livros sobre como lidar com o luto, que o pai dela recomendava da loja.

Depois que percebeu que eu tinha ficado uma semana sem lavar o cabelo, Joss me arrastou para o salão onde a sua irmã faz cortes e tinturas e fez com que ela cuidasse de mim. Falei que nada me faria me sentir melhor, mas tive que admitir que a cabeça limpa e o cabelo cuidado *ajudaram*. Pelo menos, eu me senti viva de novo.

Pego mais algumas conchas de massa e vejo as panquecas cozinharem, com bolinhas se formando nas bordas.

— E como foi ontem? — pergunta Joss, pegando outro mirtilo na caixa. — Não surpreende ninguém que, depois de todos esses anos, aquela gente finalmente quis andar com você agora que é uma *indicada*, né.

Eu me irrito com a ideia, mas sei que ela está certa. Nenhum deles prestou atenção em mim antes daquela semana, e sei que só me convidaram porque queriam me avaliar.

— Eu sabia.

— O quê? — pergunto, virando uma panqueca e vendo que está perfeitamente dourada.

— Você odeia eles! — Joss ri. — Eu falei que você querer entrar pra esse clube elitista só ia te fazer se sentir mal. Você não precisa daquela merda, Tor.

— Eu não *odeio* eles.

Ela ri com deboche.

— Você percebe que essas são as mesmas pessoas que te ignoraram desde que você entrou na escola, né? Algum deles disse *alguma coisa* sobre a sua mãe quando ela morreu?

As palavras de Joss são um soco na barriga, principalmente porque a resposta é *não*. Eu nunca contei a ninguém o que aconteceu, mas as notícias se espalham em uma escola pequena como a Excelsior. Meu pai informou ao diretor e à orientadora, para que pudessem ficar de olho em qualquer sinal de angústia extrema ou depressão, acho, embora obviamente eu tenha sentido ambos. E logo se espalhou a notícia de que Tori Tasso do Queens era não só uma forasteira, mas também não tinha mãe.

A única pessoa que falou alguma coisa foi Bernie. A gente nunca tinha conversado fora das aulas, mas um dia ela se aproximou de mim em frente ao meu armário e parou, constrangida, como se não soubesse o que dizer. Quando ergui o olhar, vi pena no rosto dela, o que me deu vontade de fugir.

— Eu só queria dizer que sinto muito pela sua mãe — disse ela.

Eu não soube o que responder. *Obrigada* pareceu falso, mas *se manda daqui, porra* pareceu grosseria. Então eu fiquei parada ali e não disse nada.

— Sei que nós não somos amigas nem nada — falou Bernie, e achei bom ela mencionar isso. — Mas eu só queria dizer que é uma situação horrível e que espero que você esteja bem.

Senti vontade de gritar que eu não estava bem, que eu nunca ficaria bem, mas antes que eu pudesse dizer qualquer coisa, ela se virou e saiu andando pelo corredor. Nunca passou pela minha cabeça perguntar como ela descobriu. Eu não contei para ninguém, então supus que Bernie tivesse ouvido alguém da administração ou algum professor falando sobre mim.

—Ah. Merda, acho que você talvez tenha queimado essa aí — diz Joss, apontando para uma panqueca precisando desesperadamente ser virada.

Entrego a espátula para ela e deixo que termine a leva antes de colocar um prato na mesa, na frente de George e Helen. Juntas, Joss e eu ficamos encostadas à bancada e os vemos atacar, molhando o café da manhã em uma tigela de cereal cheia de xarope.

— Desculpa — sussurra Joss. — Aquilo foi cruel.

— Sobre a minha mãe? — pergunto. — Foi. Foi mesmo.

Joss passa um braço em volta do meu ombro.

— Eu não quero que eles te magoem, só isso. Você está se dedicando tanto a essa história e... Sei lá. Me processa por não confiar em um clube exclusivo de elite que só começou a aceitar mulheres e pessoas não brancas há umas poucas décadas. Você tem que admitir que é meio contra a ética básica.

Minha pele fica quente quando me viro para o fogão.

— Pra que isso tudo, afinal? Só pra você receber a chave de um prédio qualquer no Upper East Side, que, não sei se você reparou, *não* é um lugar legal de se frequentar.

Pego uma panqueca e a corto no meio, deixando que o vapor suba no ar.

— É mais do que isso.

— Sim, sim. Eu já ouvi tudo sobre a rede de contatos e as conexões e como isso vai te ajudar a entrar em todas as faculdades bacanas onde você quer estudar, mas, amor, você estuda na Excelsior. Você se mata de estudar e suas notas deixam isso claro. Você pode estudar *onde* quiser.

Eu faço que não.

— O quê? — Joss cruza os braços sobre o peito e olha para mim com expectativa. — Qual é, deve haver um bom motivo pra você me abandonar na última semana do verão antes do terceiro ano do Ensino Médio pra participar do que parece ser um baile de debutante metido a besta.

Joss sabe de quase todos os segredos que eu já tive: que a minha mãe me pegou me masturbando com o travesseiro no sétimo ano, que uma vez eu deixei Helen do lado de fora de casa em seu carrinho por dez minutos quando eu tinha oito anos, que meu primeiro crush foi a Elsa, de *Frozen*.

Mas o que eu não contei pra ela é que o dinheiro anda apertado... e o que eu descobri a respeito das contas da lanchonete. Não é que ela não fosse entender. A família dela passou por dificuldades, como quando os donos do imóvel da livraria aumentaram o aluguel ou quando a avó dela teve que ir morar com eles depois de cair no próprio apartamento. Mas admitir que nós podemos perder tudo me dá a sensação de expor meu próprio pai, como se não fôssemos capazes de atravessar a situação sozinhos.

— O quê? — pergunta Joss, séria de repente. Ela abaixa a cabeça na minha direção e nossas testas se tocam. — Você pode me contar.

Eu inspiro e luto contra o zumbido no peito.

— Tem um prêmio em dinheiro — digo baixinho. — Pra pessoa que conseguir mais doações pra caridade no sábado.

— Ah — diz Joss, tomando um gole do meu copo de suco de laranja. — Quanto?

— Vinte e cinco mil.

Joss começa a tossir.

— Sério?

— Aham.

— Porra, garota. Seria um acréscimo e tanto à sua poupança pra faculdade.

É, faculdade. Eu forço um sorriso.

— Exatamente.

— Bom, eu só estou esperando pacientemente que você me envie o roteiro pra eu editar pra você. — Joss estufa o peito e faz uma mesura para mim. — Futura escritora profissional ao seu dispor.

Um calor se espalha pelo meu peito e estico os braços para a cintura de Joss e a puxo para mim. Os lábios dela viram um sorriso, e eu me inclino para beijá-la suavemente, tentando ignorar a culpa crescente por não ter contado a verdade toda.

Quando Joss se afasta, ela pega uma panqueca da pilha na frente de George e Helen.

— Qual é a boa de hoje? — pergunta.

Eu pego o celular e olho o itinerário do Baile do Legado que recebemos por e-mail depois do almoço, com o resto das atividades da semana.

— Uma coisa chamada Dia dos Atos de Serviço — digo, olhando a tela. — É na Excelsior de novo.

Joss ri.

— Tomara que não te mandem fazer alguma porcaria de serviço comunitário que não é serviço comunitário coisa nenhuma.

Eu continuo lendo a tela até chegar à parte que resume exatamente o que vai acontecer no dia. É nessa hora que meu estômago despenca.

— É sobre as bolsas — digo, com a boca parecendo cheia de areia.

— Como a que você tem? — Joss come outro pedaço de panqueca e murmura baixinho: — Bom, isso não vai ser nada constrangedor.

BERNIE

O apartamento está frio e vazio, o ar-condicionado ligado em 19 graus, que é a temperatura preferida do meu pai. A minha mãe fica com frio e o deixa em 23. Mas os arrepios na minha pele são outro lembrete de que ela ainda está desaparecida.

Tomo um gole de café na ilha da cozinha e mexo no celular, a memória muscular assumindo o controle enquanto clico em ícones que podem me levar para perto dela.

O aplicativo de Busca não me mostra nada.

Nossa troca de mensagens ainda está verde… e unilateral.

Meu e-mail não tem nenhuma mensagem nova dela.

E meu Alertas do Google com o nome dela não oferece nada.

Se ela voltasse hoje, eu poderia descartar essa coisa toda como outra história excêntrica da Esther, como meu pai falou. Seria como a vez que ela pulou na piscina usando um terno de seda Tom Ford nos Hamptons ou quando ela me arrastou para um bar de musicais chamado Marie's Crisis e cantou uma música de *Wicked* às quatro da tarde de uma quinta-feira quando eu estava no sétimo ano.

É por isso que ela é tão encantadora, tão divertida. O fato de ela ser brincalhona e amorosa, esquecida e excêntrica. Era fofo quando eu era criança, quando eu era parte desses momentos espontâneos. Pelo menos uma vez por ano, ela me tirava da escola fingindo uma consulta médica e me levava ao cinema ou ao Jardim Botânico ou a uma matinê. Mas agora... agora é só irritante.

Eu olho para o relógio e vejo que são quase nove. Merda, já estou atrasada para o Dia dos Atos de Serviço. Pego a bolsa, calço um par de sandálias e saio pela porta, os óculos escuros na cabeça.

Na rua, o sol exibe aqueles raios de fim de verão e eu chamo um táxi para ir para a Excelsior. Aninhada no banco de trás, olho o celular e abro o e-mail da sra. Shalcross, dizendo o que devemos esperar.

Blábláblá. Leio até o fim, onde os demais nomes do comitê de indicação estão listados. Faço uma pausa ao ver o da minha mãe.

A sra. Shalcross não mencionou que minha mãe tinha mandado uma mensagem de texto dizendo que estava doente? Isso significa que a minha mãe *está* olhando a caixa de entrada. Talvez... talvez, só talvez, ela responda.

O motorista acelera e, com um frio na barriga, eu abro o e-mail e começo a digitar. Ajusto as configurações para ser notificada quando ela o abrir. Dou uma última lida e, prendendo o ar, aperto o botão de enviar.

Mãe... Se você voltar hoje, podemos deixar isso tudo pra lá. Mas, por favor... só me conta onde você está. Volta. Eu preciso de você.

O auditório da Excelsior está ocupado com as mesmas pessoas do almoço, mas agora todos estão vestidos de forma um pouco mais casual, de calça jeans e vestido, camisa polo e mocassim. A maioria está reunida com os outros indicados da própria escola, e, no palco, o comitê de indicações conversa entre si, com pranchetas na mão.

Desço a escada de veludo vermelho e vou na direção do grupo da Excelsior, lá na frente. Eu sempre amei este prédio, onde temos assembleias da escola e reuniões nas manhãs de segunda, e vemos todas as peças e recitais de bandas. É majestoso, com assentos no balcão e cortinas de veludo bordadas com laços dourados. Lembra-me os teatros da Broadway em Midtown, mas mais moderno, com acabamentos novos e um lustre de cristal que pende do teto de quinze metros, com uma sanca intricada em volta da base.

Vejo Isobel primeiro, com aparência melhor do que no dia anterior, embora não dê para deixar de notar a aparência inchada da pele dela, com alguns vasinhos rompidos em volta da boca. Lee tem um braço passado no ombro dela como se estivesse tentando protegê-la, e os pés deles estão apoiados nos bancos da frente. Sinto vontade de mandá-los se sentarem direito, como se fosse uma representante de turma intrometida, mas mordo a língua quando chego perto. Tori e Kendall estão sentados ao lado deles, em silêncio, sem conversar, mas Skyler não parece ter chegado ainda.

Quando chego na fileira deles, Isobel olha primeiro e o rosto dela se anima quando me vê.

— Aqui — chama, indicando o lugar vazio ao seu lado.
— Guardei seu lugar.

Meus ombros se contraem, e por um segundo penso em me sentar no lugar vazio ao lado de Kendall, longe de Isobel.

Talvez seja pelo jeito como ela está me olhando, tão esperançosa e ávida, como se quisesse provar para mim que está *bem*, que está *normal*.

Mas olho para Isobel e vejo algo mudar no rosto dela, o leve movimento nos olhos que me diz que ela só está tentando ser legal, então afasto a voz da minha mãe da minha cabeça.

Passo por Tori e Kendall e me sento ao lado de Isobel, que se desenrosca de Lee e fica ereta.

— Você está bem? — pergunto suavemente.

Ela olha na direção do palco.

— Sim, claro.

— Depois de ontem… — começo, mas ela me interrompe.

— Você sabe como é. Diversão demais.

Eu assinto, apesar de eu *não* saber como é. Ela encheu a cara nos dois últimos dias, uma coisa que normalmente deixamos para lá. Mas tem havido uma amargura no estado embriagado dela. Uma coisa urgente, acelerada. Espero que Marty consiga botar bom senso na cabeça dela. Pelo menos convencê-la a pegar mais leve.

— Cadê o Skyler? — pergunto a Lee, me inclinando em cima de Isobel para mudar de assunto.

Lee olha em volta e dá de ombros.

— Atrasado, acho.

Eu me encosto e cruzo os braços, tentando não ficar irritada. Falei mil vezes para o Skyler não se atrasar para esses eventos. Pega mal, não só para ele, mas para *mim* e para a pessoa que o indicou, que pode ter sido a minha mãe. Se bem que parece que ela não liga mais para as aparências, considerando que não está aqui.

Mas finalmente, quando a plateia se acalma e os demais alunos se sentam, ouço alguém despencar no banco atrás de mim. Quando me viro, vejo Skyler sorrindo para mim, esticando a mão para me dar um oi.

— E aí, gata — diz ele, apertando de leve meu ombro. Está tão perto que sinto o cheiro do desodorante dele.

— Você está atrasado — sussurro.

Ele abre aquele sorriso malicioso, o que é capaz de me derreter. É esse mesmo: o torto que mostra o dente de baixo teimoso que nunca aceitou o aparelho, que me lembra como ele era quando garotinho: determinado, agitado e sempre presente. A camisa branca de botão está um pouco amassada, como se ele tivesse se esquecido de passar, e o cabelo está espetado em ângulos estranhos, embora nele o visual todo pareça mais casual estudioso do que desleixado.

— Só um pouco — sussurra Skyler. — Mas você não pode ficar brava. — Ele enfia a mão no bolso e pega uma caixinha do tamanho de um baralho, e a coloca no espaço entre meu pescoço e meu ombro. — Seu favorito.

Levanto a mão para pegar e passo o polegar sobre o logo em alto-relevo da Ladurée, uma confeitaria francesa de Tribeca especializada em macarons.

— Chocolate e rosas, o que você gosta.

Reviro os olhos.

— Tudo bem — digo. — Não estou brava. — Eu abro um sorriso e me viro, ofereço um para Isobel e coloco o outro na boca.

Isobel olha para a caixa.

— Ele foi a Tribeca?

Dou de ombros e, antes que ela possa dizer qualquer outra coisa, as luzes do teatro se apagam e a reunião começa.

O LEGADO **147**

ISOBEL

Só tem um motivo para Skyler ter ido a Tribeca de manhã, e foi para ver Opal Kirk. Eu olho para Kendall, que está com expressão furiosa no rosto e se recusa a fazer contato visual comigo desde que chegamos.

Eu aperto as mãos contra a barriga e desejo poder derreter no assento. Minha ressaca está violenta, como se todas as partes do meu corpo se rebelassem contra si mesmas, empurrando e puxando para longe dos outros órgãos dentro de mim. Não lembro muito o que aconteceu depois que voltei de comprar o gelo com Kendall. Só sei que acordei de manhã na cama do Lee com uma dor de cabeça violenta e uma atadura na testa. Por sorte, Lee não fez escândalo, e quando olhei a ferida, percebi que não era nada que uma pomadinha não pudesse resolver. Uma mecha de cabelo bem posicionada cobriu o corte, e eu me arrumei com uma camisa de botão de Lee e um lenço de seda que eu tinha na bolsa amarrado na cintura.

Mas nada disso consegue impedir o fato de que meus nervos estão à flor da pele, descontrolados e frágeis, quando meu pé começa a se balançar como se tivesse vontade própria. Estou agitada. Inquieta. Eu deveria ter levado algo para aliviar a ressaca, para tornar a volta para a sociedade um pouco mais gerenciável. Menos vergonhosa. Mas como eu não fui em casa, meu estoque está no fim.

Felizmente, alguns holofotes se acendem e iluminam cinco poltronas e um púlpito. Pelo menos, posso me esconder no escuro.

A sra. Shalcross sobe no palco e acena para a plateia.

— É tão bom ver todos os nossos indicados de novo no Dia dos Atos de Serviço. — Ela faz uma pausa e alguns alunos nos fundos se submetem a aplaudir, como o esperado. — Hoje, vocês vão ouvir as histórias de ex-alunos recentes que receberam bolsas graças ao fundo do Clube do Legado e descobrirão por que seu trabalho esta semana tem potencial de impactar tantos estudantes.

Ela olha ao redor com avidez, sorrindo.

— E, depois disso, vamos nos dividir em grupos com base nas bolsas designadas a vocês para a apresentação. A partir daí, vamos participar de serviços comunitários importantes, em que vocês poderão aprender mais sobre suas bolsas e fazer o *bem* por um dia.

Ao meu lado, sinto a mão de Skyler apertar o ombro de Bernie. Ela se encosta na mão dele e coloca a dela por cima, e meu estômago fica embrulhado enquanto tento ignorar o gesto, a desonestidade por trás dele.

— Qual você recebeu? — sussurra Lee para mim baixinho. — A minha é de Ciências e Tecnologia.

— Belas Artes — sussurro. — Ainda bem.

Lee aperta a minha mão.

— Você vai arrasar — diz.

O LEGADO **149**

Eu aperto a dele.

— Você também.

Mas não posso dizer que já comecei a pensar na apresentação que temos que fazer no fim da semana. A única coisa em que estou concentrada é em garantir que a gente termine a semana sem estragar nossa vida.

TORI

Não sei se eu poderia ter pensado em algo pior do que aguentar uma reunião sobre a bolsa que *eu* ganhei com um bando de adolescentes que não conseguem nem imaginar que talvez alguém precise de bolsa de estudos para estudar na Excelsior, onde a anuidade é mais cara do que a da maioria das faculdades.

Mas ali estou eu, sentada ao lado de Bernie Kaplan e Kendall Kirk, ambos com prédios na Excelsior batizados com seus sobrenomes, ouvindo ex-alunos da Liga Intercolegial falarem sobre o quanto a bolsa foi importante para eles... e como estudar em uma daquelas escolas mudou a vida deles para sempre.

— Eu nunca soube o que estava perdendo até começar a estudar na Gordon — diz uma mulher branca baixa com uma faixa de cabelo absurdamente grande e tamancos volumosos.

— Vi o resto das pessoas com quem passei a infância lutarem para encontrar atividades extracurriculares que se destacavam ou materiais de trabalho que os desafiavam. Eu fui a primeira pessoa da minha família a fazer faculdade, e foi só por causa da Gordon que fui aceita em todas as minhas principais escolhidas. Gordon me preparou para o mundo real: saber fazer contatos, me focar e me concentrar nas coisas. Sem dúvida foi o motivo para eu ter entrado na faculdade de Direito de Harvard e ser agora funcionária da Corte Estadual de Apelação de Nova York. — Ela faz uma pausa e olha para o fundo do salão. — E foi por causa da generosidade desse grupo aqui que consegui fazer isso tudo acontecer.

Meu estômago se contrai, e uma sensação horrível surge quando olho em volta. A maioria dos indicados parece entediada ou está olhando o celular escondido. Eles estão cagando e andando para o que aquela mulher tem a dizer, e, sinceramente, a impressão é a de que ela quer puxar todos os sacos do planeta, o que me faz me sentir péssima, considerando que todas as pessoas do salão são quase uma década mais jovem do que ela.

E, pela primeira vez desde que recebi a indicação, eu me pergunto se fazer parte do Clube foi um erro. Se estudar na Excelsior foi a decisão errada.

Foi a minha mãe que me convenceu a me inscrever para a bolsa. Ela deixou o formulário na minha escrivaninha um dia, e eu o encontrei depois da aula, quando voltei do treino de futebol. Peguei o papel e o levei para o andar de baixo, onde ela estava assando coxas de frango em uma panela de ferro fundido, cantarolando enquanto Helen fazia o dever de casa à mesa da cozinha.

— Você acha que eu devia me candidatar? — perguntei, uma bolha de esperança se formando na minha barriga.

— Eu não teria colocado lá se não achasse.

Encarei os rostos alegres e sorridentes do panfleto, olhando com atenção para livros. Os prédios da Excelsior estavam ao fundo, enormes, tão diferentes da escola quadradona e velha que eu frequentava a poucos quarteirões de casa. A minha mãe soltou a colher de pau e colocou as mãos na bancada.

— Você pode tentar — disse ela. — O que tem a perder?

— Mas eu gosto da minha escola — falei. — Gosto dos meus amigos.

Minha mãe deu de ombros.

— Eles ainda vão estar lá. Ainda vão ser seus amigos. Mas um lugar como esse aí pode mudar as coisas pra você. Pode abrir novas portas.

Virei o panfleto, onde havia uma lista de faculdades para onde os formandos estavam indo: Yale, Harvard, Princeton, Stanford, Penn, Dartmouth, Northwestern. Onde eu estudava, a maioria dos adolescentes mais velhos que eu conhecia que estavam pensando em faculdade iam para as estaduais ou municipais. Quando voltavam, eles estavam felizes e saudáveis e cheios de histórias. Mas essa era a questão. Eles sempre voltavam. E eu não sabia se era isso o que queria.

— Vou pensar — falei para a minha mãe.

Ela piscou para mim e voltou a cuidar do frango sem dizer mais nada. Mas esse era o jeito dela: dava apoio e era direta, sem ser sufocante. Pensei no assunto por uns cinco minutos e decidi preencher o formulário, escrevendo e reescrevendo três redações diferentes e deixado na mesa de cabeceira da minha mãe para ela opinar.

Ela e eu ficamos repetindo isso por duas semanas, sem nunca falar diretamente sobre a Excelsior, só nos comunicando por edições nas margens, pequenos comentários como *Muito bem, filhotinha* e *Você pode fazer melhor*.

Finalmente, em uma noite de quarta, ela deixou o formulário na minha mesa com um post-it. "Está pronto quando você estiver."

Enviei ele no dia seguinte.

Minha mãe ficou eufórica quando fui aceita com a bolsa de Artes e Letras, que veio com um recado de três páginas do Clube do Legado, exclamando seu prazer em me oferecer bolsa completa e fundos para os livros, material escolar e viagens de turma da Excelsior para lugares como Paris e Cidade do México. A formalidade — a grandiosidade — de tudo só aumentou meu interesse no Clube em si, com o brasão majestoso decorando cada correspondência. Bastou um pouco de pesquisa para eu perceber que as indicações de novos membros eram para formandos em ascensão, escolhidas por um comitê de ex-alunos dedicados.

Nos poucos meses entre a ocasião em que eu entrei na Excelsior e quando as aulas começaram, a minha mãe e eu passamos muito tempo falando sobre a escola, pesquisando sobre ex-alunos e até visitando o local, espiando pelo portão.

Nós conversamos sobre o uniforme e como seria bom não pensar no que vestir todos os dias, e em como eu poderia individualizar meu visual usando mocassins de couro favoritos ou um pin esmaltado da livraria dos pais da Joss.

Ela me mandou para a escola naquele primeiro dia com lágrimas nos olhos e nunca parou de me pedir todos os mínimos detalhes sobre tudo que acompanhava ser uma aluna da Excelsior. Ela ficou tão orgulhosa e me dizia isso todos os dias.

Estar na Excelsior significava que eu estava mais ciente do que nunca de tudo o que *não tinha*. Mas como ela poderia saber que eu receberia olhares estranhos por dizer que nós passamos as férias de inverno em casa e não em Aspen, ou que as pessoas não conseguiriam entender que eu dividia o quarto com minha irmãzinha? Ela não tinha ideia de que seria impossível fazer amizade com gente que achava que gastar 35 dólares no almoço era normal, nem que meus colegas jamais estariam interessados em visitar o Queens, a não ser para ir a um camarote no Citi Field ou uma exposição no MoMA PS1. Ela não fazia ideia de que eu me sentiria como uma ilha em um mar de riqueza. Como poderia saber?

Mas agora, eu me pergunto o que ela acharia de tudo *isso*: do fato de que a filha agora vai ser parte da mesma comunidade que oferece as bolsas. Eu me pergunto se ela ainda sentiria orgulho de mim ou se ficaria com medo de eu me perder ao me tornar um deles.

Não tem como eu saber.

No palco, a sra. Shalcross volta para o púlpito e puxa uma salva de palmas.

— Isso não foi inspirador? — diz ela, toda animada. — Antes de encerrarmos por hoje, eu gostaria apenas de ressaltar uma pessoa muito especial entre os indicados deste ano.

Os alunos ao meu redor se sentam todos mais eretos, esticam as pernas só um pouco.

— Pela primeira vez na história do Clube do Legado, nós finamente temos uma indicada que recebeu uma dessas bolsas.

Ah, não. Por favor, não.

— O comitê de indicação gostaria de homenagear essa aluna maravilhosa hoje. Tori Tasso, onde você está?

Meu rosto está pegando fogo quando 35 outros alunos viram a cabeça como um bando de xeretas. Os olhos da sra. Shalcross percorrem o salão até me encontrarem e se fixarem em mim. Ela faz sinal para eu me levantar, mas não consigo me mexer. Estou paralisada.

Bernie me cutuca e sussurra no meu ouvido:

— Vai ser mais fácil se você simplesmente fizer isso logo.

Meu estômago despenca ainda mais na barriga e, com pernas trêmulas, eu me levanto com hesitação.

A sra. Shalcross sorri e se inclina para mais perto do microfone.

— Tori foi beneficiada pela bolsa de Artes e Letras na Excelsior — diz ela, como se eu fosse uma vaca sendo leiloada em um rodeio de cidade de interior. — E nós estamos muito animados para ouvir a apresentação dela no sábado!

O auditório aplaude e entendo isso como minha dica para me sentar de novo na cadeira e me afundar o máximo que consigo sem deslizar para o chão. Meu coração bate rápido e meus dedos começam a tremer, então eu me sento nas mãos e fecho os olhos para esperar a situação toda acabar, enfim.

Depois do que parece uma eternidade, a sra. Shalcross encerra a reunião e nos dispensa para as sessões de grupo. Antes que qualquer pessoa da Excelsior possa dizer alguma coisa, eu pulo da cadeira e sigo pela fileira, esbarrando o joelho no de Kendall Kirk. Murmuro um pedido de desculpas dizendo que preciso ir ao banheiro enquanto passo por outros alunos que ficam me olhando... olhando para mim, Tori Tasso, a garota da bolsa do Legado.

Quando chego ao corredor, vou direto para o banheiro com duas cabines em frente à sala da banda e abro a porta. Felizmente, está vazio. Ligo a torneira e jogo água no rosto antes de me segurar nas laterais da pia para me apoiar.

Como aquela mulher pôde achar que estava tudo bem me apontar como a única aluna bolsista? Minha situação não é segredo, mas eu não saio por aí anunciando. Ela também não deveria ter feito isso. Quanto mais penso, mais furiosa eu fico, com uma bola de fúria crescendo e fervendo dentro de mim até ficar prestes a saltar pela minha garganta.

Mas, de repente, a porta se abre.

Dou um pulo e vejo a mulher da Gordon Academy que estava no palco andar na minha direção e botar a bolsa na bancada.

— Me desculpa, eu não queria te assustar.

— Não assustou. — Fecho a torneira e seco as mãos. Meus olhos ardem e eu pisco, tentando engolir o nó se formando na minha garganta.

A mulher fica em silêncio por um segundo enquanto passa batom, olhando-se no espelho. Mas aí, ela se vira para mim e apoia o quadril na pia.

— É a cara deles, né? — diz a mulher. Eu encaro o rosto dela a tempo de vê-la revirar os olhos. — Eles nos exibem todos os anos como se fôssemos robôs construídos de acordo com as especificações deles, cumprindo as promessas das bolsas.

Sinto um aperto na garganta ao perceber que ela está dizendo tudo que senti.

— Por quê… — começo a dizer. — Por que você continua vindo? Pra falar daquele jeito, pra elogiar eles?

— Eles? — Ela sorri. — Você não quer dizer "nós"? Você é um deles agora.

Minha boca se abre um pouco.

— Tudo tem seu preço. Até mesmo essas bolsas. A gente transmite simpatia, dá as caras aqui e agradece. Nós fingimos que nunca conseguiríamos obter o que obtivemos sem eles… e continuamos nas graças deles.

Eu olho para ela, tão confiante e cínica e sintonizada com o funcionamento do mundo.

— Você se arrepende de ser parte disso? — pergunto.

Ela balança a cabeça com veemência.

— Nem por um segundo. — Mas aí ela ri. — Mas tenho alguns conselhos.

— O quê?

Ela se inclina para a frente com expressão diabólica nos olhos.

— Já vim a reuniões assim o suficiente pra saber que tem um prêmio em dinheiro para o vencedor das apresentações. Ouvi falar que a tradição é que quem o recebe doe de volta ao Clube. Um gesto de boa vontade e tal.

Meu estômago despenca quando a ficha cai.

— Se você ganhar, não devolva. — Ela me dá uma piscadela. — Mas você não ouviu isso de mim.

Eu assinto devagar, tentando absorver tudo, me perguntando o que vou fazer se eu ganhar agora que meu plano todo acabou de ser destruído.

— Eu posso nunca ser membro do Legado, ou parte deste mundo de verdade — diz ela. — Mas posso fingir, e, em pouco tempo, você também vai. Afinal, você é a única bolsista a receber uma indicação para o Clube. Isso deve contar pra alguma coisa.

— Mas… é isso o que você quer? Ser parte disso?

Ela dá de ombros.

— Claro. É parte do jogo. — Ela me dá um tapinha leve no ombro e vai para a porta. — Te vejo na próxima.

DEPOIS DO BAILE

— Lee Dubey.

Um jovem desgrenhado olha para a frente, os olhos arregalados de medo. Ele está usando um smoking sob medida, a gravata-borboleta desamarrada, pendurada no pescoço. Obediente e atordoado, ele segue um dos detetives para a cozinha, onde há um laptop sobre uma mesa ao lado de uma câmera filmadora, a luz vermelha piscando.

Lee lambe os lábios, limpa as palmas suadas das mãos na calça amassada. Ele não sabe por que está nervoso. Ele não tem muito a esconder. Ao menos, ele acha que não.

Exceto pela confusão com Isobel na noite anterior. Ele se arrepende do jeito como falou com ela. De verdade. Mas foi melhor assim, não foi? Seus pais sempre disseram que a coisa mais nobre que uma pessoa pode fazer é ser honesta. E ele era. Ao extremo. Mesmo quando a verdade brutal magoava as pessoas que ele amava. E ele ama Isobel.

Amava. Ele precisa se lembrar disso. Ele a amava.

— Você está pronto para responder algumas perguntas?

Lee engole em seco, o pomo de adão subindo e descendo.

— Você tem dezoito anos?

— Tenho — sussurra ele.

— O quanto você conhecia a pessoa falecida?

Lee fica parado com os braços pendendo ao lado do corpo como cordas.

— Devo entender que a resposta é "bastante"? — diz o policial.

Lee pisca, os olhos vidrados e úmidos.

— Desculpe. — O policial entrega uma toalha de papel para Lee, tirada de um rolo perto de uma assadeira cheia de tortinhas de amora que não chegaram a sair da cozinha.

— Isobel... Nós tivemos uma briga — sussurra ele. — Foi feia.

O policial se inclina para a frente.

— O que aconteceu?

Lee funga, a respiração entalando na garganta.

— Ela mentiu pra todo mundo. — Ele olha para a frente com lágrimas nos olhos. — Você acha que essa foi a razão para isso ter acontecido? Que a briga pode ter sido... As pessoas estão dizendo que foi um pulo. De propósito.

O policial verifica a filmadora para ver se está funcionando. Este garoto... Ele não parece tão entediado quanto os demais, tão dissimulado. Se o detetive gostasse de apostar, ele diria que o garoto demonstra remorso real, verdadeiro... e que não teve nada a ver com a tragédia desta noite.

Mas o detetive já se surpreendeu em mais de uma ocasião. Sabe que não se deve tirar conclusões precipitadas, não se deve encarar todas as lágrimas como verdades. Esse tal de Lee pode muito bem estar tentando enganá-lo, como o resto daqueles mauricinhos arrogantes. Talvez ele apenas atue melhor do que os outros.

O policial limpa a garganta e segue na tarefa. Ele sabe como fazer Lee gostar dele. Estica a mão áspera e grande e dá um tapinha no ombro de Lee, desajeitado.

— Você só é responsável pelas suas próprias ações, meu filho.

Lee olha para baixo, não convencido.

— Fizeram algum exame? — *pergunta ele.* — De... você sabe.

O policial faz uma pausa. Ninguém falou de drogas ainda.

— O resultado do exame toxicológico só vai sair em alguns dias. Mas você acha que pode haver evidências disso?

— Acho — *diz Lee.* — Acho, sim.

BERNIE

Sigo as placas até a ala francesa, onde os demais indicados designados para a bolsa de Artes e Letras têm que se reunir. Enquanto subimos a escadaria de mármore, olho ao redor procurando Tori.

Ela está seguindo o grupo, o rosto vermelho e virado para baixo. Diminuo o passo até ela me alcançar e começo a andar ao seu lado.

— Você está bem? — pergunto, tentando manter a voz baixa.

Tori morde o lábio, mas fica olhando para a frente.

— Aquilo foi escroto — digo, e é verdade. Nunca pensei sobre quem poderia ser bolsista na Excelsior, nunca passou pela minha cabeça, mas com base na forma como a sra. Shalcross falou o nome de Tori, como se ela fosse excepcional por se tornar Legado enquanto *também* tem bolsa, pareceu muito errado. Não deveria caber a Tori decidir compartilhar essa informação ou não? — Eu só...

Tori balança a cabeça e me interrompe.

— Eu não quero falar sobre isso.

— Tudo bem — digo, e juntas andamos em silêncio atrás do resto dos indicados, seguindo na mesma direção.

Entramos em uma das salas de aula, onde as cadeiras estão arrumadas em círculo, e Tori se senta do outro lado da sala quando a sra. Gellar entra e se senta na mesa do professor na frente.

Ela junta as mãos.

— Preparados para um pouco de serviço comunitário? — pergunta.

Cabeças assentem com avidez, e olho de soslaio para Tori, que está espiando pela janela.

A sra. Gellar pega a prancheta e lê um roteiro pré-escrito sobre a bolsa de Artes e Letras, dizendo que é dada a alunos que se destacaram em matérias como idiomas, história e inglês. Ao redor da sala, vejo as pessoas lançarem olhares para Tori, cujos olhos estão grudados no papel à frente dela. Eu me pergunto se a estão observando de um jeito diferente agora... e se eu também estou.

Por um momento, sinto vontade de protegê-la, de dizer para todo mundo ir se foder e parar de encará-la. Quero dizer que Tori tem a maior média da turma e que a redação dela sobre a *Ilíada*, de Homero, no nono ano ganhou um prêmio nacional de literatura que costuma ser dado para alunos de nível universitário. Talvez as pessoas parassem de olhar se percebessem que ela provavelmente vai entrar em uma das melhores universidades do país *sem* ajuda dos pais e dos amigos da família... coisa que poucos de nós, inclusive eu, podem dizer.

Mas aí, percebo que nunca pensei em Tori desse jeito, como se fosse alguém de quem valesse a pena ser amiga. Eu nunca pensei nela e ponto final.

Como todo mundo, fico quieta e ouço a sra. Gellar falar as instruções do nosso projeto de serviço comunitário, que vamos passar as próximas duas horas embalando sacolas de material escolar para serem enviadas para abrigos de mulheres por toda a cidade. Assim que ela para de falar, a energia na sala fica alegre e relaxada. Ninguém está pensando naquelas mulheres, nas famílias, nas crianças que vão usar o material, e só no que os dias seguintes trarão. É tudo previsível, meio nojento. Pelo jeito como Tori está se remexendo na cadeira, aposto que ela pensa o mesmo.

Quando a sra. Gellar distribui as bolsas de lona que temos que encher, eu pego o celular e atualizo o e-mail para ver as mensagens mais recentes. Meu estômago se contrai enquanto ele carrega, enquanto desejo que uma resposta da minha mãe chegue, que finalmente revele onde ela está, o que está acontecendo.

Finalmente, minhas mensagens mais recentes aparecem, e, no topo da minha caixa de entrada, há uma resposta automática, avisando que minha mãe abriu meu e-mail uma hora atrás. Meu coração dá um salto. Ela viu. Mas quando puxo a caixa de entrada de novo para baixo, para atualizar e ver o que há de novo, não há mensagem dela. Não há resposta. Não há sinal. Não há nada.

Largo o celular na bolsa e tento respirar mais fundo para me acalmar. Mas não adianta, porque o que há pela frente está claro: minha mãe não vai voltar e eu não tenho ideia do motivo.

ISOBEL

Telas em branco, música alta. O cheiro de aguarrás.

Finalmente, estou em casa.

Aqui, no barracão que construímos no fundo do jardim de casa, fica meu ateliê improvisado, onde passo a vida desenhando, pintando e até esculpindo durante aquele inverno em que eu achei que modelar argila poderia acalmar meu cérebro. E acalmou, por um tempo.

Mas nada se compara à emoção que sinto quando estou com um pedaço de carvão ou pincel de madeira entre o polegar e o indicador. Hoje, apoio uma tela pequena no cavalete e aumento o volume do aparelho de som, que está tocando Bonnie Raitt tão alto que mal consigo me ouvir pensar. Exatamente como gosto.

Eu cubro todas as janelas com papel preto grosso e coloco meu uniforme: uma das camisetas velhas do meu pai da época da faculdade de medicina que agora está tão manchada que é impossível saber a cor original. Em seguida, começo a trabalhar misturando cores em uma paleta grossa de plástico e delineio meus próximos passos. Sei que deveria estar trabalhando na minha apresentação de sábado, mas descobri que, quando vem a inquietação, não dá para aliviar, eu não tenho como me concentrar em nada além da imagem no meu cérebro, até eu a ter colocado para fora, no mundo. E hoje, agora, não consigo pensar em mais nada além de ondas quebrando, uma tempestade escura. Uma monção.

Primeiro vem um mar azul, uma explosão violenta de escuridão na tela. Eu balanço a cabeça com a música, pingando tinta no chão todo.

Meu processo sempre foi assim: um que existe em explosões curtas e furiosas que só podem parar quando eu me esgoto completamente. Quando comecei a pintar, meu pai ficou preocupado pela agressividade de meu trabalho. Por ser grotesco. *Tinha* que haver algo errado comigo. Mas a minha mãe mandou que ele ficasse na dele e me deixasse ser criativa.

Não era que eu estivesse desenhando violência no sentido tradicional. Nada de pessoas decapitadas nem de cadáveres ensanguentados. Nenhum ato de fúria nem crueldade. Só que meu trabalho, meus interesses, sempre penderam para coisas sombrias, para as formas pelas quais enganamos uns aos outros. Mas isso sempre foi expressado pela natureza, pelo mundo selvagem. Eu não pinto gente, só os nus artísticos que sou obrigada a desenhar nas aulas, e, mesmo assim, eles sempre se transformam em outra coisa. A curva de um quadril vira o litoral da Califórnia. Uma descida da pelve, um vulcão em erupção.

Momentos se passam. Minutos, uma hora, e eu me perco na coisa que amo, na coisa que me mantém motivada, que me impulsiona, até que uma batida alta na porta me faz pular.

Coloco o pincel de lado e abaixo a música. O ar está pesado de óleo, e me sinto tonta pelo cheiro da aguarrás, mas eu grito:

— Um segundo, mãe!

A porta se abre e deixa a luz do crepúsculo de verão entrar, e percebo que estou aqui há mais horas do que pensei.

— Desculpa — digo. — Já vou terminar.

Mas quando me viro para a entrada, não vejo a minha mãe. Skyler está apoiado no batente, olhando em volta, e, por um segundo, tenho a sensação de que ele está me vendo aberta, exposta e nua, observando as partes mais íntimas de mim. Ele precisa sair daqui.

Vou na direção dele e o forço a recuar para o jardim, fechando a porta ao sair. Limpo as mãos suadas na roupa.

— Que merda bacana essa aí — diz Skyler.

Eu balanço a cabeça.

— O que você está fazendo aqui?

Skyler suspira e se senta em uma rede que o meu irmão, Marty, instalou quando éramos crianças. Ele move as pernas para a frente e para trás para se balançar.

— Nós precisamos ter uma conversinha.

Meu estômago dá um nó e eu cruzo os braços sobre o peito.

— Sobre o quê? — pergunto.

Skyler me olha como se eu estivesse fazendo joguinho.

— Kendall. Ele sabe — diz.

Merda. Será que Kendall o confrontou? Disse que já tinha me contado? Se ele fez isso, estou fodida: Skyler está aqui para me pressionar para guardar o segredo dele.

— Opal contou pra ele — diz Skyler com pouca preocupação na voz. Ele arrasta os pés no chão e inclina a cabeça.

— E aí, o que a gente vai fazer sobre isso?

Eu pisco, ainda tentando avaliar se ele sabe que Kendall falou comigo ontem, se seria um gesto inteligente deixar claro que falei para Kendall esquecer aquilo tudo.

— Não sei. — Balanço a cabeça. — Nada?

— Ken não vai ficar calado por muito tempo. Você conhece ele. — Skyler balança a mão, achando graça. — Todo bonzinho e coisa e tal. Eu preciso de um plano. *A gente* precisa de um plano.

A raiva sobe pela minha garganta, e de repente sinto uma vontade gigante de proteger Kendall. Preciso tentar desviar a atenção de Skyler.

— Se você não quer que Bernie descubra, talvez você não devesse visitar Opal horas antes de um evento do Legado. Macarons de Tribeca? Você está pedindo pra ser pego.

Skyler revira os olhos.

— Não estava escrito "Eu acabei de comer a Opal Kirk" neles.

— É como se estivesse — resmungo. Mas me viro para ele. — E a Opal não é tão fraca quando você pensa, sabe. Ela também pode contar pra Bernie.

Skyler sorri para mim com todos os dentes à mostra, o que me faz dar um passo para trás. E me encolher.

— Ela não vai contar pra Bernie.

— Por que você tem tanta certeza? — pergunto, se bem que, assim que falo, penso que talvez não queira ouvir a resposta.

— Eu tenho uma coisa contra ela.

— Me diz que não é um vídeo.

— Ah, dá um tempo. Eu não sou um *monstro*.

— Então o que é?

Skyler sorri.

— A Opal me ama — diz ele.

Sinto um buraco no meu estômago e sei que ele está certo.

As sobrancelhas de Skyler se erguem e, de repente, tenho vontade de correr na direção dele e dar um soco em sua garganta. Pegar meu pincel e enfiar na barriga dele, para fazê-lo entender como é se sentir impotente, ao menos uma vez.

Mas não faço isso. Eu pergunto:

— Por que você veio até o Brooklyn pra me dizer isso?

Skyler olha em volta, observando meu quintal, o ateliê, meu corpo coberto de tinta.

— Eu queria ver onde a magia acontece. — A voz dele tem um tom condescendente, cheio de graça e veneno. — Que nada, estou brincando. — Ele dá um passo para a frente, para que o espaço entre nós diminua, e sinto o cheiro do hálito dele, azedo. Ele enfia a mão no bolso do peito da camisa de botão e tira um saquinho transparente fino, com alguns comprimidos pequenos visíveis dentro.

Aperto mais o pincel, a madeira lascada afundando nas palmas das mãos.

— Meu estoque acabou de ser reabastecido. Achei que não faria mal deixar com você um lembrete de como posso te ajudar.

Tenho vontade de bater nele, de enfiar as palmas das mãos em seu peito e empurrá-lo para a rua. Mas tudo no meu corpo rejeita isso, e sinto minha mão se esticando em sua direção, agarrando a sacolinha.

Skyler assente, satisfeito, porque nós dois sabemos que não vou contar o segredo dele. E aí, finalmente, ele se vira e sai, como se nunca tivesse estado aqui.

Assim que o vejo desaparecer, corro para dentro do ateliê. Meu lugar seguro. Mas quando vejo o quadro, o mesmo que passei a tarde toda fazendo, não consigo olhar para ele. Com os nervos em chamas, eu o tiro do cavalete e jogo do outro lado do aposento, onde cai em um cabideiro e é perfurado ao meio. Algo dentro do meu peito se parte e eu caio de joelhos, enfio a mão embaixo do sofá no canto e tateio até encontrar o que estou procurando.

Pego a garrafa de vidro e a abro, o cheiro pungente de álcool quente preenchendo o cômodo. Tomo um gole e enfio um dos presentes de Skyler embaixo da língua. Bebo o resto até as coisas ficarem enevoadas. Suportáveis.

Finalmente. Finalmente, posso descansar.

DEPOIS DO BAILE

Está ficando tarde. *Aquele estranho intervalo de tempo em Nova York quando os notívagos — os que se mudaram para cá para aproveitar o velho adágio que diz que a cidade nunca dorme — tomam quarteirões proibidos para si por uma ou duas horas.*

Eles andam casualmente, com ousadia pelo ar quente de agosto sem um destino claro em mente. Talvez um apartamento para outra bebida. Ou uma fatia de pizza na madrugada. Talvez o bar subterrâneo na esquina que fica aberto até o amanhecer.

Mas os que passam pelo prédio de tijolos brancos que costuma ser quieto e reservado param quando veem as luzes vermelhas piscando e agentes da polícia de Nova York tomando nota nos caderninhos de couro. Eles olham, se perguntando o que poderia ter acontecido em um prédio como aquele, que brilha sob as luzes dos postes.

— Será que mataram alguém? — pergunta um homem, as palavras arrastadas. Uma mancha de vinho tinto se destaca na gola dele.

— Aqui? — diz a acompanhante dele, uma mulher baixa oscilando em saltos grossos. — Que lugar é esse?

O homem dá de ombros.

— Sei lá.

Eles olham para o Clube do Legado, para as janelas iluminadas, para as sombras se movendo de aposento em aposento no interior.

Nessa hora, um táxi amarelo para na frente do prédio, e uma jovem abre a porta, com olhos arregalados e soluços histéricos e incontidos. Ela está de pijama, um conjunto lavanda com bordado roxo na gola. Parece uma criança que acordou de um pesadelo.

— Você está bem? — pergunta o homem.

Mas a garota não parece ouvir.

— Meu irmão — diz ela, chorando. — Kendall Kirk. Ele não está atendendo. Eu soube...

O casal troca um olhar, preocupado e inseguro, mas o que eles poderiam dizer para reconfortar uma garota daquelas? A porta do clube se abre com um estrondo, e um jovem de óculos e smoking amassado desce a escada correndo. O casal estica o pescoço para olhar atrás dele e vê pedaços do lustre de cristal, da fita amarela, do brilho caloroso de opulência. Mas a porta se fecha com força, um lembrete de que aquele lugar não é para eles.

— Opal — grita o garoto, e corre até a irmã. Ele passa os braços com força em volta dos ombros dela, mas não consegue conter a fúria, a raiva. — O que você está fazendo aqui?

Ela solta um soluço, um momento de alívio.

— Eu achei que você...

Ele balança a cabeça e a abraça com mais força.

— Não fui eu — sussurra ele. — Estou bem. Estou ótimo.

Ela solta um suspiro de alívio.

— Quem? — pergunta ela.

Mas antes que Kendall possa responder, uma detetive corre pela porta do Clube, acenando para os irmãos Kirk.

— Ei! — diz ela. — Você ainda não foi dispensado.

Kendall se vira para olhar para a detetive, mas, quando faz isso, Opal inspira fundo, o peito subindo e descendo. Kendall dá um passo para trás e vê, apavorado, os olhos de Opal se revirarem para atrás, e de repente, como se ela fosse uma pena ou um pedaço de seda, o corpo todo dela flutua para o chão, batendo na rua com um ruído suave.

TORI

UM DIA ANTES DO BAILE

Quando chego à lanchonete para o turno da manhã, os madrugadores já foram quase todos embora e há um fluxo constante de clientes regulares de brunch chegando. Sempre os Kleinmans, que vêm andando de Beit HaShalon depois dos serviços do Sabá; os avós Hartley aposentados, que comem omeletes de clara depois de aulas de zumba na ACM; e os Reeses, que acabaram de ter um bebê chamado Kyle e aparecem todos os sábados porque sabem que Marina vai amar a oportunidade de ficar com o bebê no colo por uma hora para eles não precisarem fazer isso.

Quando olho para dentro da lanchonete, tenho uma sensação de tranquilidade, o conforto de saber que é exatamente onde eu deveria estar, longe do Clube do Legado e de todas aquelas pessoas que eu deveria impressionar. Troco a jaqueta de brim por um avental, mas, quando chego perto do balcão dos garçons, meu pai levanta a mão para me impedir.

— Você não está na escala de hoje.

Eu reviro os olhos.

— Para com isso, pai.

Meu pai se mantém firme.

— Você não tem uma apresentação pra terminar?

— Fiquei acordada até as duas da manhã trabalhando nela — digo, o que é verdade. Foi mais difícil do que achei que seria escrever uma versão sanitizada de por que aquelas pessoas deveriam doar o dinheiro delas para mim. *Eu sou a única aqui que precisa do dinheiro, que ficaria com ele* pode ser verdade, mas o sentimento não vai conquistar ninguém. Eu peguei no sono com o laptop no peito, com expressões chatas se repetindo sem parar no cérebro.

— Mais um motivo pra você descansar — diz meu pai.

Marina aparece, apoiando o bebê Kyle no quadril.

— Coloca ela no balcão de doces — diz, dando um beijo na bochecha do bebê enquanto ele se remexe nos braços dela. — Fiona teve que correr pra uma consulta médica. O movimento está devagar agora, de qualquer modo.

Meu pai joga as mãos para cima, desistindo, e indica o balcão de tortas perto do bufê de café da manhã. Falo a palavra *obrigada* sem emitir som para Marina e ela pisca para mim.

Eu me sento em um dos bancos de couro atrás de uma vitrine cheia de bolos, biscoitos, baclavas, donuts, halvas e pães doces. É uma mistura de delícias amanteigadas aleatórias que meu pai reúne especificamente de acordo com o gosto dele (biscoitos da Winner, em Park Slope e donuts do Fan-Fan, em Bed-Stuy) e qualquer coisa que os clientes regulares peçam.

Houve um tempo em que Lori Reese estava tentando se alimentar sem glúten, e meu pai pediu croissants especiais para que ela não fosse para a cafeteria chique ao lado. Não que ela fosse fazer isso. Mas gestos simpáticos assim são da natureza do meu pai. Todo mundo acha que ele passou esse gene para mim. Mas isso é só porque eu sou uma observadora, uma pessoa que suga informações com a intenção de usar a meu favor depois.

Pelo menos, foi o que achei que estava fazendo com Skyler.

Pego meu laptop para olhar o roteiro da minha apresentação, mas sinto um embrulho no estômago assim que meus dedos tocam no teclado. O que escrevi na noite anterior foi vazio, desprovido de significado. O que há para dizer sobre a bolsa, sobre por que as pessoas deveriam *me* apoiar, quando eu não consigo deixar de sentir que não mereci essa indicação, que não deveria estar ali?

Se as pessoas soubessem por que sou parte disso de verdade agora, acho que ninguém ia querer me ajudar, menos ainda me deixar entrar no Clube.

Além do mais, talvez eu não queira ser parte desse grupo mesmo... um grupo construído sobre crenças preconceituosas e antiquadas e que ainda parece não ligar para as pessoas que dizem que estão ajudando.

Talvez... talvez eu devesse desistir.

Mas aí, penso em todas as contas atrasadas na mesa do meu pai. Nas despesas. Na expressão preocupada no rosto dele quando percebeu que eu sabia a verdade. Como o rosto dele se transformou quando brinquei sobre processar os advogados que ainda não nos pagaram.

Eu não posso desistir. Não quando tenho a chance de ajudar a manter a lanchonete.

Mas, de repente, minha visão fica escura e sinto as mãos de alguém no meu rosto, cobrindo meus olhos.

Um sorriso puxa os cantos dos meus lábios quando apoio as palmas das mãos na pele quente sobre meu rosto.

— Oi, Joss.

— Droga, achei que ia te pegar um dia desses. — Ela solta as mãos e me dá um beijo rápido na bochecha antes de pular no banco ao meu lado, o ombro encostando no meu. Ela se inclina e olha para o meu computador.

— "A bolsa de Artes e Letras é uma oportunidade estimulante..." Tor, eu acho que você pode escrever coisa melhor do que *isso* aí.

Minhas bochechas ficam vermelhas e fecho o computador. O rosto de Joss se contorce em uma careta.

— Peguei pesado? — pergunta ela.

Eu faço que não.

— Eu não consigo. Subir lá e falar sobre essa bolsa sabendo que *eles* todos sabem que fui eu que recebi.

Joss dá de ombros.

— E daí? Larga a coisa toda.

Eu balanço a cabeça, sem conseguir admitir que estava pensando a mesma coisa.

— Não posso.

A mandíbula de Joss se contrai, como se ela estivesse se segurando, como se quisesse dizer mais.

— O quê?

Os ombros dela ficam moles e, por um segundo, ela parece se debater entre dizer o que está na ponta da língua ou ficar em silêncio. Mas Joss nunca foi de se segurar. Ser passivo-agressiva não está no sangue dela.

Joss e eu sempre jogamos limpo uma com a outra porque não precisamos esconder nada. Eu sempre podia falar quando ela estava me incomodando mastigando alto ou suspirando, ou quando eu queria ficar sozinha para ler. Ela nunca ficava com raiva nem chateada, nem falava de mim pelas costas.

Ela respondia, sem medo de me confrontar se eu estivesse sendo teimosa ou insensível demais. Portanto, não fico surpresa quando ela fala.

— É bem difícil te apoiar nessa história — diz ela, as palavras saindo devagar, como se quisesse garantir que cada uma estivesse certa. — Não consigo deixar de sentir que você está deixando de lado todos os seus princípios morais pra se juntar a um clube velho e ridículo porque tem um prêmio em dinheiro em jogo, o que, claro, consigo entender. Mas aí, você me diz que não quer ser parte disso por todos os motivos que eu citei, mas insiste que vai em frente mesmo assim porque não sabe como vai ser sua vida sem isso. — Joss dá de ombros, quase constrangida por mim. — É um pouquinho egocêntrico demais. Você nem está considerando como *eu* me sinto ouvindo você surtar por causa desse clube do qual eu nunca vou ter a oportunidade de participar por um milhão de motivos.

Ela balança a cabeça e morde a parte de dentro da bochecha.

— Toma uma decisão — diz ela. — E cumpre. Porque senão, acho que não consigo mais aguentar esse vai-não-vai. Eu não tenho tempo pra isso e nem você.

As palavras de Joss cortam o ar, penetrantes, e percebo que magoam tanto porque sei que ela está certa.

Eu não aguentei a humilhação de ontem, nem a prática bárbara de me levantar e ser julgada pela minha aparência por um comitê de adultos, só para *não* ir em frente amanhã.

Joss me olha, os olhos arregalados e tristes.

— O que você não está me contando?

Inspiro fundo e penso na lista de segredos que estou guardando, nos que eu disse que nunca contaria. O segredo sobre como obtive a indicação, esse eu não estou disposta a compartilhar. Ainda não. Não agora. Mas o outro...

— Meu pai pode perder a lanchonete — digo. — Deixou de pagar parcelas da hipoteca. — Eu balanço a cabeça. — Nós ainda estamos esperando o dinheiro do processo. Nós precisamos de alguma coisa que nos ajude a aguentar.

— Merda. Sinto muito, amor. — Ela estica a mão para segurar a minha e a aperta de um jeito que deixa claro que ela entende como isso seria doloroso. Os olhos dela se desviam para as fotos em porta-retratos perto da entrada, as que estão lá há décadas. Mas não preciso olhar com atenção para saber que ela está fixada na da minha mãe cuidando da grelha com um sorrisão na cara e uma camiseta da Tasso's manchada de gordura com as mangas enroladas. Joss suspira e aperta mais a minha mão. — Mas você sabe que esse problema não cabe a você resolver, né? Não é você quem está no comando aqui.

As lágrimas estão vindo quentes e rápidas, e não tem nada que eu possa fazer para impedi-las. Eu assinto, sabendo que ela está certa.

— Mas eu posso tentar — acabo dizendo com dificuldade. — Eu posso tentar ganhar.

Joss me envolve em um abraço, me aperta contra o seu peito e apoia a cabeça em cima da minha. Sei que ela não entende, não apoia completamente o que estou fazendo, mas ela fica quieta, me segurando junto a si, sabendo que é disso o que eu preciso agora.

BERNIE

O sol da manhã entra pela persiana da cozinha quando estou colocando abacate em uma torrada, amassando violentamente os pedaços verdes no pão de fermentação natural até ele ficar mais achatado do que eu previa. Não consigo parar de pensar no fato de que a minha mãe leu meu e-mail e não respondeu. Ela sabe que eu a estou procurando, que estou preocupada, e não se dá ao trabalho de me acalmar, de me dar o tipo de consolo que ela sabe que eu desejo.

Tudo isso me enche com uma inegável bola de fogo, uma chama que crepita e faz todos os meus músculos se contraírem, minha mandíbula travar. Durante toda a semana, eu fiquei ansiosa, desesperada por respostas. Mas, pela primeira vez desde que a minha mãe desapareceu, percebo que estou total e inegavelmente *furiosa*.

Bato com a colher na bancada e decido que preciso *fazer* alguma coisa. Preciso agir. Senão, vou ficar presa nessa repetição infernal sem controle. Limpo as mãos no short do pijama de algodão e sigo pelo corredor até o escritório da minha mãe, onde ainda não estive.

Não é que eu não possa entrar lá; é só que não tem motivo para alguém entrar, na verdade. A minha mãe não tem emprego desde que se casou com meu pai, mas ela usa aquela sala para cuidar de toda a "correspondência", como ela diz, e como um retiro do resto da casa. Alguns anos atrás, ela a redecorou com papel de parede florido pintado à mão que veio da Inglaterra e forrou as poltronas de veludo com um tom vinho, de forma que o ambiente parece majestoso e rico, o que acho que era o objetivo dela.

A porta se abre com facilidade, e assim que entro, sou atingida pelo cheiro da minha mãe: seu perfume, que parece ter permeado tudo. A cortina pesada, o tapete fofo, até a cadeira giratória de couro italiano, colocada sob a escrivaninha, com um dos lenços de seda dela pendurado no encosto.

Puxo a cadeira e me sento, giro e observo o mundo dela. A parede é cheia de fotos da nossa família em vários eventos importantes ao longo dos anos: a cerimônia da escolha do meu nome, minha formatura no Fundamental I na Excelsior, a vez em que fui daminha da tia Hilda, meu bat mitzvah. Tem uma dela e do meu pai no casamento deles, rígidos e em pose formal no saguão do Plaza Hotel.

Nas prateleiras na sala, vejo todos os anuários dela da Excelsior, as lombadas de tecido marinho sumindo na escuridão com as letras douradas. Na frente deles tem uma foto da minha mãe jovem, talvez com 17 anos, rindo com uma de suas amigas da Excelsior, parecendo tão despreocupada. Tão viva. Ela está igual, com cabelo ruivo flamejante como o meu e um sorriso largo e simétrico, também como o meu. Foi no começo dos anos 1990, e a minha mãe idolatrava celebridades que usavam batom escuro e tinham cabelos lisos e volumosos nos ombros. Ela era radiante mesmo naquela época, com os braços em volta de outra garota, com cabelo escuro e cacheado com um sorriso largo no formato de uma risada. Era óbvio que as duas eram próximas, unidas. A minha mãe sempre dizia que aquela foto tinha sido tirada alguns meses antes do Baile.

Eu me viro na cadeira, meus pés com meias arrastando no tapete do chão. Mas meu cotovelo esbarra no mouse sem fio na escrivaninha, o que faz a tela do computador acender.

Eu apoio os pés no chão e paro para olhar o computador. A tela inicial está em branco, com uma série de ícones alinhados em fileiras com pastas marcando coisas como FOTOS DA FAMÍLIA e DOCUMENTOS DA CASA. Mas, quando olho melhor, vejo que tem umas dez janelas minimizadas, na parte de baixo da tela.

Com hesitação, clico em um e abro uma página de navegador que parece ser o formulário de compra do Madame Trillian. Ah, acho que isso significa que ela indicou Isobel em vez de Skyler. Eu aperto os olhos para os detalhes, mas não consigo deduzir muito. É só uma confirmação de que um vestido foi comprado. Sem nome. Sem tamanho. Sem a descrição do vestido.

Desço pela página e vejo um bilhete manuscrito de Madame Trillian que foi rabiscado na nota:

> *Querida Esther, o vestido da Bernie não está fabuloso?! Ela será mesmo a beleza do Baile. Você e quem a indicou têm ótimo gosto, mas todo mundo já sabia disso. Mal posso esperar pelo grande dia.*

Eu nem tinha pensado em *quem* me indicaria para o Baile. Conseguir entrar era algo tão óbvio. Dependia de quem estava no grupo de indicadores do ano. Talvez Lulu Hawkins, que ganhou posição de dar uma indicação naquele ano, ou uma das amigas antigas da minha mãe, como Iris Frankel, do coral da Sinagoga Central, ou Marvin Rutledge, que joga em duplas mistas com a minha mãe uma vez por mês. Jeanine Shalcross, até se aproximar de mim em um brunch ano passado e dizer fazendo beicinho que queria poder me indicar, mas, infelizmente, ela só teria escolha no próximo ano. Mulheres que ela conhecia havia décadas, que circulam umas às outras em eventos beneficentes e atividades sociais e que, embora sejam competitivas entre si, furariam o olho de alguém com uma faquinha de abrir ostra para manter o círculo de poder entre elas e seus filhos.

Na última vez que minha mãe pôde indicar alguém, ela escolheu o filho de Iris, Kevin, e depois que isso foi revelado, Iris enviou para ela um conjunto completo de copos de cristal Baccarat como agradecimento. Kevin acabou se provando um merda, se metendo em um escândalo de traição em uma pequena faculdade de artes liberais em Vermont, mas um dos membros do comitê de lá era do Legado e ele se formou ileso com estágio na J.P. Morgan. Então talvez Iris tenha retribuído o favor neste ano.

Fecho o PDF e abro outra janela. É a caixa de entrada de e-mails. Um sentimento de calor e nervosismo enche meu peito. A minha mãe sempre teve acesso às minhas redes sociais, mensagens de texto e e-mails quando pedia para vê-los. Eu até deixei que ela lesse meu diário quando tinha dez anos porque compartilhar essas coisas fazia com que eu me sentisse mais próxima dela, como se mais ninguém tivesse um laço de mãe e filha como o nosso. Ela gostava de dizer que fazia um esforço para ser minha melhor amiga porque nunca teve essa ligação próxima com a mãe antes de ela morrer.

Mas estou começando a pensar que essa proximidade nunca foi recíproca. Claro, minha mãe me contava quando ela e o meu pai brigavam ou quando achava que a roupa de Jeanine Shalcross era brega, mas e se ela nunca me revelou quem era de verdade. E se o e-mail dela me contasse?

Respiro fundo e coloco a mão no mouse, sem saber por onde começar. Diz que ela tem 53.458 e-mails não lidos, o que é suficiente para me dar palpitações, pois eu sou o tipo de garota que gosta do zero na caixa de entrada. E, pelo que parece, a maioria é de e-mails genéricos de marcas ou newsletters anunciando produtos novos ou uma experiência de compra.

Quando desço mais, vejo meu e-mail, marcado como lido, mas ignorado. E depois, paro em um e-mail não lido da sra. Shalcross, enviado apenas uma hora antes. Clico para lê-lo antes que possa pensar direito.

Assunto: Hoje à noite???

E,

Há dias que não tenho notícias suas e estou começando a me preocupar. Você vai à Noite da Revelação, né??? Nós sentimos a sua falta em todos os eventos da semana e, para ser sincera, estou meio preocupada de que, se você não aparecer amanhã, no Baile, estaremos em uma situação complicada com a pessoa que você indicou. Como você sabe, todos ficaram um pouco preocupados com a sua escolha, mas te apoiamos, como sempre fazemos. (Você sabe disso, né? Aquele camarão no almoço foi preferência da velha guarda, não minha.) Enfim, seria uma surpresa enorme se essa pessoa ganhasse amanhã, embora, como você sabe, tanto a pessoa que indicou quanto a indicada precisam estar presentes para isso acontecer. Acredito que você tenha escrito isso nas regras ano passado, um belo acréscimo, claro!

Correndo o risco de parecer desesperada demais, eu adoraria que você desse notícias antes desta noite, Esther. E, obviamente, se você estiver indisposta ou se precisar de qualquer coisa... você sabe onde me encontrar.

Jeanine

Meu estômago se contrai. Se ela não está mais em contato com a sra. Shalcross, *onde* ela pode estar? Minha mente dispara, com cenários apavorantes se desenrolando na minha cabeça: sequestro, chantagem, assassinato.

Continuo seguindo por vários e-mails sobre a experiência VIP de compras na Bergdorf e a nova linha de casacos Gucci até encontrar uma mensagem com um assunto que me faz parar: *Processo Hawkins Kaplan*.

Eu o abro e sou recebida por um bloco de texto escrito em fonte pequena. Inclino-me mais para perto para ver o que diz.

Prezada Esther,

Como você sabe, o processo que logo será aberto contra a Hawkins Kaplan, Rafe, Lulu e o grupo de advogados de lá vai indubitavelmente atrair mais atenção não só para a firma, mas também para as suas famílias, especificamente para hábitos de gastos desenfreados recentes e quem anda usando qual dinheiro para pagar férias, roupas, reformas de casa e tudo mais. Todas as suas ações e transações recentes serão colocadas sob um microscópio. Não suponha que Bernie está livre. Os gastos dela, custeados pelas atividades da firma, também serão analisados detalhadamente.

Embora permaneçamos firmes em nossa postura que você não tinha e continua NÃO tendo conhecimento das ações alegadas no processo, estamos aconselhando-a formalmente a se distanciar de Rafe, Lulu e de toda a firma. Permanentemente.

Conforme nossa conversa, nós elaboramos um pedido de divórcio e o estamos anexando aqui para que você o avalie. Assim que você o confirmar, estamos preparados para levá-lo a Rafe. Diga-nos como prosseguir, mas atente para o fato de que o processo está marcado para ser iniciado em breve. O querelante está ansioso. Desesperado, até. O tempo urge.

Atenciosamente,
Lisa Taggart
Sócia, Lionel, Prospect e Associados.

Quando termino de ler, meu coração está disparado e os dedos tremendo no mouse. O e-mail diz que foi enviado na terça-feira, o dia em que a minha mãe desapareceu. O dia em que os eventos do Legado começaram.

Divórcio.

A palavra cai sobre o meu peito como uma bigorna. Apesar de o relacionamento dela com meu pai não ser nada que eu gostaria de ter também, minha mãe sempre negou quando eu perguntava se as questões deles poderiam ser fatos. Sim, eles dormem em quartos separados desde antes que eu consiga me lembrar, e a "noite de diversão a dois" significa saírem juntos com os clientes ou colegas de trabalho do meu pai, ou irem a eventos formais para apoiar organizações de caridade nos quais eles estão envolvidos.

Mas eles não brigam, não como se vê nos filmes em que adultos gritam uns com os outros e jogam coisas feitas de vidro em paredes. Eles preferem coexistirem de forma agradável e com pouca sobreposição. Eles se chamam de parceiros, o que às vezes soa profissional, mas na maior parte das vezes parece prático.

Achava que a palavra com D estava fora de questão desde o quarto ano, quando eles passaram por uma fase muito fria e eu perguntei à minha mãe na lata se eles iam se divorciar. Ela só riu alto até quase estar com lágrimas nos olhos.

— O quê? — perguntei, confusa.

— Ah, querida — disse ela. — Tem coisa demais em jogo aqui.

Ela deixou por isso mesmo, e ao longo dos anos percebi o que ela quis dizer: que ela e meu pai, juntos, eram mais poderosos do que separados. Ela tinha dinheiro e ele tinha influência legal. Meu pai devia a ela por ter custeado a carreira dele no começo, por apresentá-lo às pessoas certas. E ela precisava dele para manter um senso de seriedade, de que ela não era só uma festeira. Havia amor também, eu sabia. Mas um tipo de amor diferente do que se pode ver com alguns dos pais dos meus amigos, que se beijam em público.

Mas agora... o que poderia ter mudado? Leio o e-mail de novo, e desta vez outras palavras pulam para mim. *Processo. Hábitos de gastos desenfreados. Bernie.*

Minhas entranhas congelam, e parece que o ar ao meu redor fica imóvel.

O que diabos anda acontecendo na Hawkins Kaplan?

Mas aí, ouço passos no corredor.

— Bernie? — chama meu pai.

Eu pulo da cadeira e vou nas pontas dos pés até a porta, passo para o corredor e sigo na direção do meu quarto, para não parecer que eu estava xeretando o escritório da minha mãe. Meu coração bate forte no peito e, por um segundo, eu me imagino dizendo alguma coisa para o meu pai.

A mamãe te deu um pedido de divórcio?

Você e Lulu estão fazendo algo ilegal?

Por que eu também estou metida nisso?

Mas e se meu pai não souber? E se ele não tiver ideia de que a minha mãe está pensando em divórcio? E se ele nem souber sobre o processo?

— Bernie, você está aí?

Entro no banheiro e coloco a cabeça para fora, para que pareça que estou saindo de lá.

— Aqui — chamo.

Os passos do meu pai ficam mais altos quando se aproxima, até que ele aparece na porta, usando um moletom com uma mancha úmida na gola.

— Academia? — pergunto.

Meu pai parece confuso, mas assente.

— Claro — diz ele.

Ele ainda está com olheiras, e as rugas em volta da boca parecem ter ficado ainda mais fundas. Tem cara de quem não dorme há dias.

— Você está bem? — pergunto.

— Estou. — Ele limpa a garganta e se empertiga um pouco, como o pai com que estou acostumada. — Tenho que voltar para as minhas ligações. — Mas algo não parece certo.

— Você teve notícia da mamãe?

Meu pai suspira, exasperado, e passa a mão na nuca, como se uma massagem pudesse fazer com que minhas perguntas sumissem.

— Ela vai voltar, Bernie. Antes do Baile, claro que vai.

— Não hoje? — pergunto. — Não pra Revelação?

Meu pai dá um tapinha no meu ombro.

— Eu parei de tentar prever as ações da sua mãe há anos.

— Mas ela está bem? Ela vai voltar, né?

Espero que ele reforce o que falou no outro dia, que ela desaparece e sempre volta, que ela só é Esther, volúvel e livre. Mas a boca o trai, tensa.

O celular dele começa a tocar no bolso e, depois de dar uma olhada na tela, ele o atende.

— Aqui é o Rafe.

Ele acena para mim e segue pelo corredor, na direção da porta, para longe de mim e de todos os meus medos.

— Ela tem que voltar — digo para ninguém, minha voz pouco mais que um sussurro.

ISOBEL

Abro a água o mais quente possível, até a pele sensível do meu peito começar a queimar, mas não mudo a temperatura, ainda não. Espero mais um segundo, mais outro, até que finalmente trinco os dentes e levo a mão ao registro e viro totalmente para o frio, dando um choque no meu organismo com um fluxo de água gelada. Conto até cinco e desligo o chuveiro, o cérebro vibrando, e pego a toalha.

Por um segundo, sinto a noite anterior subindo pela garganta, toda a vodca que eu bebi depois que Skyler foi embora, mas engulo de volta e sinto o gosto ruim quando desce para o estômago. Tento afastar a lembrança dele quando saio do chuveiro, pego o celular e mexo na tela, embaçada pelo vapor.

Tem uma mensagem de texto do meu irmão, Marty: Almoço no Fort Greene Park? Meio-dia? Eu levo o rango.

Uma sensação de calor explode no meu peito e eu mando um emoji de joinha. São quase onze horas, e coloco uma calça preta e tamancos com os dedos à mostra, uma regata larga rasgada na altura da axila. Balanço o cabelo molhado, que começa a formar cachos, e desço a escada, onde o cheiro de café me chama como o canto de uma sereia.

— Ela está viva! — diz minha mãe, sentada à mesa da cozinha com o laptop e uma caneca fumegante. Ela veste roupas de treino, mas está de maquiagem completa e o cabelo todo ondulado.

— Eventos de imprensa? — pergunto, servindo leite de aveia no café.

Minha mãe suspira.

— ABC, depois NBC, aí vou pra uma reunião de talentos na DUMBO House em uma hora.

— Vivendo o sonho.

Minha mãe ri e continua me olhando.

— Você passou muito tempo fora esta semana — diz ela. É uma declaração, não uma pergunta.

Meu estômago se contrai e tenho a sensação familiar de querer fugir, evitar todas as perguntas. Normalmente, sou boa em me esquivar, em conseguir prever a curiosidade dela. Mas estou enferrujada esta semana.

— Eu te mandei mensagem — digo, me virando para longe dela. — Eu estava na casa da Bernie. Depois, na do Lee. — Tomo um gole de café. — Estava aqui ontem à noite.

Minha mãe fica quieta, e sei que ela prefere que eu não durma na casa do meu namorado, mas desde que tivemos *a conversa* e botei um DIU, ela parou de resistir. Parte de mim desconfia que ela não se importa muito porque significa que provavelmente estou passando tempo com Arti também, o que minha mãe vê como contato de trabalho.

— Você trabalhou na sua candidatura para a Yale com o Arti? — pergunta ela. — Na última vez que o vi, ele disse que sua entrada era certeira, principalmente com aquela exposição do Brooklyn Museum no currículo.

Ela me olha e meus membros se contraem. Ainda não contei a ela sobre meu sonho de tirar um ano de folga, principalmente porque sei que ela riria na minha cara e provavelmente enviaria a candidatura para a Yale no meu nome de qualquer jeito.

— Ainda faltam alguns meses para o prazo — respondo. Minha mãe assente.

— Claro, mas quanto antes melhor, sabe? Mostra seu interesse. Além do mais, se essa coisa toda de arte não der certo, você ainda vai ter um diploma de Yale. — Ela pega os óculos de leitura e sorri para mim.

Eu fecho as mãos.

— O que você quer dizer com "não der certo"?

— Você não foi feita pra ser uma artista passando fome, Isobel. Você precisa de uma alternativa. E eu diria que Yale é uma excelente.

— Mãe… — começo.

Ela levanta a mão, volta a atenção para a tela e coloca um fone no ouvido.

— Desculpa, meu amor. Reunião começando. — Ela olha para mim e faz uma pausa. — Sabe, eu queria ser poeta quando era criança. Falei para os seus avós e eles morreram de rir, e me mandaram estudar inglês se eu quisesse, mas que era pra encontrar alguma coisa com que pudesse ganhar *dinheiro*, *fazer* alguma coisa. E quer saber? — Ela joga as mãos para cima. — Eu encontrei. — Minha mãe sorri satisfeita e aponta o dedo para mim. — Agora é sua vez de aprender que até os artistas precisam de planos alternativos.

Eu abro a boca, uma resposta queimando na língua, mas então minha mãe volta a atenção à tela em sua frente.

— Jeff, oi! — diz. — Sim, continue.

Bato com a caneca de café na bancada e vou para a porta da frente, desço correndo os degraus e vou para a rua arborizada, passando pelas crianças de patinete, com capacetes tortos na cabeça.

Minha mãe pode achar que sabe o que é melhor para mim, mas a única coisa que ouvi ali é que ela não acredita que eu seja boa o suficiente para trilhar meu próprio caminho como artista, que preciso seguir o caminho que foi prescrito para mim por ser uma aluna da Excelsior, e parte do Legado.

Viro para a esquerda e ando rapidamente na direção do Fort Greene Park. É um parque pequeno em comparação aos grandalhões, o Central e o Prospect, mas, para mim, é perfeito, íntimo e cheio de alunos da Pratt fazendo piqueniques em cobertores de lã, aniversários de um ano em volta das mesas de madeira e jogadores amadores de tênis sacando bolas sobre a rede. Se eu chego lá cedo o suficiente para a hora dos cães sem coleira, dá para ver os bichos correndo, rolando e sendo livres no interior das muralhas selvagens da cidade.

Mas, agora, percebo que estou quase atrasada para me encontrar com Marty. Entro no parque pela avenida Dekalb e passo por um pai empurrando um carrinho duplo enquanto também leva um cachorro enorme de uma raça misturada com poodle para o parquinho, e levo só cinco segundos para ver Marty sentado em um banco mandando beijinhos para um buldogue francês. Quando me vê, ele dá um pulo e fica de pé.

Meu irmão tem 1,90m, e, apesar de eu ser 30 centímetros menor, as pessoas sempre sabem que somos da mesma família. Provavelmente porque temos o mesmo cabelo escuro, a pele bronzeada e os olhos grandes que um colega do primeiro ano do Fundamental chamou uma vez de "bizarros".

Marty não estudou na Excelsior. Ele foi de uma escola particular meio hiponga no Brooklyn até o oitavo ano, quando passou em uma prova para a escola pública mais procurada de Nova York, do tipo que aceita menos gente do que Harvard. Agora, ele está seguindo os passos de jornalista da minha mãe com um estágio no *New York Times* que parece consumir todas as horas que ele passa acordado. Aposto que ela nunca falou para ele procurar uma carreira alternativa.

Olho para a frente e vejo Marty vindo na minha direção, as bochechas rosadas, o cabelo sem lavar e andando de um jeito meio sonolento, e sinto uma onda de afeto pelo meu irmão, que sempre soube meus segredos. A maioria, pelo menos.

Foi *ele* quem me deu um Vyvanse quando eu precisava estudar para uma prova de biologia no oitavo ano, quem me mostrou como podia ser divertido tomar meio Adderall e acompanhar com uma dose de vodca. Mas Marty não tinha a necessidade que eu tenho de sentir algo diferente, de deixar minhas entranhas em chamas. Ele era obcecado por história e jornalismo e preferia ir fundo nos arquivos da Biblioteca do Brooklyn em vez de desperdiçar um dia aproveitando uma aventura induzida pela euforia. Eu prefiro não contar mais para ele quando estou me *divertindo*.

— A noite da Revelação está chegando. Vejo que sua preparação não começou ainda — diz ele, passando um braço em volta de mim e apertando meu corpo todo na direção dele. Marty balança as sobrancelhas para mim, quase ameaçador.

Sem pretender, meus ombros se encolhem, a vergonha penetrando no meu peito. Marty nunca cairia nessa história de Legado, e estar com ele me faz questionar se eu deveria ter abandonado a indicação, embora eu nem saiba se essa opção existe.

Irritada, mudo de assunto.

— O que tem de almoço? — Indico a sacola grande que ele está segurando.

— Sahadi's — diz, um sorrisão se abrindo.

Eu junto as mãos e finjo fazer uma oração.

— Abençoado seja.

Marty vai até uma área de grama na colina perto das quadras de tênis, e abro um cobertor enquanto ele tira coisas do nosso mercado favorito do Oriente-Médio: um pacote de pão pita caseiro, um pote de húmus, salada de pepino crocante, um saco plástico cheio de damasco seco, um pote de feijão branco marinado em um óleo picante e um pedaço grande de queijo feta.

— Meu herói — digo, rasgando o pão pita.

Marty sorri e começamos a comer sem falar muito, ouvindo os sons finais das férias de verão: criancinhas subindo em pedras e bolas de tênis voando pelo ar.

Pela primeira vez desde que os eventos do Legado começaram, finalmente me sinto calma, como se meus membros pudessem relaxar e eu pudesse respirar.

— A mamãe estava um saco hoje de manhã... — começo a falar. Mas, quando me viro para Marty, vejo que ele está me olhando com atenção. — O que foi?

— Você não vai me perguntar por que eu quis te encontrar?

Dou de ombros.

— Uma garota não pode curtir um momento com o irmão que costuma estar ocupado demais pra ela?

Marty sorri, mas se interrompe antes de o sorriso virar uma risada, e fica claro que tem algo acontecendo. Eu engulo o pão.

— Tá tudo bem?

Ele assente e espeta um feijão com um garfo de plástico.

— Tá, quer dizer… mais ou menos.

— Mais ou menos?

Ele suspira.

— Eu queria falar com você sobre uma coisa — diz.

Meu estômago fica embrulhado, e de repente o pão parece uma lixa na minha mão. Instintivamente, enfio os dedos no bolso e procuro o saquinho de comprimidos. Para a minha surpresa, sinto que só sobrou um. Um para me fazer aguentar o dia. *Não entre em pânico.*

Tento me concentrar no rosto de Marty, que se parece tanto com o meu.

— Sobre o quê? — consigo dizer.

Ele coloca o garfo de plástico de lado e limpa as mãos na beira do cobertor.

— Como você anda se sentindo ultimamente? — pergunta.

— Bem.

O rosto de Marty está imóvel como pedra, sério e preocupado.

— É mesmo? — pergunta ele.

— É.

— Não foi isso o que a Bernie me falou.

Meu corpo todo fica tenso e meus dedos se dobram ao lado do corpo.

— Bernie? — pergunto. — De que você está falando?

Marty suspira.

— Ela me mandou uma mensagem no começo da semana, dizendo que anda preocupada com você. Que você vem … exagerando ultimamente. Eu sei que essa coisa de Baile pode fazer as pessoas ficarem meio piradas. Só quero ter certeza de que você está lidando bem.

Pisco algumas vezes, me sentindo meio tonta. Finalmente, encontro as palavras.

— Eu estou bem.

— Izzy, eu vi as porras em que você anda trabalhando. Aquela tela rasgada de ontem? Você não está bem.

— Você entrou no meu ateliê? — Minha pele está pegando fogo, a fúria se acumulando nas minhas entranhas.

Marty suspira, exasperado.

— Entrei, e te achei apagada com as roupas de ontem à noite e uma garrafa vazia de vodca. — Ele se inclina mais para perto. — Você tem sorte de eu ter te levado pra dentro de casa antes da mamãe e do papai chegarem, embora não seja a sua cara ser sorrateira com nada. — Marty balança a cabeça. — Papai me perguntou na lata se você estava enchendo a cara sem parar há dias. Eu respondi que você só apagou depois de trabalhar intensamente no ateliê, mas... — Marty para de falar, e me olha de um jeito que diz que ele acha que nosso pai tinha razão.

Pisco para segurar as lágrimas.

— Isso é um absurdo — digo, me levantando e deixando o pão pita cair no cobertor. — Ninguém sabe do que está falando. Parece até que eu não posso relaxar *uma vezinha*. — Balanço a cabeça. — O que mais vocês querem de mim?

Marty também se levanta, bem mais alto do que eu.

— Nós só queremos que você seja feliz. Eu quero que você fique bem.

— Não quer, não, senão não estaria me acusando de ser uma... — Faço uma pausa. — Que importância tem pra você? Você nunca está em casa. Nunca me liga, e agora vem me bombardear com uma porra de intervenção? Porque a Bernie é careta demais pra perceber quando alguém está se divertindo um pouco?

Marty dá um passo na minha direção, mas eu estico a mão e o empurro com força, de forma que ele recua com os braços no ar.

— Vai se foder! — grito antes de me virar e voltar correndo para casa, com lágrimas ardendo nos olhos e bloqueando minha visão enquanto xingo Marty, meus pais e Bernie sem parar, principalmente porque sei que eles estão certos.

A casa está silenciosa quando chego e corro pelo térreo, subo a escada e entro no meu quarto. Olho os móveis que tenho desde que era criança: uma cama de ferro preto de dossel, a escrivaninha preta combinando encostada na janela, e meu móvel favorito, uma cômoda rústica que encontramos em uma loja de antiguidades no norte do estado. Tem seis seções grandes onde guardo todas as minhas roupas, mas, no alto, há uma dezena de gavetinhas, enfileiradas e com puxadores de madeira. Quando eu era pequena, guardava badulaques diferentes em cada uma. Botões na da esquerda, clipes coloridos em outra, pedaços de tecido enrolados em uma da outra ponta.

Agora, ajo com foco rápido e deliberado. Tranco a porta e vou para a cômoda, onde há segredos em três daquelas gavetinhas. Abro uma e enfio o dedo mindinho debaixo de um pedaço de feltro que coloquei lá ano passado. Mas não tem nada. Vou para a segunda, com uma onda leve de pânico no peito, e a encontro igualmente vazia.

O resto do meu estoque deve estar na terceira gaveta, a gaveta das emergências. Eu poderia jurar que coloquei o resto do que Skyler me deu lá dentro. Mas, quando levanto o último pedaço de feltro, meu estômago despenca. Freneticamente, movo a palma da mão, na esperança de encontrar sinal de pequenos volumes me esperando. Mas... nada.

Meus pais sabem. É isso. É a única explicação. Eles entraram e encontraram minhas provas, e finalmente, depois de tanto tempo, as consequências virão.

Mas, de repente, meu dedo mindinho encontra uma coisa de plástico: o restante de um saquinho que tinha ficado preso na madeira.

Alívio.

Meu estômago se acalma quando puxo a sacolinha de Skyler e depois outra, metade dela tomada de comprimidos multicoloridos flutuando dentro. Conto cada um e tenho uma sensação de calma. De libertação.

A porta da frente se fecha lá embaixo e meu coração dispara. Ouço alguém na cozinha, abrindo a geladeira, ligando a chaleira elétrica.

Tem algo alto e perturbador no ar. Um impulso. Um ímpeto. Quando me deito no tapete peludo no chão, percebo que sou eu, respirando pesado, ofegando.

Sei o que vai acontecer e para onde as minhas mãos vão antes de elas se moverem. É como se não fossem parte de mim, como se eu estivesse levitando sobre o meu próprio corpo. Eu não estou aqui. Eu estou em lugar nenhum.

Tem um Xanax na minha língua, doce e reconfortante, e pego uma garrafa de água e viro a cabeça para trás, para engolir de uma vez.

Estou calma. Estou presente. Estou viva.

DEPOIS DO BAILE

A rua está silenciosa, até que Kendall Kirk cai de joelhos ao lado da irmã e solta um grito que se espalha pela noite.

— Socorro! — grita ele, aninhando a cabeça de Opal nas mãos. — Alguém pode me ajudar?

A detetive corre até lá e aproxima o ouvido da boca de Opal.

— Ela está respirando — diz. — Ela está bem.

Opal abre os olhos e uma expressão confusa surge em seu rosto.

— O que aconteceu? — sussurra ela.

— Você desmaiou — diz a detetive. — Vamos nos levantar. Quer água? — Ela vai na direção do Clube, mas Opal faz que não.

— Eu não posso entrar aí — diz ela, atordoada. — É só pra membros. — A detetive tenta protestar, mas Opal nem se mexe.

Kendall passa um braço em volta do ombro da irmã e pega o celular.

— Vou te levar pra casa. — Ele tenta esconder as mãos trêmulas, o terror na voz. Não quer que Opal saiba como ele está com medo, como está grato de vê-la, de saber que, depois de tudo o que aconteceu naquela noite, ela está bem. Porque, se ela descobrisse a verdade sobre o que aconteceu, ele não sabe se Opal se recuperaria.

A detetive pigarreia.

— Você ainda não foi dispensado. E você... — Ela olha para Opal, tão jovem que poderia ser um querubim. — Acho que vocês dois deveriam entrar agora, para algumas perguntas.

Opal olha para o irmão, esperando permissão ou orientação, e Kendall assente brevemente. Ele sempre foi bom com adultos, o tipo de garoto que pergunta sobre o trabalho deles, os hobbies, os caminhos que os levaram ao sucesso. Um pai ou uma mãe distraídos poderiam se encantar com seu contato visual excelente, com seu entusiasmo genuíno. Mas Kendall está frequentemente jogando também, como os demais.

Ele sabe que é inteligente, brilhante, talvez, mas não quer ser visto só como um Kirk. Quer ser conhecido pelo que é. Quer ser excelente apesar do privilégio, e não por causa dele.

Mas, nesta noite... nesta noite, tudo mudou, e ele não quer saber de passar uma boa imagem ou se misturar ou fazer com que as pessoas certas saibam seu nome. Ele só quer cuidar da irmãzinha.

Kendall olha diretamente para a detetive e endurece a voz:

— Algum de nós dois está preso?

— Não.

— Então nós vamos embora — diz ele, digitando na tela do celular. — Vem, Opal.

Opal não protesta e deixa o irmão a ajudar a se levantar, apoiada na lateral dele. Talvez saiba que não está pronta para saber a verdade sobre o que aconteceu naquela noite. Talvez perceba que mais uma noite de conforto sabendo que seu irmão está bem vale mais do que saber os fatos. Pelo menos, no momento.

Um carro preto para, e Kendall a leva para o banco de trás sem se virar para o Clube, sem saber como tudo aquilo vai terminar.

A detetive os vê partir, sabendo que deveria obrigá-los a ficar. Mas não tem nada que possa fazer. O garoto estava certo. Eles não estavam presos. O álibi de Kendall era irrepreensível, de qualquer modo. Há fotos dele posando com a pessoa que o indicou na frente do salão de baile do Clube com a marcação da hora precisa em que a pessoa falecida caiu no pátio.

Assim, a detetive se vira para o Clube e entra, onde respostas a aguardam. Onde Bernie Kaplan ainda está parada junto à janela, sorrindo, grata porque Opal Kirk está segura.

TORI

As regras de vestimenta para a Noite da Revelação diziam "semiformal", o que não significava nada para mim. Joguei a decisão para Joss, que, apesar de ainda estar frustrada comigo depois do embate na lanchonete, me emprestou um vestido preto rodado, com pequenas contas que formam flores enfeitando a saia e insistiu para que eu o combinasse com as argolas grandes douradas dela e sandálias plataforma da mesma cor.

Mas a coisa toda me fez sentir falta da minha mãe. Não é que ela teria encontrado um vestido novo para mim. A maior parte do guarda-roupa dela era formada de calças jeans e camisetas velhas de banda que ela sempre dizia estar guardando para mim. Ainda estão em uma caixa no meu armário que não consigo abrir. Mas ela amava o ato de preparação, a empolgação de escolher uma roupa para usar para algo especial. Quando ela e meu pai saíam juntos à noite, ela me deixava ficar no quarto dela enquanto se maquiava, ouvindo Billy Joel, girando pelo quarto ao som de "Uptown Girl".

Mas talvez Joss soubesse disso. Talvez tenha sido por isso que ela me falou para ir para a casa dela e secou meu cabelo fazendo cachos suaves e também me maquiou, levemente passando sombra nas minhas pálpebras, e um toque de blush nas bochechas.

Depois de uma hora sentada no metrô com as coxas grudando no banco de plástico, faço um agradecimento silencioso por ela ter escolhido rímel à prova d'água, de modo que meu rosto não derreta no calor. Agora estamos nos últimos dias de verão, em que o ar fica tão pesado que parece claustrofóbico, pressionando o peito com tanta força que fica difícil respirar.

É o mesmo calor que me seguiu naquela festa de Shelter Island, que me oprimiu enquanto eu andava pela casa do Lee, tentando tirar as vozes daqueles garotos da minha cabeça, as que me diziam *Você nunca vai ser uma de nós.*

Mas uma solução me ocorreu quando Opal saiu correndo do quarto, vestindo um suéter, Skyler descendo a escada.

Opal me viu no corredor e sussurrou, tão pequena que senti vontade de abraçá-la:

— Por favor, não conta.

Assenti e a vi pegar as coisas, descer a escada dois degraus de cada vez. Eu planejava cumprir a promessa, mas, quando ela saiu correndo, percebi pela primeira vez em toda a minha existência na Excelsior que eu tinha poder, do tipo que podia dobrar Skyler Hawkins de acordo com a minha vontade. Eu só precisava usá-lo.

Fiquei paralisada, avaliando as opções, quando Skyler subiu a escada de novo, furioso, o cabelo todo desgrenhado. Ele procurou por Opal, abriu portas, fechou os punhos. Mas ela não estava lá, eu é que estava, esperando no corredor, as palavras preparadas dançando nos meus lábios.

Skyler olhou ao redor freneticamente, o tronco exposto molhado de suor, sem nem me olhar duas vezes.

— Opal foi embora — falei o mais calmamente que consegui. — Não está mais aqui.

Skyler se virou, devagar no começo, mas depois com intensidade. Ele levou um minuto para me identificar; percebi com base na forma como ele me olhou de cima a baixo que estava tentando encontrar reconhecimento. Valor.

— Ela foi embora depois que Isobel pegou vocês — falei, me esforçando para manter a voz firme. Cruzei os braços no peito e fiquei firme no lugar, ganhando confiança a cada momento que passava.

Skyler me olhou com desprezo e uma risada horrenda escapou dos lábios dele. Nós não nos conhecíamos, não como nos conhecemos agora. Sim, já tínhamos feito algumas aulas juntos. Fizemos dupla em alguns projetos. Mas nada naquela interação me mostrava que Skyler me via como algo diferente de uma moldura de janela. Uma almofada. Algo a ser subestimado.

— Que imaginação, hein — disse Skyler.

Ao ouvir isso, tive que rir.

— Eu vi tudo.

Skyler fechou a boca nessa hora.

Dei um passo à frente e pesei minha ação seguinte. Engoli o nervosismo e inspirei ar quente, carregado de cerveja, e, em uma lufada de ar, mudei tudo.

— Eu poderia contar pra Bernie, sabe.

Ele balançou a cabeça.

— Por que Bernie acreditaria em você?

Dou de ombros.

— Está disposto a arriscar?

Skyler suspirou, quase entediado, o que fez uma bola de fúria se formar no meu estômago.

— Você acha que eu não faria isso, né? — Abri o celular e fui para o chat de grupo da Excelsior, onde o número de todos estava público. Cliquei no nome de Bernie e comecei a compor uma mensagem, fazendo tudo com muito drama, até Skyler expirar intensamente.

— O que você quer? — perguntou ele.

Olhei para ele, sorri e botei o celular no bolso.

— O Clube do Legado — falei, as palavras precisas, exatas. — Eu quero uma indicação.

Skyler deu um passo para trás e fez que não.

— Essas coisas são como bilhetes da loteria. Eu não posso te botar no Legado. Nem sei direito se eu vou entrar.

Nessa hora, fiquei com medo de estar fazendo merda. De ele enfrentar meu blefe e eu ter que contar para Bernie, e me meter na fofoca mais dramática da Excelsior. Mas aí, me lembrei da tática da Joss para falar com fontes quando fazia matérias para jornais. Ela me dizia que as pessoas odeiam silêncios vazios, então se esforçam para preenchê-los, falando quando não deviam. Eu só precisava ficar quieta. E fiquei.

Skyler mordeu a isca.

Ele passou a mão pelo cabelo, aquela cabeleira perfeitamente cortada pela qual as pessoas eram obcecadas.

— Acho que posso ver se a minha mãe consegue. É o ano dela de indicar alguém. Ou meu irmão. É o primeiro ano dele para dar indicação, acho.

Eu assenti.

Ele me encarou diretamente.

— As indicações são na semana que vem. Você sabe disso, né?

Assenti de novo, apesar de não ter ideia de quando eram as indicações… nem de como eles decidiam, nada. Eu era tão ingênua.

Skyler lambeu os lábios, os olhos arregalados e nervosos.

— Você vai ficar calada até lá? Vai ficar calada se for indicada?

— Vou — falei, meu coração disparado nos ouvidos.

Skyler pareceu pensar bem, e um sorriso surgiu no rosto dele.

— Combinado. — Ele esticou a mão na direção da minha, quente e grudenta com a umidade pairando na casa.

— Combinado.

Nós apertamos as mãos, e, quando nossas palmas se tocaram, uma coisa elétrica e mordaz se passou entre nós. Algo que me fez nunca mais querer sentir a pele dele na minha. Eu sabia o que estava ganhando naquele momento: entrada em uma sociedade da qual eu só tinha ouvido sussurros, mas eu também sabia do que estava abrindo mão. Dali em diante, Skyler Hawkins teria essa vantagem sobre mim. Ele saberia como ganhei minha indicação. Pelo resto da vida, eu viveria com esse fato. Bem depois que ele e Bernie Kaplan estivessem casados e felizes, quando transas de Ensino Médio fossem lembranças distantes para as quais ninguém ligaria se fossem expostas, eu ainda saberia que a participação no Clube só era minha por causa de Skyler. Por causa do que vi.

Mas, se o Baile de amanhã ocorrer de acordo com o plano, tudo terá valido a pena.

Paro ao perceber que cheguei ao restaurante onde a Noite da Revelação vai acontecer. É um italiano chique, diferente dos locais simples em que Joss e eu adoramos ir em nossos encontros, onde as toalhas de mesa são quadriculadas e feitas de plástico e o frango à parmegiana é do tamanho da minha cabeça. Estico a mão para a porta, mas, antes que eu possa abri-la, um segurança a abre para mim.

— Evento particular do Clube do Legado? — pergunta ele.

— Sim.

— Por aqui.

Inspiro e dou um passo para dentro, sabendo que em pouco tempo vou saber para qual membro da família Hawkins Skyler suplicou e implorou para mudar minha vida e manter a dele intacta.

E estou preparadíssima para descobrir.

DEPOIS DO BAILE

Dentro do Clube, a agitação se espalha. Os convidados da festa que restam estão perdendo a paciência. Não que haja bebês para olhar ou cachorros para levar para passear; não, eles têm ajudantes que cuidam dessas tarefas. Mas aquelas pessoas querem respostas. E não estão acostumadas a esperar por elas.

Um garoto de smoking, ainda bem passadinho, bate no ombro de um detetive.

— Chase Killingsworth — diz ele com a cadência de alguém bem mais velho. — Quando podemos ir embora?

Um dos detetives se vira e o avalia, observando a gravata-borboleta reta, o cabelo dividido no meio.

— Você já foi interrogado? — O garoto faz que não, e o detetive se inclina. — Então me diz uma coisa. O que você sabe sobre Tori Tasso?

Chase pensa na pergunta, no nome, e abaixa a cabeça.

— Por que você está perguntando sobre a Tori?

— Por que você não me conta?

Chase assente, como se fosse uma avaliação justa, porque, se for honesto consigo mesmo, Chase vai ter que admitir que está apreensivo a respeito daquela garota desde o almoço de orientação, quando percebeu que sentava-se ao lado de uma indicada anônima em vez de alguém conhecido. Alguém como Bernie Kaplan ou Skyler Hawkins. Alguém cujo nome significa algo.

— Tori não era parte do grupo — diz Chase. — Eu reconheci a maioria das pessoas desde o começo. Ela, não. — Ele balança a cabeça. — Minha irmã me falou que é raro que indicados aleatórios passem pelo processo. Eles costumam ser vetados. — Ele olha em volta. — No nono ano, eu poderia ter dito quais eram as seis pessoas da minha turma que entrariam. Eu acertei. Fiquei pensando o que ela fez pra conseguir uma indicação. — *Chase cruza os braços e ri, como se surpreso por suas próprias observações.* — Parece ridículo agora.

O detetive escreve no bloco que segura junto ao peito.

— Por quê?

— Ah, porque é óbvio.

O detetive arqueia uma sobrancelha, querendo mais.

Chase percebe isso e abre um sorrisinho de quem não vai dar nenhuma informação sem receber algo em troca. Essa é a questão daquela gente: elas entendem o poder que têm.

— Como Tori foi escolhida, então?

— Posso ir embora depois que eu responder?

— Se eu gostar do que ouvir.

Chase sorri como se a resposta estivesse bem diante dele. Finalmente, depois de um momento longo demais, inclina-se para a frente.

— Ela entrou como o resto de nós.

O detetive inclina a cabeça, curioso.

— Ela conhecia as pessoas certas — diz Chase.

BERNIE

Aqui, no jardim de trás de um restaurante italiano qualquer, tento acalmar meus nervos andando pela área, observando o ambiente. Tem buquês enormes de flores, de todos os tipos de cores pastel, e luzinhas piscando na tenda em arco. Sei que deveria estar com os outros, mas não consigo parar de pensar no e-mail da minha mãe, no fato de que ela me deixou aqui com todas essas perguntas e nenhuma resposta. Bato com o pé no chão, aperto as mãos em punhos ao lado do corpo. Com um olho na porta, fico esperando que ela entre e me diga que essa semana toda foi uma grande pegadinha. Um mal-entendido.

Mas aí, vejo Isobel passando pela entrada, a maquiagem um pouco pesada demais, as alças finas do vestidinho escorregando pelos ombros.

— Você chegou — digo, me inclinando para abraçá-la. Mas Isobel fica rígida sob meu toque, e eu me afasto. — Está tudo bem?

Ela está me olhando com fúria nos olhos.

— Eu estou bem — diz Isobel, mal me encarando. O ar entre nós parece gelo.

— Tem certeza? Você está estranha.

— Tenho — diz ela, cruzando os braços, nada convincente.

Nós ficamos em silêncio, olhando os outros, e abro a boca, querendo dizer alguma coisa. Para lidar com a tensão.

— O que você fez hoje? — pergunto, com medo de ouvir a resposta.

Isobel se vira para mim, seu batom está borrado.

— Eu tive um almoço esclarecedor com o meu irmão. Mas você já deve saber disso, né?

— De que você está falando? — Inclino a cabeça com curiosidade, mas aí lembro da mensagem de texto que mandei para ele ontem, dizendo que queria que falasse com Isobel sobre ela estar bebendo demais. *Merda*. Talvez eu tenha agido mal. — Isobel... — começo a dizer, mas ela me ignora.

— Eu vou ao banheiro — murmura ela, se afastando rapidamente.

O pânico sobe pela minha garganta e sinto que meu rosto está pegando fogo. Eu é quem deveria ter falado com ela. Mas isso não deu muito certo na festa de Shelter Island. Eu lidei com a coisa toda como um bebê imaturo. A vergonha toma conta do meu peito quando lembro como falei com ela, chamando-a de "idiota escrota" e dizendo que estava passando vergonha e fazendo Lee, Skyler e eu passarmos vergonha também. Mas isso não dava a Isobel o direito de falar comigo como falou, de expor minhas maiores inseguranças.

Percebi que talvez Isobel *tivesse* algo que chegasse perto de ser um problema. Não era algo que eu já tivesse considerado antes. Eu achava que ela era louca. Livre. Que vivia querendo se divertir. A pessoa que me arrancava da minha tendência caseira. Que era exageradamente *divertida*.

Tento voltar meu foco para o jardim coberto, para a noite à frente. A maioria dos indicados parece ter chegado e está circulando com trajes de coquetel, comendo almôndegas no espeto e pedaços de parmesão, servidos em travessas de prata, parados desajeitados com refrigerantes nas mãos.

Os únicos adultos convidados hoje são as pessoas que escolheram os indicados, então a mistura de estudantes e adultos é igual, todos usando crachás com aparência pateta declarando a escola e a bolsa que vamos representar no dia seguinte. E minha mãe continua ausente. Aperto o copo com um pouco mais de força.

No canto, reparo em dois homens grandes e corpulentos vestidos de preto, parados na frente da porta, as mãos cruzadas na frente do corpo, e me pergunto quem eles querem impedir de entrar. Ou de sair.

A sra. Shalcross aparece no meio das pessoas, usando um camisão bufante preso com um cinto. Ela abre um sorriso largo e dá pancadinhas com uma faca na taça de vinho até todos fazerem silêncio.

— Nós estamos animados de ter vocês todos aqui para a minha parte favorita da Semana do Legado — diz ela, as bochechas rosadas. — Como sabem, hoje vamos descobrir qual membro do clube indicou vocês. — Ela baixa a voz como se para dar ênfase. — É agora que vocês vão receber uma chave, que permite que entrem no Clube do Legado na Rua Sessenta e Um, uma chave que todos os outros membros têm, uma chave que nos une. Quando são indicados por um membro, vocês se tornam parte não só do Clube, mas da linhagem dele... Um grupo formado não só por todas as pessoas que aquele membro indicou, mas também por quem indicou o próprio membro.

Os olhos dela estão arregalados como pires, e algo no discurso todo me deixa inquieta, como se o que virá em seguida... não fosse certo. Quase sinistro.

— Mas nós sabemos que vocês estão todos ansiosos para saber sua indicação, então, sem mais delongas, vamos começar a festa, certo?

Ela faz uma pausa e espera aplausos ou comemorações, que soam baixo no começo, depois viram uma agitação enorme.

— Nós gostaríamos que todos se sentassem às mesas designadas para suas escolas. — Ela indica que é para irmos para os nossos lugares, e pelo movimento das pessoas, acabo sentada entre Tori e Skyler a uma mesinha redonda coberta com uma toalha preta. Isobel se senta do outro lado da mesa, aconchegada em Lee e sem olhar para mais ninguém. O ato de me ignorar parece deliberado.

Abro um sorriso educado para Tori, que parece estar tentando manter a compostura. Ela enfia as mãos embaixo das coxas.

O resto do jardim está imóvel, uma tensão espalhada no ar como se prendêssemos o fôlego coletivamente, esperando para expirar, para soltar tudo, para ver qual adulto nos julgou dignos.

Se bem que eu sei a verdade. Nenhum de nós é *digno*. Nós todos estamos ali por um motivo, um pré-determinado e predestinado, colocado em movimento por nossos pais ou avós ou pelos poderes que cercam nossa própria existência. Nenhum de nós é melhor ou mais hábil ou mais especial do que o outro. Nós todos estamos aqui por causa de quem *conhecemos* e do que as pessoas mais próximas de nós acham que nos é devido.

Mas a verdade me atinge subitamente e com muita força: eu não fiz nada para merecer isso.

O mero pensamento provoca um nó no meu estômago, e empurro para longe o prato na minha frente.

A sra. Shalcross começa nessa hora, sorteando um nome em uma tigela de vidro enorme.

— Lydia Yen — diz ela. Uma garota alta com cabelo curto à mesa da Gordon Academy se levanta e anda até o pódio, as bochechas bem vermelhas. Ela para com os braços ao lado do corpo, olhando ao redor com expectativa, até que um homem idoso baixo e magro com rosto anguloso se aproxima.

Ninguém diz nada, mas o homem começa a falar.

— Para aqueles que não conheci ainda, sou Todd Ulbright — diz ele —, presidente do comitê de doações. Estou muito feliz de indicar essa jovem estelar, que além de ser uma das melhores jogadoras de futebol da Liga Intercolegial, foi recrutada pela minha *alma mater*, Stanford, para jogar pelos Cardinals. — Uma salva de palmas se inicia, e, por um momento, fico surpresa de Lydia ter sido selecionada do grupo como uma desconhecida, escolhida pelo talento.

O sr. Ulbright continua:

— Eu conheci Lydia pelos pais dela no Bronxville Country Club…

Eeeeee está explicado.

Lydia aperta a mão de Todd e pega uma caixinha de veludo das mãos dele, passa os dedos pela superfície e volta para a mesa, onde os demais alunos da Gordon Academy se inclinam e tocam na caixa que guarda a chave do Legado antes de receberem as deles.

A sra. Shalcross continua o ritual, sorteando nomes, juntando alunos e quem os indicou, participando da agitação, da expectativa. Cada vez que ela enfia a mão na tigela, eu prendo o ar, tensa por um momento.

Kendall é o primeiro aluno da Excelsior chamado, indicado por um jovem ex-aluno que trabalhou na empresa de tecnologia do pai de Kendall antes de lançar seu próprio aplicativo. Agora, ele fala que estava acompanhando os estudos de código de Kendall e ficou impressionado com a candidatura dele a uma incubadora de startups com base em Nova York. Kendall olha para baixo, constrangido, mas está claramente satisfeito com a apresentação.

Skyler se inclina na minha direção.

— Ei, cadê sua mãe?

— Ainda doente — sussurro. — Mas ela vem amanhã.

Skyler parece surpreso.

— Sério?

Eu faço que sim.

— Ela não perderia — digo.

Ele sorri e coloca a mão no joelho antes de se virar para a frente. Eu contenho um tremor.

A sra. Shalcross tira um nome da tigela e para, a boca se abrindo em um sorriso.

— Bernadette Kaplan. — Ela olha diretamente para mim e faz sinal para eu ir para perto dela. Meu coração bate rápido, e, como se eu estivesse sendo atraída, sigo por entre as mesas até estar na frente dos meus colegas e dos indicadores, me sentindo como um bezerro seguindo para o abate.

O jardim fica silencioso, e ouço barulho vindo do restaurante, vozes e risadas, mas aqui está tudo quieto.

Até que finalmente, no fundo do jardim, Lulu Hawkins se levanta. Ela sorri largamente para mim e dá de ombros, piscando para mim ao se aproximar. Skyler está me olhando com surpresa estampada no rosto.

Ser indicada por Lulu deveria me deixar calma. Deveria ser um alívio. Uma forma de conforto. Eu conheço essa mulher a minha vida toda. Ela sempre gosta de dizer que viu outras pessoas trocarem minha fralda, já que ela mesma nunca trocou uma. Mas, quando Lulu anda na minha direção, só consigo pensar no e-mail da minha mãe.

Estamos aconselhando-a formalmente a se distanciar de Rafe, Lulu e de toda a firma.

Lulu passa o braço em volta de mim e encosta a boca no meu ouvido.

— Pena que sua mãe não está aqui para ver isso. Ela adoraria.

Um arrepio sobe pela minha coluna, mas, tão rapidamente quanto fala, Lulu me solta e se vira para falar para o grupo.

— Eu conheço a pequena Bern-Bern aqui a vida dela toda, pois sou melhor amiga dos Kaplans desde antes de Bernie ser um brilho nos olhos dos seus pais. Tenho um prazer imenso em trazê-la para o Clube que é o eixo da minha vida. — Ela se vira para mim e pega a minha mão. — Muitos conhecem Bernie como excelente líder, ponto focal da Excelsior. Mas, para mim, ela sempre vai ser a garotinha que dava ordens ao meu filho Skyler na praia quando eles faziam castelos de areia. E ela ainda dá, que bom! — Uma onda de risadas se espalha, e abro um sorriso fraco. — Não tenho a menor dúvida de que ela vai ser um belo acréscimo para o Clube nas décadas futuras.

O grupo aplaude, e parecem unhas em um quadro-negro ecoando nos meus ouvidos. Tenho vontade de fugir, de me esconder, de ir embora daquele lugar de vez. Mas faço todo o esperado: abraço Lulu, agradeço com minha voz mais sincera e pego a caixa da chave das mãos dela antes de voltar para o meu lugar, onde Skyler passa os braços em volta de mim e puxa meu corpo para perto.

Passo os dedos pela caixa e seguro as laterais antes de abrir a parte de cima e encontrar uma chave-mestra dourada pesada. Eu a pego, sinto o peso nas mãos e mexo no chaveiro, com as letras C e L gravadas no metal.

— Eu sabia — murmura Skyler, o hálito quente no meu ouvido.

Mas não consigo esquecer o que a mãe dele disse, que queria que a minha mãe estivesse ali. A voz dela soou mesmo ameaçadora? Ela estava dando a entender que sabe onde minha mãe está? Por que ela não está aqui?

Nós aplaudimos com educação enquanto a sra. Shalcross vai lendo o resto dos nomes. Como desconfiávamos, Lee foi indicado por uma senhorinha chamada Gertie, que conhece os pais dele do mundo da arte e elogia a individualidade e o humor de Lee. O irmão de Skyler se levanta e fala sobre um garoto de Tucker que foi seu estagiário de verão na prefeitura.

Finalmente, depois do que parece uma eternidade, chamam o nome de Skyler. Eu me sento ereta enquanto ele caminha. A sra. Shalcross não se mexe e espero que ela faça um anúncio dizendo que infelizmente a pessoa que indicou Skyler não está presente por estar doente. Mas ela abre um sorriso largo e fala com as pessoas assistindo.

— Fui eu! — diz ela com orgulho, e inicia um curto monólogo dizendo que os membros da família Hawkins têm sido agentes dedicados aos objetivos e sonhos do Clube ao longo dos últimos trinta anos e que ela fica feliz da vida de dar boas-vindas a Skyler na turma do ano.

Skyler se senta ao meu lado e dá de ombros.

— Quem você acha que escolheu a Isobel? — Ele assente na direção dela, e pela primeira vez desde que nos sentamos, olho intensamente para a minha melhor amiga. Ela está agitada e nervosa, batendo os dedos na mesa, se remexendo com desconforto no assento, até que finalmente a sra. Shalcross chama o nome dela.

Isobel se move devagar no meio das pessoas até estar ao lado da sra. Shalcross, olhando diretamente para mim. Meu coração bate rápido quando ninguém se levanta, e tenho medo de a minha mãe *ter* indicado Isobel e de ela acabar ficando sozinha lá na frente, se perguntando por que diabos não pôde aparecer.

Mas aí, de modo improvável, uma mulher magra e grisalha usando uma túnica quadrada inspirada em arte moderna anda na direção de Isobel e dá beijinhos nas duas bochechas dela sem encostar o rosto.

— Rachel Breathwaite — diz a mulher. — Turma de 1977 da Excelsior. Isobel é uma das maiores artistas da sua geração — diz para o resto de nós, a voz completamente séria. — Como curadora do Brooklyn Museum, eu tive a honra de exibir o trabalho dela e sei que esse é só o começo de uma carreira brilhante. — Ela se vira para Isobel e assente para ela severamente, o que faz Isobel corar muito, claramente surpresa pelo elogio, pela autenticidade de ser indicada por alguém que a viu não pelo nome ou status, mas pelo trabalho e talento.

Isobel volta para a mesa, e tenho vontade de me levantar, abraçá-la e sussurrar *Você sabe como isso foi especial?*. Mas ela não me olha, e eu desvio o olhar e ignoro a sensação de arrepio que sobe pela minha coluna.

A sra. Shalcross lê mais alguns nomes, e conforme a lista diminui, eu me pergunto se a minha mãe não indicou ninguém. Talvez a nota fiscal da Madame Trillian tenha sido um erro. Talvez ela soubesse o tempo todo que não viria. Talvez não quisesse decepcionar mais ninguém além de mim.

TORI

Sério mesmo que o meu nome vai ser o último tirado daquela tigela ridícula? Ao meu redor, as pessoas estão todas sorrindo com orgulho, comendo pedacinhos delicados de suas tortas-mousse de chocolate, a mão livre segurando a caixa da chave, sussurrando umas com as outras sobre suas linhagens, seus legados. Todos, menos eu.

Tento encontrar a pessoa que ainda não se levantou da cadeira, o adulto que vai me assumir. Mas não consigo encontrar uma única pessoa que ainda não tenha selecionado um aluno.

Lanço um olhar para Skyler e me pergunto pela primeira vez se ele armou para mim. Talvez não fosse para eu estar ali. Talvez tenha sido uma piada, e agora vou ser exposta por não ter recebido indicação nenhuma. Mas aí a sra. Shalcross limpa a garganta.

— Tori Tasso.

Não sei se fico aliviada ou apavorada, mas minhas pernas parecem gelatina enquanto ando para o meio do salão, tão artificial de vestido e saltos. A sra. Shalcross não sai do lugar e sorri para mim, um pouco nervosa.

— Oi, querida — diz ela, mais alto do que um sussurro.

Assinto educadamente e olho ao redor, para todos aqueles olhos me encarando. Estarão se perguntando por que estou ali? Quem dentre eles teria pensado em *me* escolher?

Mas ninguém se levanta. Ninguém anda na minha direção. Sinto um peso no estômago e olho para a sra. Shalcross, que está encarando o celular, a testa franzida. Mas aí, como se percebendo, ela ergue o rosto e olha para a plateia.

— Infelizmente, a pessoa que indicou Tori não pôde estar conosco hoje devido a uma doença — diz ela, pontuando a última palavra com uma certa descrença. — Mas ela me mandou uma coisinha para ler em seu nome.

O peso aumenta enquanto observo os arredores. Tento encarar Skyler, mas ele parece olhar através de mim.

A sra. Shalcross pigarreia.

— Durante todo o tempo que passou na Excelsior, Tori mostrou que é uma aluna determinada e tenaz que se destacou em todas as áreas acadêmicas. Como testemunha de sua habilidade acadêmica e admiradora distante de seu empenho, fico honrada de indicar Tori Tasso. — A sra. Shalcross ergue o olhar. — Assinado, Esther Kaplan.

— Ah.

A sra. Kaplan pega a caixa de veludo azul, a chave para o meu futuro, e a oferece para mim. É mais pesada do que eu esperava. Ao segurá-la, só sinto alívio. As pessoas aplaudem educadamente, mas não consigo afastar o olhar da minha mesa, onde a cabeça de Skyler está virada para um lado e Bernie está sentada de olhos arregalados e surpresa, a boca formando um o.

A sra. Shalcross se inclina.

— Pode se sentar agora — diz ela por trás do cabelo.

Constrangida, volto para a mesa, onde o resto do grupo me encara enquanto o ambiente fica mais barulhento, com as pessoas conversando entre si, o momento final de pompa e circunstância antes de a noite terminar.

— O quê? — pergunto, irritada de repente por todo mundo estar surpreso de uma pessoa como Esther ter me escolhido, apesar de eu saber *por que* e *como* meu nome chegou a ela.

Lee fala primeiro.

— Que legal, Tori — diz ele com entusiasmo. — Como você conhece a Esther? — Ele se vira para Bernie. — Que bacana você guardar esse segredo!

Bernie faz que não, sem afastar o olhar do meu rosto.

— Eu não fazia ideia.

Ela me encara, chocada e curiosa, quase um pouco impressionada, e sinto de repente que não consigo respirar, que tudo dentro do meu corpo está se rebelando contra aquelas pessoas, aquele lugar. Parece que não consigo me lembrar de todos os motivos para eu querer entrar naquele mundo e só restam aqueles olhares surpresos, os que me garantem que *Você nunca vai ser uma de nós. Nós sempre vamos duvidar de você.* Até a pergunta de Lee, *Como você conhece a Esther?*, insinua que havia uma ligação, uma troca saudável de contatos e influências.

O que, claro, é mais fácil de engolir do que a verdade.

— Com licença — digo, empurrando a cadeira ruidosamente. Os participantes das outras mesas se viram para olhar, mas sigo pelo corredor e saio pela porta do restaurante. As pessoas passam por fim, falando nos fones de ouvido, cantarolando com a música. Os sons de sirenes e buzinas me acalmam, me lembram que aquela é minha cidade também, que não pertence só a quem está lá dentro. Ali fora, com todo mundo, consigo respirar; é como se mesmo em um mar de gente eu finalmente estivesse sozinha. Inspiro fundo até minha respiração desacelerar, até sentir meus batimentos se firmarem, minhas mãos pararem de tremer.

Você está bem, digo para mim mesma. *Você está bem*.

Volto para dentro, finalmente calma, e sigo para o jardim. Mas antes que eu consiga chegar à entrada, vejo Skyler esperando para usar o banheiro. Seguro o cotovelo dele e o puxo para o lado.

— Esther Kaplan? — pergunto. — Você não acha isso um pouco suspeito?

— Eu não sei do que você está falando.

— Mentira — digo. — Você viu a Bernie? Ela surtou. Como você fez com que ela me escolhesse? Não tem como Esther Kaplan saber que eu existo.

— Você teve sua indicação. Teve o que queria. Vamos deixar tudo pra lá, está bem?

— Não me diga que fez chantagem com ela também. — Dou uma risada e cruzo os braços sobre o peito. — *Ela* também te pegou trepando com outra pessoa?

Mas aí Skyler olha para trás de mim e o rosto dele se transforma, a pele fica pálida.

— O quê? — pergunto, mas, quando me viro, já sei o que vou encontrar. *Quem* vou encontrar.

Bernie.

DEPOIS DO BAILE

Lydia Yen, uma das indicadas ainda no Clube, está afundada na poltrona no lounge.

— Então você quer saber quem estava no telhado? — pergunta ela.

Essa garota. Ela é igualzinha aos demais. Cheia de pose e poderosa com a confiança de uma atleta, o contato visual direto que só se desenvolve com prática. Ela acha que tem todas as respostas. Talvez tenha.

A detetive entra na dança.

— Sim, estamos procurando por qualquer informação que possa ajudar.

Lydia se inclina para a frente.

— Meu palpite é Bernie Kaplan. E, obviamente, Skyler, Tori e Isobel.

— Obviamente?

Lydia assente.

— Na noite anterior, todo mundo estava falando que o Skyler tinha ficado com a Opal Kirk, o que suponho que você

já saiba. Eu soube que ela apareceu aqui um tempinho atrás.
— Lydia balança a cabeça. — Pobre garota.

— E quando todo mundo descobriu sobre esse... envolvimento?

Lydia estala os dedos e pensa.

— Eu ouvi na noite passada, depois da Revelação — diz ela.
— Mas estudo na Gordon. Eu não estava no meio disso nem nada.

— E há muita socialização entre as escolas?

Lydia pensa nisso, ponderando sobre a pergunta pela primeira vez. Ela cresceu passando os verões no leste, frequentando colônias de férias com Skyler e Bernie, passando fins de semana no Bronxville Country Club, frequentando a galeria da mãe de Lee com o pai, um banqueiro de investimentos proeminente com gosto por colecionar arte moderna. Mas ela não chamaria as interações deles de "socialização". O que aquele pessoal faz junto é mais deliberado. Intencional. Sempre de olho no que podem oferecer uns aos outros no futuro.

— A maioria de nós se conhece — diz ela.

— Havia alguém que você não conhecia? Cuja presença te surpreendeu?

— Tori, claro — diz ela. — Ninguém a conhecia.

— Mas você acha que ela estava no telhado?

Lydia cruza os braços sobre o peito.

— Bem, sim. Ela estava no centro de toda a história de Skyler e Opal.

O detetive semicerra os olhos.

— Quer dizer... foi ela que contou pra Bernie — diz Lydia

— Ah.

Lydia faz um ruído de deboche.

— Ninguém sabia quem ela era antes dessa semana. O fato de ter o poder para fazer Skyler e Bernie terminarem? Lendário.

— Ela se inclina para a frente. — Mas entenda uma coisa. Não era só Tori que sabia. Isobel, a melhor amiga da Bernie, acabou sendo a maior traidora de todas.

ISOBEL

— **Pra onde foi todo mundo?** — pergunto a Lee. As únicas pessoas que restaram à nossa mesa somos nós dois e Kendall, e eu não vejo Tori e Skyler pelo que parece uma eternidade.

Lee olha em volta e dá de ombros.

— Não tenho ideia.

O resto do jardim está começando a ficar vazio, e eu me encosto na cadeira, ouvindo os alunos da Manhattan Friends falarem em ir para o loft de alguém no SoHo.

— Será que é melhor a gente ir? — pergunto.

Lee dá de ombros.

— Claro, por que não? — Ele se vira para Kendall. — Quer ir?

Kendall me olha, o nojo aparente.

— Não, obrigado.

Lee, sempre agradável, dá de ombros de novo e se vira para mim.

— Vamos procurar os outros — diz.

Nós nos levantamos e Lee segura a minha mão para me guiar para dentro do restaurante. É nessa hora que os vejo lá: Tori, Skyler e Bernie. Acelero o passo, mas, quando chegamos mais perto, ouço trechos de conversa.

— Você *fez o quê?* — pergunta Bernie, a voz ficando cada vez mais alta e mais aguda.

Eu me viro, mas Skyler me vê, com fogo nos olhos.

— Isobel — diz ele. — Vem aqui. Agora.

Eu paro e Lee ergue as sobrancelhas.

Bernie se vira para me olhar, cheia de raiva e ira.

— Ele me traiu — diz ela, apontando diretamente para Skyler. — Com a *irmã* do Kendall. — Bernie balança a cabeça, lágrimas se formando nos cantos dos olhos. — E *ela* — Bernie aponta diretamente para Tori — sabia de tudo. Chantageou Skyler pra conseguir a indicação para o Clube. — Ela se vira para os dois agora. — E vocês meteram a minha *mãe* nisso? Qual é o problema de vocês dois?

Tori parece querer derreter no chão, e a boca de Skyler é uma linha fina e apertada. Sinto as coisas que escondi e as minhas mentiras dos últimos meses prontas para serem reveladas. Skyler está planejando o seu ataque, um jeito de distrair Bernie *dele*.

Chego mais perto, meu estômago em espasmos, sabendo o que está prestes a acontecer. Mas, como um acidente de trem, não tenho como impedir.

— Isobel sabia — diz Skyler, as palavras saindo rápidas e quentes. — Ela nos pegou em Shelter Island. Depois que disse aquelas coisas horríveis sobre você.

Lee solta um ruído de surpresa ao meu lado, e, quando viro a cabeça, vejo Kendall se aproximando atrás de nós, ouvindo cada palavra que Skyler está dizendo.

— Isso mesmo — diz Skyler. — Isobel viu tudo em Shelter Island e guardou segredo de você. Ela está me encobrindo há meses.

Bernie me encara, o rosto questionador.

— Ele está enganado — diz ela, a voz tremendo. — Tem que estar enganado.

Balanço a cabeça. O que posso dizer? Que fiquei calada porque Skyler era meu fornecedor? Que eu não contei para ela porque fiquei com medo de ela não acreditar em mim, de escolher Skyler e não eu, me deixando à deriva? Que eu duvidava dela, mesmo depois de ter me perdoado por aquela noite horrenda?

Mas talvez não importe. Afinal, ela também me traiu, ao falar com meu irmão pelas minhas costas. Sei que ela vai dizer que foi com boas intenções, mas é mentira. Ela não faz ideia do que eu preciso. Nunca fez. Bernie só liga para manter a imagem perfeita, o relacionamento perfeito, a amiga perfeita. Mas agora, ela talvez perceba enfim que nada disso é perfeito.

— Por quê? — Bernie parece uma garotinha, a voz pequena e assustada.

— Eu não… — começo a falar, mas Skyler faz ruído de desprezo atrás de mim.

— Ela nunca ligou pra você — diz ele para Bernie. — Só liga pros comprimidos que eu dava pra ela pra se divertir. Ela não teve nenhum problema em ouvir sobre mim e Opal, em ficar quieta quando podia contar pra você a qualquer momento. E sabe todas aquelas merdas que ela disse na festa? Acho que era real.

Bernie me olha com lágrimas nos olhos e, por um segundo, acho que vai começar a chorar, mas em um momento de completa surpresa, ela puxa a mão para trás do corpo e a lança para a frente para me dar um tapa na cara com a mão aberta.

Ninguém faz nada. Ninguém diz nada.

Ninguém exceto Bernie, que está ali parada, de repente calma e composta. Ela me encara e inclina o queixo para o alto antes de sair pela porta, para longe de nós todos, daquilo.

De mim.

TORI

— **Bernie, espera!**

Não sei se é porque a mãe dela me escolheu e não está em lugar nenhum ou por eu realmente *me sentir* culpada pelo fato de que todo mundo na vida de Bernie estava guardando esse segredo importante, mas, por algum motivo, sou a única do grupo que sai correndo atrás dela.

Chego à calçada e viro a cabeça para um lado e para o outro para procurá-la em meio às pessoas. Demoro um segundo, mas a vejo parada na esquina, encostada na parede de tijolos de um mercadinho. Quando me aproximo, vejo que tem lágrimas descendo pelo rosto, que permanece imóvel, olhando para a rua.

— Ei — digo, me aproximando. Estico a mão para encostar no braço dela, mas Bernie se afasta de forma quase violenta.

— Não toca em mim.

Eu dou um passo para trás e tento recuperar o fôlego. O cabelo de Bernie está desgrenhado pelo vento, a pele vermelha. Ela me observa por olhos semicerrados, o rosto duro.

— Desculpa — digo. — Eu sei que você…

Mas Bernie balança a cabeça e expira pelas narinas.

— Você não sabe nada sobre mim. — Ela anda na minha direção lentamente, os punhos balançando ao lado do corpo.

Por um momento, percebo como é estranho ver a garota mais centrada da escola se desfazer aos poucos, as costuras perfeitamente acabadas se soltando, os nervos estourando. Tudo por causa de uma merda de *garoto*.

Mas não, não é isso. Não é só por causa de Skyler.

É por causa de Isobel e do segredo que ela guardou.

Bernie fala mais uma vez, pontuando cada palavra para que paire no ar:

— Você não me conhece.

Mas, quando dá um passo na minha direção, faço que não, e as palavras saem antes que eu consiga pensar em pará-las:

— Claro que eu te conheço. Todo mundo te conhece.

Bernie puxa a cabeça para trás.

— Você é Bernadette Kaplan. Filha de Rafe e Esther Kaplan, do Upper East Side. É aluna da Excelsior, onde estudou a vida *toda*. Tem uma ala da escola com seu nome, e você já garantiu um lugar em Cornell, apesar de o prazo das candidaturas ser daqui a algumas semanas, porque seu avô estudou lá e, convenientemente, tem uma ala inteira com o nome da sua família. — Faço uma pausa, mas brevemente, para respirar uma lufada de ar. — Você joga hóquei de grama, mas odeia. O dr. Jung é seu professor favorito, apesar de ele ter sido rígido com você em História Americana Avançada. Isobel Rothcroft é sua melhor amiga. Ou talvez eu devesse dizer *era*. E Skyler Hawkins é seu namorado, apesar de todo mundo do planeta saber que ele é um grandessíssimo filho da puta. Você passa os verões nos Hamptons e gosta de *matcha latte* gelado e pilates. Faz compras na…

Bernie bate com as mãos na cabeça.

— Para — diz ela, tão alto que as pessoas na rua olham.
— Só para.

Fecho a boca nessa hora, quase sem acreditar na minha própria audácia, mas, por outro lado, talvez eu acredite. Essa sensação louca de urgência, de impulsividade, sempre esteve dentro de mim. Eu só a sufoco desde que entrei na Excelsior, e agora que abri a porteira, não consigo segurar.

— Todo mundo sabe essas coisas sobre você porque você é Bernie Kaplan. É impossível te ignorar. Se você estuda na Excelsior... você *conhece* Bernie Kaplan. As pessoas te tratam diferente por causa disso. Então, sinto muito por não ter contado pra você, uma garota que sempre cagou pra mim, que o seu namorado escroto te traía.

Finalmente eu paro, quase sem ar, e quando olho para Bernie, vejo que, de maneira improvável, um sorriso se abriu em seus lábios.

Mas ela olha para trás de mim e o rosto se fecha. Eu me viro e vejo Isobel, Lee e Skyler andando na nossa direção, uma visão chocante na rua lotada.

Bernie pega a minha mão e chama um táxi, que para na esquina, quase atropelando alguns turistas. Ela abre a porta e me empurra para dentro, para entrar logo em seguida.

— Vai, vai, vai — diz ela para o motorista, que enfia o pé no acelerador, e nós passamos direto por Skyler, Isobel e Lee, que vêm correndo atrás de nós.

— Pra onde? — diz ele depois que chegamos ao sinal vermelho no quarteirão seguinte.

Bernie me olha, a boca aberta.

Eu limpo a garganta e enfio a cabeça entre os assentos, perto da divisória de acrílico.

— Queens.

BERNIE

O táxi para na frente de uma casinha com aparência fofa pintada de azul com bordas brancas nas janelas. Tem um capacho no alto dos degraus de entrada, e as janelas de cima estão acesas, decoradas com cortinas de renda.

Eu pago o taxista e sigo Tori para a rua, onde percebo que não tenho ideia do que estou fazendo, nem por que estou ali. Pareceu uma boa ideia em Manhattan, de onde eu só queria fugir. Mas agora que cheguei aqui, percebo que estou presa em um bairro fora de Manhattan com uma garota que mal conheço e que estava guardando um segredo de mim… e que agora está, por algum motivo, ligada à minha mãe por toda a eternidade.

Tori sobe os degraus e abre a porta.

— Isso foi um erro. Acho que vou pra casa agora — digo, ficando na rua. — Está ficando tarde e… você sabe.

Tori abre a porta, e o cheiro de algo doce e amanteigado vem na minha direção.

— Tem certeza? — diz ela, fazendo sinal para dentro de casa. — Parece que meu pai fez uma torta. Quer um pedaço?

Eu olho para a casa, na qual há um pai que *faz tortas*, e de repente a única coisa que quero é subir aqueles degraus e me sentar lá dentro e fingir que sou outra pessoa.

— Tudo bem — digo. — Só por alguns minutos.

Sigo Tori para dentro de casa, onde ela tira os sapatos e joga a bolsa em um banco. Antes que ela possa dizer alguma coisa, uma garota asiática bonita usando uma camiseta enorme e short jeans corre na direção dela e quase a derruba com um abraço, depois dá um beijo em sua boca.

— Amor — diz ela para Tori. — Eu estava *louca* pra saber o que aconteceu. Quem foi que te indicou?

Mas quando recua e me vê, ela solta Tori, confusa.

Tori sorri e faz sinal na minha direção.

— Bernie — diz ela. — Esta é a minha namorada, Joss.

Uma expressão de reconhecimento surge no rosto de Joss, e me pergunto o que Tori contou a ela sobre mim... sobre todos nós. Com base na expressão azeda, nada de bom.

— Oi — digo.

Joss me olha de cima a baixo, mas não demonstra nenhum sinal de acolhimento.

— Helen e George estão a ponto de devorar a torta de cereja do seu pai se você não for pra lá *rápido* — diz ela. — Então eu diria que o tempo urge.

Tori dá de ombros na minha direção, e vou atrás dela e de Joss quando elas seguem para a cozinha, tão diferente da minha. As bancadas lascadas são cobertas de tigelas cheias de bananas e limões, algumas maçãs e cebolas. Desenhos claramente feitos por crianças estão presos na geladeira, e há fotos da família nas paredes. Acima da pia, uma placa retrô de metal que parece ser dos anos 1980 e que diz LANCHONETE TASSO'S está pregada na parede. Tem pratos de sobremesa com migalhas empilhados na pia, e na ilha de fórmica há uma torta pela metade com uma colher enfiada no meio.

— Obrigada por cuidar deles — diz Tori, pegando uma faca para cortar pedaços para nós.

Joss se senta na bancada e dá de ombros.

— Me deu tempo de editar sua apresentação, que está *um arraso*, aliás. — Ela me olha de cara feia e passa as pernas em volta da cintura de Tori, puxando-a para um abraço e apoiando os cotovelos nos ombros da namorada. Tori sorri e encosta a bochecha em Joss, um momento que me dá vontade de desviar o olhar por ser íntimo demais, carinhoso demais. Skyler e eu nunca somos assim, tão abertos com nossos afetos.

É tudo performance. Planejado previamente.

E, de repente, percebo… igual aos meus pais.

Talvez tenha sido por isso que ele me traiu. Por que ele percebeu antes de mim que talvez, só talvez, nossas vidas não devam ficar unidas para sempre.

— Posso usar o banheiro? — peço, desesperada de repente para ter um momento sozinha pela primeira vez desde que todas essas revelações começaram a surgir.

Tori aponta para a escada com o garfo cheio de torta.

— Subindo a escada e seguindo pelo corredor. É a primeira porta à direita.

Joss come o pedaço que tem no seu garfo, e Tori ri enquanto me afasto delas, da coisa que eu achava que tinha. Mas nunca tive.

Subo a escada devagar, olhando todas as fotos na parede, de Tori e da família. Os irmãos gêmeos que parecem saídos de um catálogo, os pais amorosos, cujos braços estão em volta dos filhos em todas as imagens. Fotos individuais de uma mulher com aparência familiar, com cabelo volumoso, cuidando da grelha na lanchonete. Tenho uma sensação esquisita. Deve ser a mãe dela.

Tori nunca falou muito sobre ela, e eu só soube da morte dela porque minha mãe mencionou uma vez antes da aula.

— Você é amiga de uma garota chamada Tori Tasso? — perguntou ela quando estávamos comendo bourekas crocantes recheadas de queijo na cafeteria do Oriente Médio perto do nosso apartamento.

Fiz que não.

— Não exatamente. — Eu conhecia Tori da forma como se conhece todos os alunos em uma série com 93 pessoas. A gente sabe como eles são, em que matérias se saem bem, em que esportes são péssimos, como se vestem, com quem se sentam no almoço. Sabia que ela morava no Queens e nunca pensei muito nela, porque, diferentemente de muitos dos nossos colegas, ela só pareceu brotar do nada na orientação do nono ano, uma aluna aleatória em um mar de gente que eu tinha crescido conhecendo.

Minha mãe assentiu nessa hora, uma expressão preocupada no rosto.

— O que tem ela?

Minha mãe engoliu um pedaço e limpou os lábios com um guardanapo de papel.

— A mãe dela faleceu.

— Ah — falei. — Que triste.

Minha mãe olhou pela janela para a rua agitada, com pessoas entrando na estação de metrô da esquina.

— É mesmo.

Isso foi tudo que ela disse antes de mudar de assunto para discutir nossas férias de inverno nas Maldivas, e nós passamos o resto do café da manhã falando sobre túnicas diferentes que levaríamos, como a água lá é transparente e que tratamentos de spa faríamos.

Mas quando cheguei na escola e vi Tori na frente do armário, com uma expressão pálida e triste no rosto, fui até ela e procurei palavras de condolência. Não lembro o que falei, mas me lembro da expressão de choque de Tori, a que dizia que ela estava surpresa de eu ter descoberto. Com um pouco de raiva, até.

Agora, na casa dela, eu me pergunto como a minha mãe sabia. Se ela tinha conhecido a mãe de Tori em um dos eventos de pais dos anos anteriores. Um pensamento cruel entra na minha cabeça. Talvez não tivesse sido só Skyler que convenceu a minha mãe a indicá-la; talvez ela tenha indicado Tori porque sabia como era perder a mãe tão jovem e se sentia mal por ela.

Chego no topo da escada e sigo pelo corredor, mas logo percebo que entrei no lugar errado, e em vez de um banheiro, estou na porta do que é, obviamente, o quarto de Tori e da irmã.

Não consigo me segurar. Eu entro.

Tem um beliche encostada na parede, o colchão de cima bagunçado e rosa com almofadas de unicórnio, enquanto a de baixo está arrumada, com uma colcha roxa bonita presa nos cantos, com algumas almofadas arrumadas junto à cabeceira. Há uma escrivaninha branca junto à cama, e a parede atrás dela é decorada com uma foto em preto e branco da Lanchonete Tasso's, tirada anos antes, pois mostra a placa que está pendurada na cozinha. Luzinhas brilham no teto, dando ao aposento um brilho suave.

Eu me aproximo de uma cômoda de madeira entre a porta e o armário e passo a mão em cima, vendo uma foto de Tori e a miniatura dela, que deve ser a sua irmã, e uma foto de Tori bei-

O LEGADO **239**

jando Joss. Mas, quando chego no final da superfície, tem uma imagem que me faz parar, faz meus batimentos acelerarem.

Pego o porta-retrato e aproximo do rosto. Uma imagem que já vi antes de duas melhores amigas, capturadas no meio de uma risada, como se estivessem compartilhando um segredo.

— O que você está fazendo?

A voz de Tori me faz pular e eu largo o porta-retrato. Ouço o vidro se estilhaçar no chão. Ela corre na minha direção, mas não consigo me mexer. Balanço a cabeça, confusão e medo subindo pela garganta. Finalmente, eu falo:

— Por que você tem uma foto da minha mãe?

DEPOIS DO BAILE

Talvez ninguém no Clube do Legado esteja tão furioso quanto Jeanine Shalcross. Depois de quase um ano obcecada com cada detalhe envolvido na programação da semana com Esther Kaplan respirando no cangote, toda a noite — não, todo o grupo — está desabando ao redor dela.

Ela para em um canto do salão, os braços cruzados, o salto batendo no chão de mármore. Os lábios estão repuxados, e ela ignora os outros membros do Clube fazendo perguntas, exigindo respostas. Por que ela tem que responder? E onde está Esther? É o que ela quer saber há dias: por que a mulher que diz ser a mais leal ao Clube ficou ausente durante a semana mais importante do ano? Por que Jeanine foi colocada no comando dos eventos de indicação? Da Noite da Revelação? Do planejamento dos horários das apresentações? Não foi isso que elas combinaram quando Esther suplicou para que Jeanine entrasse para o comitê de indicação no ano anterior.

Mas Jeanine sabe que não deve questionar Esther. Depois de tantos anos, curvar-se para a abelha-rainha do grupinho de-

las era o esperado. Sempre foi assim desde que elas eram crianças, Jeanine sabe disso. Naquela época, quando Esther falou para votarem nela para presidente de turma da Excelsior, eles votaram. Quando Esther falou em que sororidade Jeanine tinha que entrar em Cornell, ela entrou. E quando Esther falou para ela espalhar aquele boato horrível, o que arruinou a vida daquela pobre garota... bom, ela não gosta de admitir, mas Jeanine também fez isso. Todos fizeram.

E agora, enquanto a polícia (que horror!) lota o Baile do Legado e deixa pegadas imundas no lindo Clube, logo lá, Jeanine não pode deixar de sentir a suspeita crescente de que, se Esther Kaplan não tivesse indicado Tori, eles jamais estariam naquela situação.

Jeanine devia ter batido o pé quando Esther disse que queria escolher a filha de Audra. Ela devia ter dito não. Vetado a indicação. Dado um chilique. Mas, em vez disso, ela saiu do caminho e tentou esquecer como aquela confusão toda começou e o que exatamente Esther estava tentando provar ao convidar a garota Tasso para o mundo delas.

Mas quem Jeanine queria enganar? Se realmente pensasse bastante, poderia ter imaginado que Esther Kaplan indicaria Tori Tasso desde o dia em que a garota entrou no Colégio Excelsior. O destino dela foi selado anos antes. Jeanine sabia disso. Mas Tori é que não tinha como saber.

ISOBEL

Não dá pra ver estrela nenhuma em Nova York, mas isso não me impede de tentar. Hoje, estou deitada em uma espreguiçadeira no terraço da nossa casa, olhando para o céu, segurando uma garrafa de água cheia de vinho branco.

Desde que voltei do jantar, não consegui parar de repassar os eventos da noite na cabeça. O tapa de Bernie, a expressão horrorizada na cara de Lee. O jeito como ela olhou diretamente para mim ao sair de carro com Tori. Como se eu não devesse estar com raiva *dela* por ter falado com Marty sobre mim. Como se eu merecesse.

Tomo outro gole de vinho, o que começa a fazer a lembrança desaparecer. Quase.

As coisas estão começando a se embotar, e finalmente, finalmente consigo relaxar, afundar nas lembranças de *antes*, quando Bernie e eu estávamos tão em sincronia uma com a outra, no começo do verão.

Nós começamos a estação com um fim de semana no leste, na casa dela nos Hamptons, logo depois das nossas provas finais e testes avançados, mas antes de começarmos nossos estágios de verão, planejando o futuro. Era uma noite de terça, e Esther sugeriu que Bernie e eu fôssemos ao Clam Bar jantar enquanto ela ficava em casa, e nos deu duas notas de cem e a chave do Jeep Wrangler conversível que eles só usavam na praia.

Nós seguimos em disparada pela praia arenosa logo antes do pôr do sol, com as músicas velhas do Paramore nas alturas enquanto o vento desgrenhava nosso cabelo. Quando chegamos, nos sentamos uma em frente à outra a uma mesa externa e pedimos ostras, rolinhos de lagosta, copos de papel de sopa de marisco e batata frita oleosa servida sobre papel jornal em uma cesta vermelha de plástico. Bernie convenceu o garçom a trazer uma lata de rosé para mim, e bebi com avidez enquanto a maresia grudava na nossa pele.

Bernie parecia tão feliz naquela época, tão viva. O verão fazia isso com ela: mudava sua personalidade, sua atitude. Deixa-a mais suave e mais leve, como se o sol, a areia e o ar com maresia permitissem que ela liberasse a tensão e o estresse dos anos letivos na cidade. Minha mãe sempre diz que somos jovens demais para nos estressarmos, mas ela não cresceu aqui, não estudou em uma escola como a Excelsior. Estresse é só outro nome para sobrevivência.

Mas, naquela noite, não tivemos nada disso, só liberdade na forma de uma chave de carro e uma energia que me fazia me sentir invencível. Lee e eu já tínhamos passado pelo processo de redefinir nossa relação e de transformar qualquer amizade que tivéssemos em algo mais. Assim, quando ele me mandou uma mensagem e ela viu o nome dele na tela, Bernie bateu com os dedos na mesa.

— O que ele disse? — perguntou, se inclinando na minha direção, os olhos cintilando.

Eu olhei para a tela e a virei para mostrar para ela.

> Tô no Skyler hoje.
> Você tá na Bernie?

Bernie praticamente soltou um gritinho.

— Eu estou esperando desde sempre que esse encontro duplo acontecesse. Diz que vamos estar lá em vinte minutos.

Corei quando vi a resposta de Lee.

> Eu estava torcendo pra você dizer isso.

Era uma linha reta até a casa de Skyler saindo do Clam Bar, e quando chegamos lá, Bernie me levou para os fundos, por uma porta feita de madeira de naufrágio que levava a um trecho particular de praia. Maçaricos pulavam nas dunas enquanto o céu virava uma mistura de roxos, azuis e laranjas, o sol descendo. Lee e Skyler estavam apoiados nos cotovelos, deitados na areia, usando casacos de moletom e calças compridas, os rostos vivos e elétricos com aquele doce brilho de verão.

Até onde eu sabia, Skyler estava prestes a começar a passar o verão ali com o pretexto de estagiar em uma construtora local, mas estava na verdade jogando golfe com um antigo golfista profissional quatro dias por semana. A casa de Lee em Shelter Island ficava a uma distância curta de balsa, e ele disse que era fácil ir e voltar de lá do trabalho em uma fazenda em North Fork, onde estava aprendendo sobre práticas de agricultura sustentável. Lee sempre gostou de engenharia ambiental, mas o trabalho fez sentido quando me dei conta de que havia um museu de arte moderna enorme lá que era dono da fazenda e que abrigava uma das obras mais famosas de Arti Dubey.

O verão é assim para os alunos da Excelsior. Nós ficamos cheios de areia e sol e pegamos trabalhos meia-boca, porém aparentemente impressionantes que incham currículos e abrem portas. Até eu tinha um, de estagiária no departamento de artes em uma revista de decoração de uma das amigas da minha mãe, alguns dias por semana.

Quando falei para a minha mãe que o trabalho era um exemplo e tanto de nepotismo, ela me olhou e riu.

— E o que não é?

Naquela praia, naquela noite de junho, nós não estávamos pensando nas tarefas simples que nos pediriam ou o que havia pela frente quando as aulas começassem três meses depois, quando teríamos que começar a preencher candidaturas de faculdades e puxar o saco dos comitês de admissão. Nós não estávamos pensando no Clube do Legado, em quem indicaria quem ou o que os meses seguintes nos ofereceriam.

Só estávamos concentrados uns nos outros, nas ondas e na caixa de som bluetooth no qual Skyler botava rap para tocar enquanto nos sentávamos em volta de uma fogueira fraca, um quarteto com o mundo pela frente.

Em determinado ponto, Bernie sussurrou alguma coisa no ouvido de Skyler e se virou para nós.

— A gente já volta — disse ela com um sorriso malicioso, como se estivessem fazendo um favor a nós ao irem para o deque. Ela piscou para mim ao se afastar.

Lee me olhou com esperança, e um sorriso nervoso surgiu nos lábios dele, fazendo meu estômago despencar e ficar embrulhado.

— Eu estava esperando que eles se tocassem — disse, passando um braço em volta do meu ombro. Ele tinha cheiro de menta e algas marinhas e seus dedos estavam frios.

Eu me inclinei um pouco, os olhos abertos, e depois de compartilhar a respiração, um desejo, ele acabou com o espaço entre nós pela primeira vez.

Uma sensação intensa de desejo correu pelo meu corpo, e, naquele momento, não importou quem os pais dele eram ou se gostavam da minha arte. Eu não liguei de nunca ter tido uma conversa profunda com Lee durante todo o tempo em que nos conhecemos, nem de não saber quais eram as comidas ou os filmes preferidos dele. A única coisa que importava era a sensação daqueles lábios nos meus, a palma da mão dele apertando de leve a pele embaixo da minha orelha, o cabelo denso entre meus dedos.

Essa lembrança produz uma corrente elétrica que percorre minha coluna. Abro bem os olhos.

Lee. Pelo menos, ainda tenho Lee.

Depois do jantar, ele saiu de lá rapidamente, quase sem se despedir. Mas isso foi horas atrás. Uma eternidade.

Procuro o celular, que encontro na grama falsa abaixo de mim, e falo no microfone.

— FaceTime com Lee.

Toca algumas vezes até o rosto dele preencher a tela. Ele está usando uma camiseta branca simples e está na cama, a colcha de linho puxada até a barriga. Ele aperta os olhos e bota um braço por cima do rosto.

— Olha você aí — digo, sorrindo e me afundando na cadeira. — Eu queria que você estivesse aqui.

— São duas da manhã.

Eu solto uma risada e largo o celular no colo.

— Não são, não.

Lee rola para o lado, abafando o som da câmera por um segundo, e aí vejo os números borrados no alto da minha tela. *Merda*. Ele está certo.

— Ops, desculpa — digo, baixando a voz.

— Você está bêbada — diz Lee, crítico.

Meu estômago se contrai e resisto à vontade de pegar a garrafa de vinho aos meus pés.

—Ah, me dá um tempo depois desta noite. Foi tudo uma merda.

Lee grunhe e se deita de novo no travesseiro.

— Vai pra cama, Is.

— Você não quer vir pra cá? — Faço beicinho para a câmera.

— Não — diz ele, um pouco ríspido demais.

Mas eu não consigo me segurar.

— Por quê?

— Porque você encheu a cara. — Ele suspira e olha direto para a câmera. — E, sinceramente? Estou bem puto com você agora.

— O quê? — pergunto. — Você está puto *comigo*?

— Estou, sim. Você viu o Skyler ficando com a Opal Kirk e não me contou? Não contou pra *Bernie*? Sua melhor amiga do mundo todo? Mesmo você tendo dito um monte de merda sobre ela aquela vez, não tem desculpa.

Balanço a cabeça.

— Skyler não te contou sobre a Opal?

— Não. E, se tivesse contado, eu teria mandado que ele contasse pra Bernie, senão eu contaria. Ela também é minha amiga, sabe.

Nunca pensei em Bernie e Lee como aliados, só como pessoas unidas pela devoção a Skyler. Mas agora que ele falou...

— Sei que eu errei — digo. — Mas eu...

— Você só estava cuidando de si mesma, Is. Ela teria acreditado em você.

Concordar com ele parece uma armadilha, mas dou de ombros porque tenho medo de Lee estar certo. Guardei o segredo de Skyler porque tive medo de não ter mais fornecimento? Porque fui gananciosa e egoísta e focada nas minhas próprias necessidades? Porque eu realmente não ligava para Bernie?

— Achei que você me apoiaria. — As lágrimas estão vindo quentes e rápidas, e eu pisco, querendo segurá-las. — Mas você está ficando do lado da Bernie nisso tudo. Eu falei umas coisas escrotas, mas, caramba...

Lee afasta o olhar.

— Eu não quero fazer isso agora — diz ele.

— Fazer o quê?

— Brigar.

— Nós não estamos brigando. — Estou suplicando agora. Desesperada. — Por favor — digo. — Vem pra cá. A gente pode conversar sobre isso.

Lee faz que não.

— Eu tenho que ser sincero. Estou de saco cheio das suas babaquices. Ficar doidona sempre, esconder coisas da sua melhor amiga assim... Não sei se era isso o que eu queria pra minha vida.

— E Skyler? Ele é seu melhor amigo e você não liga para o que ele fez? — Eu reviro o cérebro atrás de alguma coisa para dizer, algo que o coloque de volta do meu lado.

— Isobel — diz Lee, meu nome duro nos lábios dele. — Você precisa parar.

Em um instante, sinto todos os meus órgãos afundando em uma caverna no meu estômago, ameaçando me engolirem inteira. Sei para onde vai essa conversa. Sei em que direção.

— Não — sussurro. — Lee, não.

Mas é como se essas palavras só confirmassem a percepção dele de que isso... é o fim.

— Acho que nós precisamos fazer uma pausa. Ao menos por um tempinho.

— Você não está falando sério. — Meus pulmões parecem em chamas e meu peito prestes a explodir.

— Estou, Is. Ao menos por enquanto. Até você ter tudo sob controle.

— Espera — digo.

— Está tarde — diz ele. — E a gente tem o Baile amanhã.

— Lee — digo.

— Sinto muito — diz ele. — Sinto mesmo.

A tela fica vazia e sou deixada sozinha no terraço em um mar de luz, vindo dos vizinhos, da cidade, dos bares lá embaixo. Sirenes tocam e música soa por alto-falantes, o sinal de uma noite do Brooklyn, quente e pulsante e viva.

Mas não aqui. Não neste terraço, onde de repente a realidade despenca em cima de mim. Guardei o segredo de Skyler porque tive medo do que poderia acontecer se eu não guardasse; tive medo de que Bernie não falasse mais comigo, de perder Lee, de acabar sozinha. E agora? Agora, isso tudo aconteceu por causa do que fiz. Mas não posso negar quem botou essa sequência de acontecimentos em ação.

Skyler.

Aperto o telefone e, sem pensar duas vezes, jogo-o pelo terraço e ele se quebra em pedaços, a tela rachando no vaso de concreto de uma planta.

Que bom, penso enquanto pego o vinho embaixo da espreguiçadeira.

Bebo tudo, sentindo a calma se espalhar por mim quando o líquido desce para o meu estômago e me preenche por completo. Só dessa vez. Só agora. Até tudo ao meu redor desaparecer. Finalmente, depois do que parece uma eternidade, a noite fica preta e a escuridão total e absoluta chega.

TORI

— *Essa é a sua mãe?* — pego a foto, tomando o cuidado de não cortar os dedos no vidro quebrado, e olho para a imagem que conheço tão bem que consigo enxergá-la de olhos fechados. Claro que já vi Esther Kaplan, o corpo alto e o cabelo ruivo brilhante, impossivelmente elegante e sempre vestida como se estivesse a caminho de uma comemoração. Mas a garota da foto é totalmente diferente, com acne e cabelo cacheado desgrenhado e um sorriso largo. Seria possível que Esther tivesse mudado *tanto* desde o Ensino Médio?

Bernie apanha o celular e mexe nele até parar e virá-lo para que eu veja a tela. Nela, há as mesmas duas garotas, a minha mãe e a dela, ao que parece, sentada com a mesma roupa da minha foto, posando exatamente do mesmo jeito.

— Onde você conseguiu isso? — pergunto, a voz tremendo.

— Está no escritório da minha mãe desde sempre — diz Bernie calmamente.

Eu pego o celular dela e olho a foto, comparando as duas imagens, lado a lado.

— Por que você tem essa foto? — pergunta Bernie, mas a voz trêmula a trai. Ela sabe por quê.

Eu aponto para a outra mulher, a que se parece comigo, com o cabelo escuro e os olhos castanhos grandes.

— Essa — digo — é a minha mãe.

Nós olhamos as imagens improváveis, um silêncio tão pesado que ouço Joss cantarolando sozinha na cozinha lá embaixo.

— Eu não sabia que a sua mãe também estudou na Excelsior — diz Bernie.

Levanto a cabeça subitamente.

— Ela não estudou.

Bernie inclina a cabeça.

— Minha mãe sempre me disse que essa era a melhor amiga dela do Ensino Médio.

— Não é possível.

— Foi o que ela disse.

Faço que não e me sento na beira da cama, a madeira machucando minhas coxas.

Bernie ainda está de pé, mas ela pega o celular e clica nele até o virar para mim.

— Anuário da Excelsior — diz ela. — Nos arquivos digitais.

Meu estômago se contrai conforme passo as páginas, vendo fotos da escola, que é tão familiar com a entrada de mármore, os prédios de tijolos vermelhos. Finalmente, chego nas páginas que listam todos os alunos em ordem alfabética, os rostos sorrindo para mim.

Bernie está olhando para a tela e aponta para uma imagem.

— Aí está a minha mãe — diz ela.

Esther Baum, com a mesma aparência da foto que olho há meses.

O medo borbulha no meu estômago enquanto continuo, procurando minha mãe, apesar de saber que seria ridículo encontrá-la ali. Inacreditável.

Mas, contra todas as chances, só um pouco depois na página há a imagem de uma garota alegre com cabelo escuro e rosto em formato de coração. Os lábios são rosados e o sorriso mostra todos os dentes. Incrivelmente, ela se parece comigo.

Debaixo da foto, o nome dela está impresso, tão nítido quanto qualquer outra palavra: *Audra Baros*.

— Eu... não consigo entender.

Bernie se senta ao meu lado.

— Ela não te contou que estudou na Excelsior?

Faço que não, a confusão tomando conta de mim como uma onda. Desde que a minha mãe morreu, tive vontade de perguntar tantas coisas a ela, coisas que não perguntei quando estava viva. *Como você era na minha idade? Você sempre quis trabalhar no ramo de alimentação ou só foi parar na lanchonete por acaso? O que te fez se apaixonar pelo papai? Como vou sobreviver sem você?*

Mas uma coisa em que nunca pensei foi sobre a experiência dela no Ensino Médio: onde ela estudou e por quê. Nunca passou pela minha cabeça. Mas agora... parece a única coisa que importa. Por que ela guardou segredo? Principalmente sabendo a minha dificuldade na Excelsior, que nunca encontrei a minha galera, o meu lugar?

Mas talvez... talvez Esther saiba.

— Sua mãe disse que essa garota era a melhor amiga dela? — pergunto.

Bernie faz que sim.

A ideia está vindo rápido, surgindo dentro de mim, e dou um pulo com a adrenalina.

— Eu preciso falar com a sua mãe agora. Você pode me levar até ela?

Bernie não se mexe e fica me olhando.

— Não — diz ela.

— Como assim, não? Eu sei que você está com raiva por causa da história toda do Skyler, mas qual é. A minha mãe *morreu*. A sua só está doente, com gripe ou algo assim. Você não pode pelo menos...

Mas Bernie me interrompe:

— Eu não tenho a menor ideia de onde ela está.

BERNIE

Tori me encara com os olhos saltando da cara, e quero erguer minhas defesas, mas aí lembro que ela acabou de perceber que a mãe dela guardou segredo de uma parte enorme da vida e tento ficar calma e desacelerar a respiração.

— Como *assim* você não tem ideia de onde ela está? O Baile é amanhã e foi ela quem me indicou. Ela não *precisa* estar lá pra eu ser capaz de ganhar?

Meu corpo todo fica tenso e sei que eu poderia continuar mentindo, inventando desculpas para a minha mãe. Mas de que me adiantaria isso aqui, com Tori, uma pessoa que pode perder mais do que eu se a minha mãe não aparecer no dia seguinte? De uma vez, decido contar a verdade.

— Ela está desaparecida a semana toda.

— A semana toda? — Tori praticamente grita agora. — Você tem que encontrá-la. Eu não posso aparecer sem ela.

Cruzo os braços sobre o peito, e parece que vou explodir de tão rápido que meu coração está batendo.

— Você não acha que eu já estou tentando encontrá-la?

Tori geme.

— E aí? Você acha que ela vai pular fora? — pergunta.

Abro a boca e tento encontrar algo para dizer, mas não consigo achar palavras. Nunca achei que fosse ouvir essa pergunta. Acho que eu supus, tive esperanças, de que a minha mãe voltasse antes de amanhã. Mas estamos na noite anterior ao Baile e não há sinal dela.

Desvio o olhar de Tori e procuro algo em que me agarrar, para me manter de pé. Apoio as mãos na borda aberta de uma das gavetas da cômoda.

— Você está bem? — pergunta Tori.

Minha garganta está seca e parece que vai fechar, mas faço que sim.

— Estou — sussurro. Tenho que ficar bem. *Tenho* que passar pelas próximas 24 horas. Apoio o meu peso na gaveta para não cair, mas, quando a empurro para baixo, ela abre mais e vejo lá dentro.

Dentro tem uma caixinha de veludo, vermelha com detalhes dourados nas bordas. Parece tão familiar, tipo uma coisa que eu vi a vida toda. Mas… isso seria ridículo.

Mesmo assim, não consigo me segurar. Enfio a mão e puxo a caixa, sinto o peso na mão, os contornos familiares preenchendo a palma. Abro a tampa e um pedacinho de papel cai no chão. Pego-o e vejo que diz alguma coisa na caligrafia rápida da minha mãe. Dou uma olhada, TRINITY, seguida de mais algumas palavras que não identifico. Ela deve ter deixado algum bilhete para ela mesma ali por acidente. Enfio a mão dentro e pego uma corrente de ouro com dois dedos. Pego a corrente e vejo o colar de diamante da minha avó, capturando a luz, pendurado na minha mão.

Viro-o e vejo o suporte de platina, o mesmo para o qual olhei dezenas de vezes ao longo dos anos no closet da minha mãe. O que tem cinco garras e as iniciais da minha avó gravadas atrás.

— Por que você tem isso? — pergunto, a voz trêmula.

Tori deve sentir algo estranho, porque pega o colar.

— A sra. Shalcross me deu na prova de roupa — diz ela. — Disse que era da pessoa que me indicou. Sua mãe.

Preciso de toda a minha força para não arrancar o objeto das mãos dela e colocar no meu pescoço, onde ouvi a vida toda que ficaria.

— O que foi? — pergunta Tori.

— Era da minha avó. A única coisa que a avó *dela* levou quando fugiu dos pogroms.

— Merda — diz Tori. Ela oferece a mim. — Não posso ficar com isso.

Mas algo dentro de mim se revira. Se minha mãe deu para ela, deve ter havido um motivo. E agora, além de encontrá-la, preciso saber qual é.

Faço que não.

— Nós temos que encontrar a minha mãe.

Tori assente e ficamos em silêncio, tão cheias de perguntas e sem respostas, todas dizendo respeito às nossas mães, que podem não ser exatamente quem nós achávamos que eram nos últimos dezessete anos.

— Alôôôô — grita Joss do corredor. — Tem um milhão de anos que vocês sumiram. O que está acontecendo?

Tori e eu nos olhamos, e tem um mar de conversa entre nós, o silêncio ocupando o ar. Olho para o relógio e vejo que já passa das duas da manhã.

— Eu tenho que ir pra casa.

Tori me encara, os olhos arregalados e preocupados.

— Tem certeza? — pergunta ela baixinho. — A gente tem um colchão de ar. Você pode ficar.

Joss lança um olhar fulminante para ela, e embora a ideia de ficar naquela casa aconchegante com Tori, que eu deveria odiar com base em tudo que aconteceu hoje, pareça ser uma ideia agradável, o peso do dia e das revelações caem de repente em cima de mim de uma vez só.

— Eu preciso da minha cama — digo, indo para a escada. Mas, antes de sair, eu me viro e olho para Tori, confusa e assustada, ainda segurando o diamante. — Amanhã — digo. — Vamos encontrá-la amanhã. Juntas.

Ela olha para a frente então, determinada, e assente.

— Tudo bem.

DEPOIS DO BAILE

Por toda a cidade, a notícia de que alguma coisa aconteceu no Baile do Legado começou a se espalhar. Uma morte. Uma tragédia. Mensagens para grupos foram enviadas. Um tweet questionando as viaturas da polícia ocupando as ruas. Uma mensagem frenética mandada de madrugada para um colaborador do New York Post, e agora, nas profundezas da noite, uma pequena multidão começou a se formar do lado de fora do Clube, levando o que há de pior: um chamariz.

Dentro do prédio, Jeanine Shalcross espia pela janela, com um peso na boca do estômago. Naquele tempo todo, ela e os outros tentaram manter a privacidade do Clube. Não só para os futuros membros, mas para eles mesmos. E agora... uma morte pode arruinar tudo.

Alguém bate de leve no ombro dela, um dedo encostado na pele coberta de renda. Jeanine se vira e dá de cara com Yasmin Gellar com uma expressão de preocupação no rosto.

— O que foi, Yas? — pergunta Jeanine. Ela sabe que seu nervosismo deve estar evidente. Onde está Esther? Teria con-

tado, depois de tantos anos? — A Tori sabe? — O estômago de Jeanine despenca. A ideia de aquela garota saber o que aconteceu... É tão vergonhoso. Ela olha ao redor, para a fita de isolamento, para a polícia, para o vidro quebrado, para as manchas de sangue na pedra. — Você acha...?

Yasmin balança a cabeça com veemência.

— Não, não. Ela não sabe.

Jeanine queria ter a confiança dela, o otimismo. Porque Jeanine não tem tanta certeza. Ela desconfiou anos atrás, quando elas traíram Audra, que suas ações voltariam para cobrar as consequências, de que carma era uma coisa real, de que elas e o Clube mereciam ser punidos pelos seus erros.

Ela só não achou que aconteceria naquela noite.

ISOBEL

DIA DO BAILE

Assim que acordo, estou cega. Minha visão sumiu, um ponto preto no meio da claridade, até que meus olhos finalmente se ajustam e percebo onde estou: no terraço de casa, usando as roupas da noite anterior, com uma garrafa vazia ao lado.

Procuro o celular até a lembrança da noite anterior voltar com tudo, densa e pesada. O vidro estilhaçando. Meu celular destruído. O tapa de Bernie. A forma como a traí. O rosto decepcionado de Lee. As palavras finais dele. O fim da minha vida como eu a conhecia.

Rolo na almofada, úmida com o orvalho matinal, e dou um grito longo e alto na lona para abafar a voz. Pombos batem as asas ao meu redor, levantando voo no céu da manhã, me abandonando, como todo mundo.

Mas aí, sinto uma coisa pequena sutil apertando minha coxa, e uma bolha de alívio se forma no meu peito. Enfio a mão no bolso e pego dois Xanax, engulo-os a seco antes de conseguir pensar melhor. Uma calma se apossa de mim, e me resigno a ficar ali para sempre, evitar o Baile, o terceiro ano, a faculdade, tudo. Ninguém vai ligar mesmo.

É esse pensamento que está comigo quando a porta se abre ruidosamente e bate na parede do terraço.

— Isobel? Você está aí em cima?

A voz é masculina e está frenética, mas jovem demais para ser meu pai e definitivamente não é do meu irmão.

— Lee? — sussurro, mas mantenho os olhos fechados.

Alguém se aproxima de mim. Sinto a pessoa chegando, e apesar de querer saber quem é, fico imóvel.

— Meu Deus — diz a voz. — Você está bem?

— Aham — murmuro, mas aparentemente isso não basta, porque, em segundos, sou despertada por água fria jogada em mim, encharcando as minhas roupas.

Cuspo e me levanto da forma que consigo até poder abrir os olhos e ver quem está na minha frente.

— Kendall — digo, o nome dele enrolado nos meus lábios.

Ele está furioso, com os braços cruzados sobre o peito.

— Levante-se — diz. — E troque de roupa.

Eu me encosto de volta na cadeira.

— Você não manda em mim — digo, como se fosse uma criança.

— Tudo bem — diz ele, voltando para a porta. — Mas, se você não vier, vou pegar isso. — Ele se abaixa e apanha minha sacolinha. Deve ter caído do meu bolso, mas agora vejo alguns comprimidos dentro.

Sou tomada por pânico e me obrigo a me levantar e seguir Kendall pela escada até o andar de cima da casa, onde a minha mãe montou uma salinha uns anos antes como um lugar onde Marty e os amigos pudessem jogar videogame. Kendall se senta e passa as mãos no rosto, exausto.

— Por que você está aqui? — pergunto.

Ele abaixa as mãos e me olha com a cabeça inclinada.

— Eu estava preocupado com você — diz. — Depois da noite passada... as coisas não pareciam boas. Tentei te ligar, mas você não atendeu.

— Quebrei meu celular.

Ele mostra os pedaços.

— Eu vi. — Kendall larga tudo na mesa de centro, uma pilha de metal e vidro. — Além do mais, soube que Lee terminou com você.

Faço uma careta.

— Caramba. Que rápido.

Kendall dá de ombros.

— Se te faz se sentir melhor, eu acho que as pessoas não sabem se falam sobre *isso* ou sobre o fato de que Skyler estragou o relacionamento dele.

— Merda. Como está a Opal?

— Péssima. Eu vou matar o Skyler — diz Kendall, cheio de veneno.

— Ah, claro, você e todo mundo. — Faço uma pausa. — Por que você está aqui?

— Eu não queria que você ficasse sozinha.

Um calor se espalha pelo meu peito e, por um segundo, quero abraçar Kendall, esse garoto que conheço quase minha vida toda, que deixei de lado anos atrás porque ele não era o que eu achava que a minha vida precisava. Não o considerei digno. Importante. Mas agora... ele é o único aqui.

— Você mudou tanto desde que nós éramos crianças — diz Kendall. — Parece que eu nem te conheço direito.

Engulo o nó que surgiu na minha garganta.

— Eu sei.

— Mas talvez… talvez seja uma oportunidade pra você lembrar quem você realmente é. Pra voltar a ser aquela pessoa.

— Talvez — digo, desejando que ele estivesse certo.

— Você quer ser amiga dessas pessoas? Skyler, que te chantageou? Bernie, que você sacaneou? — Ele balança a cabeça.

— Não é tão fácil — digo, me irritando. Mas o que quero dizer realmente é o seguinte: se eu não for a melhor amiga da Bernie, não tenho ideia de quem sou… e não há nada mais assustador do que isso no mundo inteiro.

— Me explica, então, porque seus amigos basicamente destruíram não só a sua vida, mas da minha irmãzinha também. Como é que você não enxerga como eles são tóxicos? Não está com *raiva* deles?

— O que você quer de mim? — pergunto, erguendo a voz. — Que eu esperneie e grite e xingue todos eles? Que arranque sangue e fique *violenta*?

O semblante de Kendall se fecha.

— Eu só quero que você se defenda. Por Opal. Você vive à sombra da Bernie. E ela não passa de um peão do Skyler. Como pode não ver isso?

E, pela primeira vez na vida, de repente tudo fica claro. Talvez Kendall esteja certo. Talvez… talvez o jeito de sair daquela confusão seja dando uma lição neles de uma vez por todas.

TORI

Tentar dormir foi inútil. Fiquei rolando na cama por horas, tentando entender por que minha mãe nunca me contou que também estudou na Excelsior, mesmo depois de ter sido ela quem me convenceu a me candidatar. Tento repassar cada situação na mente: como ela ficou eufórica quando entrei, mas nunca foi a nenhuma reunião de pais. Como queria saber dos meus professores, mas nunca deu qualquer sinal de que tinha passado pelas mesmas experiências. Era como se quisesse viver através de mim... mas sem nunca admitir que também tinha vivido as mesmas coisas.

Reviro o cérebro para lembrar se ela chegou a perguntar sobre Bernie Kaplan ou alguém chamada Esther, mas nada vem à mente.

Desisto, tiro as cobertas e saio da cama nas pontas dos pés, tomando o cuidado de não acordar Joss, que está apagada ao meu lado, abraçando um travesseiro, nem Helen, na cama de cima. Sigo para a cozinha e começo a preparar café, mas alguém tosse atrás de mim e me faz pular.

Eu me viro e vejo meu pai, esfregando os olhos com as costas das mãos.

— São seis e meia. O que está fazendo acordada?

— Não consegui dormir. — Eu indico o pijama dele. — Não vai trabalhar na lanchonete hoje de manhã?

Ele faz que não.

Há um silêncio estranho entre nós e sei que deveria perguntar a ele sobre a minha mãe, sobre Esther, mas como encontrar as palavras? É como se admitir que a minha mãe mentiu para nós significasse que eu teria que admitir que tudo que aconteceu entre nós também foi mentira.

Mas meu pai me conhece muito bem.

— Desembucha. O que foi? — Ele abre um armário e pega uma caneca que tem uma foto da minha mãe com ele no casamento. Está desbotada, os rostos quase desaparecidos, mas ainda consigo ver a barba do meu pai, o véu da minha mãe. Os sorrisos deles. Ele enche a caneca de café e um pouco de leite semidesnatado e começa a preparar uma torrada, como se fosse uma manhã qualquer.

Engulo o nó na minha garganta.

— Por que a mamãe nunca me contou que ela estudou na Excelsior?

Meu pai para, e a expressão reconfortante e preocupada some do rosto dele. Em um instante, percebo que ele também sabia. Que mentiu tanto quanto ela. E é um pensamento quase insuportável. Mas tenho que suportar, porque agora preciso de respostas.

— Por quê? Por que vocês esconderam isso de mim? Vocês sabiam como foram difíceis os primeiros anos, o quanto ouvir coisas da mamãe poderia ter me ajudado. — Tem lágrimas ardendo nos meus olhos, e eu inspiro, desesperada para respirar.

Meu pai se senta em um banco ao lado da bancada e apoia a cabeça nas mãos.

— Ela viveu coisas horríveis naquela escola — diz ele baixinho. — E não queria que você soubesse.

— Então por que ela me fez me candidatar pra bolsa? Por que queria que eu estudasse lá?

Meu pai suspira.

— Ela viu o que aquela escola podia fazer pelas pessoas, como as elevava e mudava a vida delas — diz ele. — Achou que poderia ser assim com você.

Eu balanço a cabeça. Minha mãe nunca criou uma startup valendo um bilhão de dólares, nem entrou para a política.

— Não mudou a vida *dela*.

— Sua mãe não se formou na Excelsior — diz ele, me olhando com expressão transtornada. — Ela foi expulsa.

— O quê? — Eu me sento em um banco ao lado do meu pai. Isso é inimaginável. A mesma mãe que restringia meu tempo de tela durante a semana, a menos que fosse para um dever de casa, a mulher que não me deixava ficar fora depois das dez mesmo quando todo mundo do quarteirão ficava na rua até as onze. Não consigo imaginá-la fazendo qualquer coisa que a metesse em confusão, menos ainda sendo expulsa de uma escola como a Excelsior.

— Eu não sei toda a história. Ela sempre disse que era doloroso demais para falar. — Meu pai dá de ombros. — Eu só sei que os advogados sabiam.

Eu estico o pescoço.

— Os advogados?

Meu pai assente.

— É, do acordo de erro médico. Eles mencionaram quando estavam pesquisando sobre a sua mãe. Foi estranho. Nunca passou pela minha cabeça que isso pudesse ressurgir.

Nós dois ficamos em silêncio por um momento, tantas perguntas ainda sem respostas, até que outra peça do quebra--cabeça se encaixa e faz meus batimentos acelerarem, uma energia nervosa penetrar meu corpo.

— A firma de advocacia que cuidou do caso dela... qual é o nome?

Meu pai toma café, a caneca quase vazia. Quando a coloca na bancada, ele me encara.

— Hawkins Kaplan.

BERNIE

Meu telefone toca no meio da falação do café a um quarteirão do meu apartamento. Eu fui lá para pensar e comer um croissant enquanto tento pensar no que fazer agora, como enfrentar o dia.

A tela diz número desconhecido, mas, como é da área de Nova York, eu atendo.

— Mãe? — digo, esperançosa.

— É a Tori. — A voz dela está aguda e urgente no telefone.

— Ah — digo. — Como…

— Você sabia que a Hawkins Kaplan estava representando a minha família?

— Como é? — Prendo o celular entre o ombro e o ouvido e saio do café, jogando os restos no lixo. — De que você está falando?

— A minha mãe. Tem um caso contra o hospital em que ela morreu, e está tudo acertado e tal, mas a firma de advocacia que nos representa está segurando o dinheiro há meses.

Meu coração dispara e eu balanço a cabeça, tentando entender como as peças se encaixam.

— Um processo da Hawkins Kaplan.

— É — diz Tori, um tom de raiva na voz.

— Eu não tinha ideia.

— Bom, nem eu. Não parece meio estranho, considerando que agora sabemos que nossas mães se conheciam bem? Que eram tipo *melhores amigas*?

— É, acho que é um pouco mesmo — digo, andando rapidamente para casa.

— Outra coisa estranha é que meu pai me contou hoje que a minha mãe foi *expulsa* da Excelsior e que foi por isso que ela nunca me contou que estudou lá.

Paro de repente.

— O que ela fez?

— Ele não sabe — diz Tori, frustrada. — Diz que ela nunca contou.

Nós duas ficamos em silêncio, o constrangimento palpável sobre o rio que nos separa.

Ela o quebra primeiro:

— Nós temos que encontrar a sua mãe. As duas tinham aquela foto por um motivo. Eu preciso saber por quê.

— Talvez elas ainda fossem melhores amigas — digo, forçando a barra.

— E nenhuma de nós sabia?

Eu abro a boca, mas não tenho palavras. Ouço algo chiar ao fundo e me pergunto se ela está naquela cozinha quente, fazendo panquecas ou talvez rabanada para aqueles gêmeos fofos.

— Onde ela está? — pergunta Tori.

— Eu não sei — digo, minha voz falhando. Mas, de repente, a realidade fica clara, e pela primeira vez desde que a minha mãe desapareceu, não consigo segurar as lágrimas, a ardência nos olhos. Faço uma pausa e encosto em um prédio de tijolos para me firmar enquanto engulo um soluço. — Estou tentando encontrá-la.

— Não está se esforçando o suficiente. — Tori faz uma pausa. — Pensa. Onde ela pode estar? Ela deixou alguma pista? Algum e-mail, alguma mensagem secreta?

Solto uma gargalhada cheia de catarro.

— Tipo em um filme de espião?

Tori grunhe no telefone.

Eu limpo as bochechas com a manga e abro o localizador na esperança de dar sorte. Não tem nada, só uma imagem de Isobel em algum lugar do Brooklyn e o ícone da minha mãe listado como não encontrado. O último endereço conhecido dela foi o Trinity Hotel.

Mas uma peça encaixa de repente.

— Sobe — digo.

— Como?

— Na sua cômoda, aquele saquinho de veludo onde estava o colar.

Eu a ouço andando, os pés batendo em degraus conforme sobe para o segundo andar. Uma porta se fecha e uma gaveta de madeira se abre. Ela está remexendo em alguma coisa, roupas ou calcinhas ou lenços, até que para de repente.

O que estou procurando?

— Um pedacinho de papel — digo. — Quando o tirei da caixa, havia umas letras e números.

Tori suspira.

— Não, só o colar.

— Merda, devo ter deixado cair. Olha no chão.

Ouço sons de movimento, de Tori esbarrando em coisas, até que finalmente fica tudo em silêncio.

— Pronto — diz ela. — Encontrei.

— O que diz?

— *Trinity*. — Ela para. — Espera, o resto está um garrancho. — Mas aí, ouço um suspiro confuso. — Só diz *Audra*.

Meu coração bate rápido como se fosse pular da garganta.

— Ela está no Trinity Hotel. Eu fui lá no começo da semana porque a minha mãe deve ter ligado a localização por um segundo, mas disseram que nenhuma Esther tinha feito check-in, nem Kaplan nem Baum. — Minha mente dispara agora e estou à beira de uma explosão. — Mas eu não perguntei sobre nenhuma Audra.

Tori inspira fundo.

— Você acha que ela está usando o nome da minha mãe como disfarce?

— A gente pode tentar. Em quanto tempo você consegue chegar no Trinity? — pergunto, mas, antes que possa falar, abro meu aplicativo de carona. — Deixa pra lá, vou mandar um carro pra te buscar.

Tori respira pesadamente, como se estivesse tentando recuperar o fôlego.

— Nós temos poucas horas antes do Baile. Espero que você esteja certa.

TORI

Saio correndo do táxi segurando a bolsa, a que está com o colar guardadinho dentro, e sou recebida por um porteiro usando um blazer com um brasão no peito.

— Bem-vinda ao Trinity — diz ele, abrindo a porta para mim.

É um hotel imponente que parece ter saído do livro infantil *Eloise*, com teto altíssimo, degraus com placas douradas, lustres elegantes de cristal. Permito-me ficar embasbacada por um momento antes de correr direto para Bernie, que está andando de um lado para o outro no saguão.

— Você chegou — diz ela, segurando meu cotovelo. — Vem.

Juntas, nos aproximamos da recepção, e Bernie parece prestes a arrancar a cara da concierge fora.

— Mostra sua identidade — diz ela, pressionando.

— Como é?

— Sua habilitação, vai. Eu perguntei se Audra Baros estava aqui, e eles disseram que precisam ver a identidade de uma pessoa muito específica, e estou supondo que é você.

Pego a carteira, tiro a minha carteira de habilitação e entrego para a mulher do outro lado. Ela olha para o documento, então para o meu rosto e sorri.

— Por aqui, Tori.

Bernie joga as mãos para cima.

— Eu vou matar a minha mãe.

Meu estômago começa a borbulhar quando seguimos a funcionária do hotel, que nos coloca na frente de um elevador.

— Décimo sétimo andar — diz ela, nos entregando uma chave.

Bernie a arranca da mão dela.

— Inacreditável.

Nós entramos no elevador e eu aperto o botão, e juntas subimos num silêncio ansioso por alguns andares.

— É muito pirado a sua mãe ir pra um hotel usando o nome da minha mãe.

O rosto da Bernie está vermelho e ela está olhando para a frente.

— É muito pirado que eu nem sei mais quem ela é direito.

— Somos duas. Com nossas mães.

O elevador para e a porta se abre no 17° andar, e juntas vamos para o corredor. Bernie vai na frente, vira à direita e à esquerda pelo hotel labiríntico até finalmente parar na frente do quarto 1733 e respirar fundo.

Ela levanta o punho, e meu coração parece que vai pular pela garganta. Mas, antes que possa bater na porta, ela se abre e revela uma mulher igual a Bernie, com o cabelo ruivo e os quadris curvos, mas com algumas linhas em volta da boca, um queixo mais refinado, maçãs só um pouco mais altas. Ela está usando um pijama de seda verde-claro e olha para nós duas com expressão de resignação, como se tivesse sido pega durante um jogo de pique-esconde.

O olhar dela vai de Bernie para mim e volta para Bernie. Parece querer dizer alguma coisa para a filha, mas o olhar dela retorna para o meu rosto.

— Tori Tasso — diz ela. — Você é a cara da sua mãe.

BERNIE

A primeira coisa que quero fazer quando vejo a minha mãe é jogar os braços em volta dela e a abraçar apertado, chorar no ombro dela e deixar o alívio tomar conta de mim porque, depois de me preocupar por tanto tempo, ela está bem, improvavelmente bem. Quero me encolher nos braços dela e contar tudo que aconteceu nesta semana: que Skyler e Isobel me traíram e que eu não tenho ideia de em quem confiar.

Mas não é isso o que faço, porque não posso ignorar o fato de que talvez a traição dela seja o pior de tudo. Minha mãe se afasta da porta, e Tori e eu a seguimos para dentro. Ela está em casa ali: há uma caixa da nossa padaria favorita na escrivaninha, e vejo pela porta de vidro do frigobar que tem a água com gás de melancia que ela gosta e os séruns para a pele que ela recebe da França. Há uma arara no canto e vejo alguns dos vestidos favoritos dela em cabides de veludo, alguns chapéus em ganchos.

O LEGADO **277**

Minha mãe se senta no divã e coloca os pés embaixo do corpo, e me pergunto se ela está esperando que eu diga alguma coisa, que fale primeiro, mas, por sorte, não preciso.

— Por onde devo começar? — pergunta minha mãe com preocupação na voz. Ela me olha como se eu fosse frágil, como se pudesse me quebrar se ela fizer a coisa errada, e, sinceramente, talvez esteja certa.

— O que você andou *fazendo*? — pergunto.

Mas, ao mesmo tempo, Tori também fala:

— Por que a minha mãe não me contou que estudou na Excelsior?

O rosto de Tori parece suplicante quando ela morde o lábio inferior e, de repente, percebo que a minha mãe pode ser a única ligação que Tori tem com Audra, com seu próprio passado. Pelo menos com aquele breve período tão cheio de perguntas.

— Responde a ela primeiro — digo, me sentando na cama arrumada. — Ela merece saber.

Minha mãe aperta os punhos, mas faz que sim e se vira para Tori na cadeira.

— Suponho que você tenha descoberto que sua mãe e eu éramos muito próximas no Ensino Médio. Ela era uma das minhas melhores amigas — diz ela com cuidado. — Inseparávis do nono ano ao segundo. Mas… — Minha mãe faz uma pausa. — Tudo mudou no verão antes do terceiro ano.

Tori se inclina para a frente, a testa franzida.

— O que houve?

Minha mãe franze a dela.

— Foi tudo muito perturbador. — Ela começa a andar de um lado para o outro. — Sua mãe era muito inteligente. Brilhante mesmo. Mas era péssima em matemática. Um horror. Diferente de você. — Ela sorri para Tori, que está olhando para a minha mãe com rosto impassível. — No final do segundo ano, tivemos uma prova de cálculo importante, e, apesar de não se orgulhar disso, sua mãe roubou o gabarito.

Tori levanta o olhar, perplexa. Nós duas sabemos que a Excelsior tem uma política rigorosa contra cola, e violá-la é uma das únicas formas pelas quais os alunos podem ser expulsos.

— Ela nunca faria isso — diz Tori.

Minha mãe faz beicinho.

— Ela estava desesperada. Era a primavera do segundo ano. O semestre mais importante, mesmo naquela época. Ela precisava de um A. Mas, bem, no verão, um dos administradores estava limpando os armários pra preparar tudo para o ano letivo novo e encontrou o gabarito no dela. Um erro horrível. Ela deve ter deixado lá.

Eu inclino a cabeça, confusa. O dia de esvaziar o armário é uma tradição antiga na Excelsior, um dos últimos dias na escola, em que não temos aulas e jogamos tudo nas latas de lixo nos corredores. Esquecer uma coisa como um gabarito roubado seria impossível.

Minha mãe suspira.

— Quando a escola descobriu, contaram ao Clube do Legado, e ela perdeu não só a vaga na escola mas também a indicação para o Clube.

Tori olha para a frente.

— Espera. A minha mãe era do Legado?

Minha mãe faz uma careta.

— Ela teria sido. Isso tudo aconteceu na semana da indicação.

— Ela foi expulsa? — digo, horrorizada.

—A coisa se espalhou como fogo em mato seco e virou…
— Minha mãe balança a cabeça, como se lembrando de um pesadelo. — Seguiu-a por toda parte. Quando estava se candidatando à faculdade, ela teve que explicar a expulsão, por que ninguém da Excelsior a recomendava. Estragou tudo.

Tori e eu ficamos em um silêncio perplexo, com eletricidade se espalhando no ar.

Minha mãe estica a mão e a apoia no queixo de Tori.

— Mas o lado bom disso tudo é que, se não tivesse saído da Excelsior, ela não teria conhecido seu pai — diz. — Você não existiria.

Tori fica olhando para ela, atordoada, e recua.

— Não entendo. Por que ela nunca me contou?

Minha mãe suspira.

— Não sei. Nós perdemos contato depois disso. Eu a procurei algumas vezes, mas acho que a vergonha foi demais pra ela. Nós nunca voltamos a nos falar. — Minha mãe massageia a têmpora. — Quando eu soube que a filha dela tinha ganhado a bolsa de Artes e Letras e seria do ano da Bernie, tentei vê-la de novo. — Minha mãe balança a cabeça. — Ela disse que não queria saber de mim, que não queria reviver aquela época. Sua mãe só queria que *você* tivesse a melhor educação e vivenciasse o que ela perdeu.

— Por que ela ia querer me mandar pra lá se provocou tanto trauma nela? — pergunta Tori.

Minha mãe faz uma pausa.

— Ela viu o que aconteceu com o resto de nós, os outros colegas de turma. Ela queria isso pra você, mesmo não tendo conseguido para si.

Tori balança a cabeça, perplexa.

Minha mãe suspira.

— Eu nunca parei de tentar consertar as coisas. Não até saber o que aconteceu.

Tori ergue o olhar nessa hora.

— Você — diz ela. — Você mandou a Hawkins Kaplan até nós.

Minha mãe assente.

— Eu vi uma história no Metro sobre a morte dela e como o Big Apple Hospitals era conhecido por negligência. Eu implorei pra que Rafe e Lulu pegasse o caso.

O rosto de Tori se fecha.

— Nós ainda não recebemos o dinheiro — diz ela.

Minha mãe suspira.

— Essas coisas levam tempo. Até acordos rápidos.

Mas aí, o queixo de Tori cai, uma expressão de compreensão surgindo no rosto.

— Então foi por isso que você me indicou para o Clube. Por culpa. Não por eu merecer, nem por Skyler ter te pressionado?

Minha mãe ergue o rosto com expressão de surpresa.

— Skyler? — Ela sustenta o olhar de Tori. — Eu te indiquei porque sua mãe cometeu um erro só que estragou tudo pra ela. Eu queria que você tivesse o que ela não teve. Você merece isso.

Tori faz que não, com lágrimas brilhando nos olhos. Ela enfia a mão na bolsa e tira o saco de veludo com o colar da minha avó e o coloca na escrivaninha ao lado da minha mãe.

— Não posso participar disso — diz ela. — Não vou entrar pra esse clube.

Minha mãe olha para baixo e passa um dedo no veludo. Ela está calma. Calma demais para o que está acontecendo. Ela olha para Tori e abre um sorriso suave.

— Este Clube pode te dar um futuro. Nós cuidamos dos nossos. Era o que sua mãe ia querer.

Tori se levanta e encara a minha mãe.

— Você não faz ideia do que minha mãe ia querer. — Tori pega as coisas dela e vai para a porta, sai e a bate. Eu fico com a minha mãe, a pessoa que achei que conhecia melhor no mundo e que agora me parece uma estranha.

Um silêncio pulsa pelo quarto, até eu engolir em seco e encontrar as palavras que estava procurando.

— Como você pôde me abandonar? — O que sai é um sussurro.

Ela se vira para mim com súplica nos olhos.

— Desculpa, Bernie.

— Você estava aqui esse tempo todo? No Trinity?

Minha mãe assente, uma expressão de resignação no rosto.

— Por quê? — pergunto, minha voz um murmúrio. — Foi porque você pediu divórcio?

Minha mãe ergue as sobrancelhas e vai na direção da cama para se sentar ao meu lado.

— Sim — diz ela, pegando a minha mão. — Seu pai e eu precisamos estar separados agora. Sei que é difícil de ouvir, mas é o melhor, mesmo que signifique eu não estar em casa com você agora.

Balanço a cabeça. Não é possível. A mãe que segurava a minha mão quando eu tinha gripe, que fofocava comigo tomando suco verde e comendo peixe branco nunca faria isso. Mas quando olho para ela, percebo que faria. Porque aquela mãe ainda era, sempre, Esther Kaplan, uma mulher que sabe cuidar, mas só dela mesma. Eu não deveria me surpreender com isso porque foi assim que ela me criou, e agora não tenho ideia do que dizer nem se ela vai voltar para as vidas que construiu para nós.

Estou furiosa, tão furiosa que a fúria ferve no meu estômago como lava quente e pedras pretas, mas, de repente, a única sensação que toma conta de mim é exaustão. Do tipo que, quando criança, me fazia me encolher na cama da minha mãe e deixar que ela me abraçasse até eu adormecer.

Assim, apesar dos meus instintos, apesar do que acabei de descobrir sobre a mulher que me fez à imagem dela de forma tão completa que somos confundidas uma com a outra mesmo agora, eu apoio a cabeça o colo dela e deixo que faça carinho no meu cabelo até que finalmente, de repente, sinto que consigo respirar.

ISOBEL

A voz de Kendall ecoa na minha cabeça quando entro no ateliê da Madame Trillian. As palavras dele se repetem: *Seus amigos basicamente destruíram a sua vida. Como é que você não enxerga como eles são tóxicos?*

Ele tem razão. E finalmente estou pronta para fazer alguma coisa em relação a isso.

Mal escuto o segurança me dizendo aonde ir, mas não importa. Eu sigo os gritos das outras indicadas colocando os vestidos, enfiando os pés em sapatos apertados demais. O salão dos fundos foi equipado com estações individuais, e nossos vestidos e acessórios estão colocados ao lado de cada uma, tudo com nossos nomes.

Quando me aproximo da minha, vejo que é ao lado da de Bernie. *Merda.*

Pelo menos, ela ainda não chegou.

Eu me sento e fecho os olhos, segurando as laterais da penteadeira com tanta força que os nós dos meus dedos ficam brancos. Quando finalmente tomo coragem, abro os olhos e me olho no espelho. O que vejo me choca.

A garota ali tem grandes círculos escuros embaixo dos olhos e o rosto está inchado. Apesar de eu ter tomado banho, o cabelo sobre os ombros parece seco e quebradiço, sem salvação pelas equipes de cabelo e maquiagem espalhadas pelo salão, procurando garotas. E garota aqui está exposta. Um fio desencapado.

— Muito bem, pessoal! — grita a sra. Shalcross. Eu me viro e a vejo andando pelo salão com um vestido preto de baile e luvas combinando, que vão até os cotovelos. O cabelo está preso em um coque banana que começa na base da nuca e que poderia até ser elegante, mas só parece que ela está tentando imitar a Audrey Hepburn. — Trinta minutos até a hora de irmos. Ajam de acordo!

Ao meu redor há uma energia frenética e empolgada no ar enquanto zíperes são puxados, botões são fechados, batons são reaplicados. O som de risadinhas e sussurros e *alegria* se espalham pelo salão, e não consigo deixar de pensar *Eu deveria estar assim*. Eu deveria estar aqui com Bernie, aproveitando cada momento deste dia, apesar de achar bobo e juvenil... apesar de eu nunca ter desejado estar aqui. Bernie teria me convencido a ficar empolgada, a pensar que esta seria a melhor noite das nossas vidas. Mas Bernie não está aqui, e de repente não sei por que eu estou.

A porta parece tão próxima. Eu poderia simplesmente sair. Ir embora. Não fazer minha apresentação.

Ninguém se importaria.

Mas aí, percebo que eu só provaria que estão todos certos, que não sou nada sem Bernie ao meu lado. Que desisti, amarelei. Mas o que ninguém percebeu ontem foi que *mereci* meu lugar ali. Fui escolhida pelo meu talento, pela minha habilidade artística. Eu não fui indicada por Esther ou Lulu, nem alguém que trabalha com meus pais. Eu não entrei no clube no melhor estilo nepobaby. Eu mereço estar aqui, e não vou deixar que ninguém tire isso de mim.

Seguro os braços da cadeira e inclino o queixo para cima quando um homem de aparência vivaz com um penteado alto dá de ombros.

— Confiança — diz ele. — Amei! — Ele se apresenta como Perry, meu artista de glamourização, e começa a borrifar no meu cabelo algo com cheiro doce e seco. Ele passa alguns séruns no meu rosto, espalha hidratante na pele e aninha meu queixo com as mãos. — O que vamos escolher hoje? Taciturna? Natural? Vibrante?

Olho pelo salão, para todas as outras garotas com ondas praianas, sombras cintilantes. Todas parecem competidoras de um concurso de beleza ou debutantes, candidatas a estrelas prontas para entrar na idade adulta. Na semana anterior, talvez eu quisesse ser como elas, me misturar. Ou deixar que Bernie escolhesse meu cabelo e maquiagem.

Mas hoje… quero algo ousado. Algo diferente. Algo eu.

Olho para Perry com tanta intensidade que ele se encolhe.

— Poderosa — digo para ele. — Me deixa poderosa.

Perry me solta, dá um passo para trás e cruza os braços sobre o peito. Ele assente.

— Isso — diz — eu consigo fazer.

DEPOIS DO BAILE

Bernie vai ficando mais ansiosa *a cada minuto. Ela ergue a mão com unhas feitas até a boca e começa a roer a unha do polegar, mas quando olha para baixo e vê que está suja de sangue, precisa usar todos os músculos do corpo para segurar o vômito.*

Ela olha ao redor, desejando um aliado, alguém que entenda o que aconteceu naquela noite. Mas só vê potenciais ameaças. Minas terrestres. Pessoas para as quais ela tem que mentir agora.

Nada disso era parte do plano. Tudo foi elaborado rapidamente depois que Tori foi embora do Trinity Hotel, depois que ficaram só ela e a mãe juntas naquele quarto, a verdade sobre Esther e Audra cada vez mais clara.

Bernie deu a ideia de que talvez elas pudessem dar uma ajuda a Tori na apresentação. Auxiliá-la naquele salão cheio de abutres. Elas só precisavam cuidar para que ela voltasse para o Baile e aceitasse a indicação.

Esther ficou empolgada e disposta, desesperada para fazer com que a experiência de Tori fosse diferente da de Audra. Foi assim que Bernie persuadiu Esther a ir ao Baile, mandar uma mensagem para Rafe e avisar que estava bem, estava ali.

Mas agora, parada perto da entrada enorme e majestosa do Clube, o local que sempre foi o destino dela, Bernie sabe que todos os eventos que a levaram para este momento foram construídos sobre mentiras. Erros.

Ela olha para os policiais cuidando de seus afazeres. Ninguém foi interrogá-la ainda, e Bernie não se dignou a se tornar disponível. O que ela fez foi olhar os outros (Lee Dubey, Lydia Yen, Chase Killingsworth) falarem com os policiais em tons baixos, com as cabeças curvadas. Ela se pergunta o que disseram. O que sabiam.

Mas agora o tempo dela talvez esteja acabando. Ela pode ter que contar a verdade em breve. A não ser que consiga sair desta situação.

TORI

Estou andando sem destino pelo Upper East Side, tentando pensar no que vou fazer agora, quando meu telefone toca, me alertando que Bernie está me ligando pela quinta vez em vinte minutos.

Finalmente, depois de deixar que fosse para o correio de voz várias vezes, decido atender e mandar que me deixe em paz.

— O que é? — pergunto. Minha garganta está ardendo depois de eu tentar não chorar desde que saí daquele quarto de hotel horrível, desde que soube a verdade sobre como Bernie e eu estamos conectadas por meio das nossas mães.

— Você precisa ir ao Baile — diz Bernie. Ela parece estar sem fôlego, como se estivesse correndo, e me pergunto onde ela está, se está indo para a Madame Trillian ser embonecada e sorrir e acenar, como sempre foi sua intenção.

Eu balanço a cabeça, apesar de ela não conseguir me ver.

— Não.

— Você tem todo direito de estar com raiva.

O LEGADO **289**

— Com raiva? — grito. — Você acha que eu estou com *raiva*? Eu estou furiosa. Eu...

— Tudo bem, desculpa. Foi uma escolha ruim de palavras, mas, olha... Eu sei que não tenho como compensar o que aconteceu com a sua mãe.

Faço um ruído de deboche.

— Mas a minha mãe *indicou mesmo* você.

— E daí? — digo.

— Pelo meu ponto de vista, você pode encarar essa indicação de duas formas — diz Bernie, determinada. — Primeira opção: você joga tudo fora e segue vivendo como vivia, mantendo sua vida contida e pequena.

— Se isso for você tentando ser legal, está falhando espetacularmente — digo, ofendida.

Bernie me ignora.

— Ou você pode usar a indicação da minha mãe e agarrar a oportunidade. Você pode *ganhar* hoje. Mudar tudo.

Deixo as palavras dela se assentarem. E se Bernie estiver me manipulando agora também? E se ela e a mãe tiverem planejado alguma coisa? E se...

Mas de repente me vejo em frente ao estúdio da Madame Trillian, com aquelas portas de vidro enormes me olhando. Atrás delas estão as outras, fazendo cabelo e maquiagem, colocando vestidos, trocando sussurros com as amigas, se preparando para a noite que poderia mudar suas vidas.

Por que não pode mudar a minha também?

Estou prestes a dizer alguma coisa quando ouço alguém se aproximar por trás de mim. Eu me viro e vejo Bernie, o celular no ouvido. Ela desliga e sorri.

— Vem — diz ela. — Você já está aqui, né?

Olho para ela, essa garota que conheço há três anos, mas que só comecei a entender naquela semana. Ela poderia ser uma estranha, alguém sobre quem escondi uma fofoca por querer uma coisa da vida dela. Mas ela não é. Porque, quer gostemos ou não, nossa conexão estava predeterminada pelas mulheres que vieram antes de nós, que guardaram segredos de nós, que nos fizeram.

Penso na minha mãe, no que ela diria se soubesse o que tinha acontecido: que Esther Kaplan estava tentando consertar as coisas me dando esse presente. Não há como saber, eu só posso ter um palpite. E quando penso na situação de verdade, sei o que ela ia querer que eu fizesse.

— Estou aqui — digo. — E vou ganhar.

BERNIE

Solto o fôlego. Ainda bem que Tori concordou em ir ao Baile, em se tornar membro do Legado. Porque, apesar de ela não saber, meu plano não vai dar certo sem ela lá.

TORI

Estamos em fila na Rua Sessenta e Dois, a um quarteirão do Clube do Legado. Há uma energia nervosa permeando nosso grupinho quando os transeuntes passam e olha para as dezenas de adolescentes usando trajes dignos de tapete vermelho.

— Coluna ereta, por favor! — grita a sra. Shalcross da frente da fila, a voz cheia de estresse e expectativa.

Ao meu redor, as pessoas erguem os ombros, encolhem as barrigas, se rearrumam para estarem tão preparadas quanto possível, mas de alguma forma vou parar entre Isobel e Bernie, e as duas estão imóveis e em silêncio. Isobel usa uma maquiagem escura deslumbrante que faz com que ela pareça uma modelo querendo vingança, não uma estudante de Ensino Médio se preparando para se misturar com uns adultos metidos. Bernie é o oposto, com bochechas rosadas infantis e cabelos ondulados como os de uma sereia. Nenhuma delas parece admitir a presença da outra, o que torna a situação extremamente constrangedora.

Penso em dizer alguma coisa para as duas só para acabar com a tensão, mas aí lembro que tem muita história entre elas, do tipo que uma traição pode estragar, e as deixo em paz. Eu não preciso resolver o problema delas. Preciso me salvar hoje. Provar quem eu sou. Preciso ganhar. De repente, a fila começa a andar e seguimos na direção da porta, do nosso futuro.

Quando nos aproximamos, eu prendo o ar e faço uma oração silenciosa para que a noite siga como planejado: para eu usar o Clube da melhor forma que puder. *Arrase na apresentação. Ganhe o prêmio em dinheiro. Fique com ele.*

Ninguém ousa falar enquanto seguimos para a entrada, e finalmente chega a minha vez de ver o Clube de frente. É uma casa branca comum com seis andares. Fica em um terreno de largura dupla e tem o dobro do tamanho das demais casas do quarteirão, que é a única coisa que a diferencia das outras construções grandiosas. Bom, isso e a plaquinha que diz CLUBE DO LEGADO, EXCLUSIVO PARA MEMBROS pregada à porta.

Bem na entrada, cortinas densas de veludo marinho ocultam de nós o que há dentro, como o lugar é, e, acima da cabeça de Bernie, vejo alunos tirarem as chaves das caixas e a usarem para entrar no Clube um de cada vez.

Sinto um frio no estômago quando dou um passo para a frente, chegando cada vez mais perto do meu futuro. A sra. Shalcross está nos esperando, parada logo depois da entrada, a prancheta cromada na mão enluvada. Fecho os dedos no ouro, sentindo a chave afundar na minha palma. Finalmente, é a vez de Bernie de entrar e ela desaparece pela porta e a tranca em seguida.

A sra. Shalcross se vira para mim e olha para a prancheta, depois para mim.

— Está pronta, Tori? — pergunta ela.

Engulo em seco, enfio a chave na porta e giro com força, ouvindo um clique satisfatório quando o trinco se solta, e dou um passo à frente, o estômago dando um, dois, três pulos.

Tem cortinas de veludo depois da porta, e antes que eu possa puxá-las, a porta se fecha atrás de mim e fico parada no escuro, um ponto intermediário entre meu passado e meu presente. Ergo o queixo e seguro a chave com mais força. Penso na minha mãe e solto o ar. Estou preparada.

As cortinas se abrem quando entro no Clube, os saltos batendo no piso de mármore. Quando olho para cima, vejo uma escadaria grandiosa adornada de ouro e dezenas de membros do Clube usando black-tie, bebendo de taças de cristal. Garçons de gravata borboleta e luvas brancas seguram bandejas de prata cheias de canapés e drinques, e buquês enormes de flores cobrem todas as mesas.

Junto às paredes há mesas cheias de comida: uma estação de carnes servindo filé mignon e lombo de porco, uma estação de sushi onde um chef molda o arroz na sua frente, um bar cheio de ostras suculentas e patinhas de caranguejo, e um ponto de dim sum onde uma pessoa coloca bolinhos redondos perfeitos dentro de cestos de bambu para serem cozidos no vapor. No bar, vejo tigelas de vidro cheias de carteiras de fósforos com o logo discreto do Clube do Legado e taças elegantes de martini enfileiradas e prontas para serem preenchidas.

Olho para o lustre cintilante que brilha conforme a luz espia pelas janelas do chão ao teto no fundo do primeiro andar. Nas pontas dos pés, vejo que dão vista a um jardim atrás, onde a festa continua e um quarteto de cordas toca música clássica em uma plataforma.

Meus pés parecem estar grudados no chão enquanto olho tudo, vejo meus colegas e membros do clube dançarem no salão, pegando aperitivos de legumes crus e pedaços de queijo em uma montanha de comida, como se tudo aquilo fosse normal... esperado.

Mas não é. Nada daquilo é normal *nem* esperado. Mas é um jogo que, se jogado corretamente, pode mudar o resto da minha vida. E é só nisso que eu preciso me concentrar agora.

ISOBEL

Eu estava tão confiante até esse momento, quando entro no Clube pela primeira vez e observo a proporção do prédio, a beleza dos detalhes. Olho para baixo e vejo que o piso é feito de mármore verde liso e, quando levanto os olhos, preciso de um momento para recuperar o fôlego. As paredes são decoradas com molduras enfeitadas com obras de arte que reconheço na hora. Um Hilma af Klint ao lado de um Mark Rothko, ao lado de um Wassily Kandinsky. Solto o ar devagar, me sentindo humilde perante o que há na minha frente. Apesar de eu nunca ter desejado estar aqui, mesmo achando que eu não precisava deste lugar, preciso admitir como é espetacular estar entre os grandes, parada diante deles a uma curta distância, livre das multidões que se reúnem em um museu.

Levo um momento para recuperar o fôlego e, quando consigo, olho o resto do salão. Não se trata de mais um evento comum, como os que aconteceram durante a semana. Esta noite é diferente, especial. Há um frenesi no ar, um chiado que me faz querer me esconder entre os quadros. Todos estão arrumados, como eu sabia que estariam, mas ver todos os membros e indicados com vestidos e smokings, os gestos formais e os cumprimentos, me faz achar que aqui não é meu lugar.

Principalmente porque a primeira pessoa que vejo se divertindo é Lee.

Perto do bar, ele está conversando com Gertie, que o indicou, e com alguns outros alunos de Lipman e Tucker Day. Seu sorriso é largo e todo alegre, e ele dá tapinhas nas costas de um dos garotos. Mas, quando fica ereto, seu olhar percorre o salão e pousa em mim, imóvel no meio do saguão.

Seu semblante se fecha quando nos olhamos. Dou um passo na direção dele, meus batimentos acelerando. Eu me pergunto se ele acha que a noite anterior foi um erro, um sonho ruim. E se ele se aproximar de mim e me disser que errou? Mas, assim que o pensamento passa pela minha cabeça, sinto uma onda de medo, que me choca. Fico mais ereta e desvio o olhar. Talvez eu também estivesse pronta para terminar com Lee. Talvez fosse a hora de acabarmos com isso, de eu perceber que este era um relacionamento baseado na conveniência, porque eu *estava* mais apaixonada pela família dele do que por ele, e que eu também era a pessoa errada naquela situação.

Empertigo os ombros e tento me ajeitar.

Eu queria ter uma merda de uma bebida.

— Parece que a gente está no mesmo barco.

Eu me viro e vejo que Skyler está ao meu lado de smoking, o cabelo com gel penteado para o lado e a gravata borboleta meio torta.

— Vai se foder — digo.

Skyler sorri.

— Aqui — diz ele. — Estou retribuindo o favor. — Ele oferece o punho a mim, e, como se fosse a coisa mais natural do mundo, abro a palma da mão e ele coloca um comprimido branco nela. — Um estímulo. Você vai gostar.

Sinto uma pontada no estômago, jogo o comprimido na boca e engulo sem água mesmo. Não penso em mais nada, só na adrenalina que corre pelas minhas veias, mais por tomar alguma coisa do que do próprio comprimido.

— Nada de "obrigada"?

— De novo — digo. — Vai se foder.

Skyler finge fazer beicinho, mas afasta o olhar na direção de Bernie.

— Não se preocupe. Eu vou recuperá-la.

Eu solto uma gargalhada.

— Você está brincando, né?

Um sorriso se abre no rosto dele.

— Quando ela perceber o que pode perder, acho que consigo convencê-la.

— E o que ela poderia perder que a convenceria a voltar?

Skyler parece surpreso com a pergunta, mas se vira e diz com muita convicção:

— Eu.

BERNIE

A sra. Shalcross nos leva pela escada de mármore para uma parte diferente do Clube, e enquanto estou no alto do patamar, percebo que minha mãe ainda não chegou. Antes de eu sair do hotel, ela prometeu que apareceria, apesar de tudo. Prometeu que estaria aqui por Tori. Mas agora? Agora, estou duvidando de tudo.

Sou empurrada para a frente pelo mar de pessoas até sermos levados para um salão elegante com janelas enormes com vista para o jardim abaixo e com um palco na frente. Por todo o salão há dezenas de mesas redondas postas para um jantar formal, e vasos enormes e transbordantes com flores as adornam. Atrás do palco, imagens de Bailes do Legado do passado são projetadas em uma tela, e olho ao redor quando os ex-alunos param para observá-las com nostalgia vendo a juventude deles ser exibida para todos.

As imagens mudam e sou recebida por uma fotografia enorme da minha mãe, com a mesma aparência da foto com a mãe de Tori. Ela posa com versões adolescentes de Jeanine

Shalcross e Lulu Hawkins. As três estão relaxadas e capturadas no meio de uma risada, a mão da minha mãe pousada de leve no braço de Lulu.

— Elas eram lindas, né?

Eu me viro e vejo Skyler, os braços cruzados sobre o peito, olhando a foto das nossas mães.

Eu me afasto dele, querendo ignorá-lo, não fazer uma cena. Mas a mão de Skyler encontra meu cotovelo e me puxa para ele. Com força.

Vejo alguns olhos se virarem para nós e Skyler deve ver também, porque solta meu cotovelo.

— Desculpa — murmura ele.

— Por botar as mãos em mim agora ou por me trair? — pergunto. — Ou por chantagear minha melhor amiga? Ah, ou por prometer conseguir uma indicação pra uma pessoa se ela não me contasse? — Eu levanto as mãos. — As possibilidades são infinitas.

Skyler abre a boca para falar, mas, antes que possa dizer qualquer coisa, eu me viro e sigo para procurar meu lugar. Quando chego lá, percebo que estamos sentados com os outros indicados da nossa escola... e as pessoas que nos indicaram. Porque a sra. Shalcross deve ter achado que isso seria divertido, me vejo posicionada entre Lulu Hawkins e minha mãe.

Engulo em seco e me sento, apertando os punhos embaixo da mesa. Não demora para o resto do salão se encher, para a falação animada se espalhar e, finalmente, apesar de o lugar da minha mãe ainda estar vazio ao meu lado, as luzes se apagarem.

Tori, que está sentada do outro lado da minha mãe, se inclina para sussurrar:

— Cadê ela?

Abro a boca para dizer alguma coisa, mas só balanço a cabeça. *Sinto muito.*

Nessa hora, um holofote se acende no palco, onde foi montado um pódio. As pessoas fazem silêncio, esperando para ver o que vem, e antes que eu consiga ver quem aparece, o salão explode em aplausos altos e trovejantes e todos se levantam.

Fico de pé nas pontas dos dedos para dar uma boa olhada, e, quando vejo quem está lá, meu peito é tomado de alívio.

No palco, acenando para as pessoas, está a minha mãe, usando um vestido azul-royal de um ombro só. O cabelo ruivo cascateia pelos ombros e ela tem brincos de safiras enormes nas orelhas. Ela está majestosa. Impecável. Como se tivesse nascido para comandar o clube.

Ela abre um sorriso largo e faz sinal para todos se sentarem. Tori olha na minha direção e vejo que também está aliviada. A pessoa que a indicou está lá. Ela ainda pode ganhar.

Minha mãe sorri para os espectadores enquanto alguns atrasados se sentam e o salão faz silêncio. Ela se inclina para a frente na direção do microfone.

— Bem-vindos ao Baile Anual do Legado! — O salão explode de novo, e, pela primeira vez, deixo a energia do espaço e do público chegar a mim. Estou finalmente presente, com a minha mãe, no lugar onde soube a vida toda que estaria.

Eu acompanho as pessoas, sou uma delas, aplaudindo com força. Talvez, só talvez, a noite termine bem.

— É uma honra tão grande celebrar esta noite com vocês. Todos os membros do Clube se lembram da primeira vez que botaram os pés neste espaço mágico e especial. Eles são capazes de dizer exatamente o que estavam usando, que caridade apoiaram, quem os indicou. Mas também podem dizer como foi finalmente entender que estavam entre iguais. — Ela faz uma pausa e olha ao redor, os olhos úmidos de emoção. — Este sempre foi um lugar especial para mim, e agora vai se tornar ainda *mais* especial.

Os olhos dela percorrem o salão e param na nossa mesa, em mim.

— Hoje, vou receber minha própria filha, Bernadette. — Minhas bochechas ficam vermelhas, mas ouço as pessoas aplaudindo no salão. — Como copresidente do Baile, fico honrada de recebê-la logo este ano. — Ela sorri para mim, mas seu olhar se suaviza e percorre o ambiente. — Mas também estou animada para conhecer cada um dos nossos indicados. Então, sem mais delongas… — Ela faz um sinal para fora do palco, e a sra. Shalcross aparece, com uma outra rodada de aplausos, um pouco mais baixa. — Vamos começar as apresentações!

Minha mãe se afasta do pódio e dá um beijo em cada bochecha da sra. Shalcross antes de descer do palco. Quando ela sai, a sra. Shalcross começa a explicar como vai ser a noite, mas não estou ouvindo. Estou acompanhando a minha mãe para ver para onde ela vai agora. Eu a vejo andando pela lateral do palco e entrando no salão, dando beijos sem tocar no rosto de conhecidos e acenando para outras pessoas antes de se aproximar da nossa mesa com jeito calmo e determinado, como se nada de estranho tivesse acontecido a semana toda.

Um garçom aparece e puxa a cadeira para ela. Minha mãe se senta e coloca o guardanapo no colo. Ela estica a mão para a minha e a aperta.

— Vai ficar tudo bem — sussurra, antes de pegar a mão de Tori do outro lado.

Espero que Tori puxe a mão de volta e fuja. Mas ela se inclina para mais perto da minha mãe. Um breve momento se passa entre elas, e, por um segundo, uma chama de ciúme arde no meu peito, uma que não consigo controlar.

DEPOIS DO BAILE

Enquanto os membros do Clube do Legado que restam andam pelo ambiente, duas mulheres subiram a escada e entraram na sala de jogos, que sempre foi o esconderijo especial delas durante os eventos no Clube.

Jeanine Shalcross estala a língua para Yasmin Gellar.

— Nada disso teria acontecido se ela não tivesse insistido em indicar a Tori.

Yasmin suspira.

— Você sabe como a Esther é. Ninguém conseguiria impedir. — Ela olha diretamente para Jeanine.

— O quê? — Jeanine bufa. — Você poderia ter dito alguma coisa também.

As mulheres se olham, tantos anos de segredos e lágrimas e amizade entre elas. Mas mesmo depois de tanto tempo, ainda há o incidente com Audra sobre o qual elas não falam. Nunca falaram. Até agora.

— Foi um erro deixar a filha da Audra entrar — diz — Eu ainda não sei por que Esther quis.

Yasmin dá um passo para mais perto de Jeanine.

— Você acredita mesmo no que a Esther contou tantos anos atrás? Que a Audra nos chamou de piranhas depois daquela festa?

Jeanine franze a testa.

— Você acha que a Esther mentiu? — pergunta ela.

Yasmin olha por cima do ombro para ter certeza de que não tem ninguém na porta.

— Você nunca duvidou? — Ela balança a cabeça. — Esther falou aquilo logo depois que descobriu que nós três fizemos uma festa do pijama sem ela. Eu sempre desconfiei que ela tinha ciúmes da Audra. Tinha medo de a gente gostar mais dela.

Jeanine balança a mão.

— O quanto você bebeu hoje, Yas?

Yasmin baixa a voz.

— Estou falando sério — diz ela. — A Audra nunca foi de falar mal dos outros. Mas nós acreditamos na Esther. — A voz dela falha, desesperada. — Nós não teríamos colocado aquele gabarito no armário dela se Esther não tivesse mandado, se não tivesse contado todas aquelas coisas horríveis que a Audra disse sobre nós.

Jeanine empina o nariz.

— "Uma piranha carente que dormiria com um cachorro se ele olhasse pra ela." Eu nunca esqueci dessa.

Yasmin arregala os olhos.

— Foi o que Esther disse que Audra falou sobre você.

As duas mulheres fazem silêncio, os lábios repuxados, as mentes girando. Poderia ter sido verdade? Uma jovem Esther poderia ter mentido tantos anos atrás para manter as duas na linha? Para ter controle sobre as amigas com punho firme, que não poderia ser rompido pela garota doce e alegre na direção da qual todos na Excelsior pareciam gravitar?

Jeanine tenta não pensar no que elas fizeram, nas consequências. Em como Audra contou a elas chorando que o diretor encontrou o gabarito em seu armário e não acreditou quando disse que não tinha ideia de como tinha ido parar lá. Em como Esther fingiu reconfortar Audra no apartamento de Yasmin naquela noite, apesar de todas saberem que ela tinha sido a responsável.

Jeanine ficou chocada quando Audra foi expulsa. Horrorizada. Yasmin também ficou e vomitou em uma latinha de lixo que tinha no quarto. Só Esther permaneceu forte, dando tapinhas nas costas de Audra e dizendo que tudo acontecia por um motivo.

Aquela foi a primeira vez em que Jeanine e Yasmin perceberam do que Esther era capaz, de até onde ela iria para manter o poder. Só que, naquela época, elas não viam assim. Elas só acharam que tinha sido uma pegadinha que foi longe demais. Um segredo que teriam que guardar.

Mas agora, depois do que aconteceu nesta noite, Jeanine estava repensando as coisas. Yasmin também.

Elas sempre souberam que erraram em seguir o plano de Esther, mas agora que Audra estava morta e a filha dela tinha se juntado ao Clube do Legado, elas não deveriam falar a verdade? As coisas não deveriam mudar?

Yasmin pisca para Jeanine, com medo estampado no rosto, mas seu olhar vai para a porta, a que leva para os fundos do Clube e para a cozinha. Seu queixo cai em surpresa.

Jeanine se vira, pronta para repreender o aluno que encontrou o caminho para aquela sala proibida, mas quando vê Esther Kaplan parada na porta, fria e composta, ela se sente *voltando a ser a garota que era no Ensino Médio, desesperada para agradar àquela mulher poderosa.*

Esther sorri e cruza os braços sobre o peito.

— Ah — diz ela. — Que bom. Eu estava procurando vocês duas.

TORI

Não sei o que me dá, mas estar sentada ali ao lado daquela mulher que *conheceu* minha mãe me dá uma tontura e fica difícil pensar direito, lembrar minha fala. Esther olha para o pódio quando a sra. Shalcross começa a chamar alunos para irem fazer suas apresentações.

Somos 36 no total, e cada um tem noventa segundos para falar. No final do jantar, os membros do Clube vão dar seus votos e, depois da sobremesa, o ganhador ou ganhadora será anunciado e um cheque será entregue.

Tiro minhas fichas da bolsa enquanto os garçons fazem uma coreografia precisa de distribuir pratos de filé mignon e branzino, o cheiro de batata com manteiga se espalhando pelo salão.

Assim que começo a ler meu discurso de novo, tudo volta, tudo que memorizei em casa com a ajuda da Joss. Meus lábios se movem enquanto recito as palavras em silêncio, lembrando quando botar ênfase e quando suavizar.

Uma mão pousa no meu braço e dou um pulo, surpresa.

— Tori — diz Esther, se inclinando na minha direção.
— Quero muito que você fique com isto. — Ela enfia a mão na bolsinha cheia de pedras e tira a caixa de veludo, a que guardava o colar de diamante da avó de Bernie. Ela coloca os dedos dentro e puxa a pedra até perto do meu pescoço.
— Por favor — diz ela. — Me permita. — Engulo o nó na minha garganta e deixo que ela prenda o colar ao meu redor, sentindo o peso da pedra na minha clavícula. — Aceita — diz ela, entregando o saquinho de amarrar.

Mas nós duas sabemos que eu já aceitei.

— Tori Tasso! — exclama a sra. Shalcross na frente do salão. Largo as fichas e me levanto. Esther Kaplan apoia os dedos no meu braço.

— Você vai se destacar. Sei que vai.

Eu me levanto e vou para o palco, percebendo que Esther está certa. Eu *vou* me destacar, mas farei isso jogando pelas minhas próprias regras.

BERNIE

Meu coração bate rápido quando Tori sobe os degraus para chegar ao pódio. Olho para a minha mãe, que está sorrindo para sua indicada, e tenho a mesma sensação de confusão que tive momentos antes. Por que a minha mãe está agindo como se Tori fosse filha *dela*? Como se eu não estivesse ao seu lado, também precisando dela.

Mas afasto a sensação incômoda e ácida e tento ficar feliz por Tori. Afinal, foi isso que decidimos que deveria acontecer: Tori ganharia o dinheiro e ficaria com ele. Isso consertaria tudo.

Quando Tori olha para a plateia, percebo que inspiro fundo. Ela está usando o diamante, e até eu tenho que admitir que completa o traje dela de forma magnífica, complementando o lindo vestido azul-marinho. Ela fecha os olhos e respira fundo. Está tão silencioso que dá para ouvir o som de um garfo arrastando em um prato.

Tori olha em volta e sorri.

— Esta semana, descobri que minha mãe, Audra Baros, quase foi uma de vocês.

Ah, não. Meu coração despenca, e sinto minha mãe ficar tensa ao meu lado. Uma risadinha de surpresa se espalha pelo salão. O rosto de Jeanine Shalcross fica pálido na mesa ao lado do palco.

— Ela era aluna da Excelsior, indicada com cinco outros colegas. Mas não chegou ao fim da semana. Ela foi expulsa da Excelsior, a escola na qual ela insistiu que eu entrasse quando passei para o nono ano. — Tori para e olha ao redor, como se colocando todos em alerta. — Ela queria que eu estudasse na Excelsior porque viu o que poderia oferecer a alguém como eu, alguém que não cresceu em um mundo onde a entrada para um clube desses era pré-determinada. Ela viu as oportunidades, o bem que poderia fazer. Mas ela também sabia dos perigos e que, se eu não tomasse cuidado, poderia me perder lá.

Tori sorri.

— No começo desta semana, a sra. Shalcross lembrou a todos que eu sou a primeira beneficiada com uma bolsa da Liga Intercolegial a ser indicada para o Clube, e por isso sou grata. Mas também me sinto inspirada a continuar arrecadando dinheiro para essas bolsas porque sei o bem que elas podem fazer. Elas podem ajudar pessoas como eu a terem acesso a um mundo no qual já foi considerado impossível de entrar. Por outro lado, entendo o que a exclusividade pode fazer com uma pessoa jovem e como pode ser prejudicial à autoestima dela.

Ao meu redor, ouço murmúrios de concordância, de surpresa.

— Não sou tão ingênua a ponto de pensar que posso mudar este lugar, mas gosto de pensar que, se vocês decidirem continuar apoiando a bolsa de Artes e Letras no meu nome, eu, junto com todos os outros alunos cujos lugares não estão pré-determinados, podemos ajudá-los a entender como sua generosidade nos impacta de todas as formas. A bolsa tornou possível não só que eu estudasse na Excelsior, mas que prosperasse academicamente... embora nem sempre socialmente.

Alguém ri e Tori sorri, como se estivesse atuando para a plateia.

— Estou honrada de estar entre vocês e grata à pessoa que me indicou, Esther Kaplan. Mas hoje, eu também relembro a minha mãe, Audra, cujo amor pelos filhos era ilimitado. Ser indicada por Esther, que a conhecia, é uma honra. Obrigada.

Minha mãe se levanta e estica as mãos na frente do corpo, aplaudindo com orgulho efusivo. Quero falar para ela se acalmar, mas me vejo imitando-a, lembrando a mim mesma de que é tudo parte do plano.

ISOBEL

O que quer que Skyler tenha me dado, *não* caiu bem. Estou com a sensação de estar suando por todos os poros do corpo e não consigo ficar à vontade, onde quer que me sente. Uma onda de náusea me atinge de forma tão incontrolável que me curvo para o lado da mesa e tento respirar.

— Você está bem? — sussurra minha indicadora no meu ouvido.

Faço que sim, me sentindo tonta.

— É cólica.

Ela dá um tapinha na minha mão e se vira para o palco. Mas só consigo pensar em ir para o banheiro o mais rápido possível.

A sra. Shalcross anuncia que vamos fazer uma pequena pausa, e empurro a cadeira para trás e corro pelo corredor para um banheiro grande com algumas cabines, do tipo com portas do chão ao teto e que dá a sensação de privacidade total.

Abro a cabine no fim da fileira e caio de joelhos na frente da privada. Assim que levanto o assento, um rio de vômito flui da minha boca. Eu vomito uma, duas, três vezes. Quase imediatamente, me sinto melhor. Dou descarga e apoio a cabeça na porcelana fria da privada e respiro fundo, tentando desacelerar os batimentos.

Pego o celular no bolso e mando uma mensagem para Skyler: O que você fez? Me envenenou?

Ele não responde, e quando estou prestes a sair para lavar as mãos, ouço o ruído inconfundível de saltos entrando no banheiro, de bolsas sendo apoiadas na bancada, de água correndo na pia.

— Bom, *aquilo sim* foi um show. — É uma mulher mais velha, uma das indicadoras, mas não consigo identificar a voz.

— Ela foi ótima, eu achei, boa o bastante pra ganhar. — *Esther.* Eu reconheceria essa voz em qualquer lugar. Elas devem estar falando sobre Tori. Apesar de eu estar praticamente em coma durante a apresentação dela, ficou óbvio que os membros do clube ficaram encantados com a honestidade dela.

— Ah, ela vai ganhar, com certeza — diz a outra mulher. — Mas, falando sério, Esther, você acha que isso basta pra acabar com o processo?

Algo dentro do meu corpo entra em alerta. *De que elas estão falando?*

A mãe de Bernie suspira.

— Quando ela perceber o que eu dei pra ela, sim — diz.

— Por favor, não me diga que é algo ilegal.

Esther ri baixo.

— Não é ilegal. Só insubstituível. Muito mais valioso do que ela poderia desejar. Acesso a isto. Ao Clube. — Ela dá uma risadinha. — Agora, os filhos dela não vão precisar crescer trabalhando numa lanchonete. É uma troca digna pra tirar a família dela das nossas costas. A Hawkins Kaplan vai ficar *bem*.

Ela deve estar falando com Lulu Hawkins, a mãe de Skyler. Lulu pigarreia.

— Com ênfase no *nossas* costas. Não esqueça que você também está metida nisso.

Esther faz uma pausa.

— Vou entregar os documentos do divórcio para o Rafe semana que vem.

— Então foi por isso que você sumiu. Você não me contou.

— Como eu poderia contar, Lulu? Você é sócia dele.

— E você é minha amiga.

Há um silêncio perturbador, e eu prendo o ar para não fazer mais barulho.

— Eu nem devia estar conversando com você agora — diz Esther, seca.

Lulu estala a língua.

— Para com isso, Esther. Você não pode estar falando sério.

— Eu estou me protegendo — diz Esther. — Você deveria fazer o mesmo.

Lulu resmunga e ouço a porta abrindo, as vozes delas ficando mais distantes conforme ambas saem para o corredor.

Finalmente, abro a cabine e sou recebida pelo meu próprio reflexo no espelho. Limpo baba dos cantos da boca e passo batom com mãos trêmulas. Mas só consigo pensar: *Que diabos está acontecendo com as famílias Hawkins e Kaplan?*

DEPOIS DO BAILE

Esther guia Jeanine e Yasmin *para o salão, onde insiste que elas precisam manter as aparências e agirem como líderes.*

Jeanine sente um ressentimento crescer na barriga, mas faz o que Esther diz, como sempre fez, e começa a encher copos de água, abrir garrafas de vinho e acalmar os membros do Clube que restaram.

Mas depois que Esther Kaplan vai para a cozinha um detetive se aproxima da sra. Shalcross com uma expressão estoica no rosto, se perguntando se é para aquela mulher que ele precisa dar a notícia. Ela parece ser quem planejou o evento, a pessoa que sabia os detalhes da noite, mesmo que fosse claro para ele que ela não era a mente criadora de tudo.

O detetive abaixa a voz, ciente de que há olhares voltados para ele, pescoços esticados em sua direção.

— Há câmeras que mostram o que tem no telhado? — pergunta.

A sra. Shalcross faz que não.

— Nós respeitamos a privacidade aqui — diz ela.

— Não há preocupação com roubo? Invasão?

Ela parece surpresa.

— Não no telhado.

— Bem, nós subimos e encontramos provas de que mais do que umas poucas pessoas foram lá hoje. Pelas pegadas, algumas pessoas de salto alto. Nós precisamos de respostas.

A sra. Shalcross não parece tão preocupada quanto o detetive acha que ela deveria estar, mas mal sabe ele que ela só está feliz de a situação não ser por causa do que fizeram a Audra tantos anos antes, apesar de que isso seria bobagem, ela lembra a si mesma. Elas não fizeram nada ilegal. Só imoral.

Ela está prestes a falar, mas de repente o salão fica em silêncio e todos os olhos se voltam para Bernie Kaplan, que se levantou de onde estava, na escadaria de mármore. A mão dela ainda segura o colar de diamante e seu rosto bonito está molhado de lágrimas quando ela anda na direção dos detetives reunidos no saguão.

Ela limpa a garganta para anunciar sua presença e espera que eles se virem. Quando acontece, ela ergue o queixo e fala alto o suficiente para todos ouvirem:

— Eu estava lá em cima. E estou pronta pra falar.

TORI

Minhas mãos tremem quando empurro pedaços de tiramisu pelo prato, mantendo os olhos grudados na mesa. Ao meu redor, sinto as pessoas olhando, encarando, avaliando, e me pergunto se botei tudo em risco.

Meu celular vibra e vejo uma mensagem de texto da Joss.

Como foi?, pergunta ela.

Estou prestes a responder, mas a mãe da Bernie se senta na cadeira com um suspiro profundo.

— Bem, foi maravilhoso — diz ela, se virando para mim. — Você empolgou todo mundo aqui.

— Não foi demais? — pergunto, apesar de não ter certeza de por que preciso da aprovação de Esther.

Ela sorri.

— Demais é sempre a quantidade certa neste salão. Não é, Bernie?

Do outro lado de Esther, Bernie está imóvel. Como uma boneca, ela responde:

— É.

O resto das apresentações acontece com toda a animação de uma matinê meio vazia. Skyler, Lee e Kendall falam sobre o valor da filantropia e não muito mais do que isso. Bernie fala sobre a história familiar com o Clube, e Isobel estraga a apresentação, se enrolando com um texto que ela obviamente não decorou. Quando volta para a cadeira, a mulher que a indicou sussurra alguma coisa no ouvido dela que faz Isobel rir.

Depois que todos os alunos se apresentam, Esther reaparece no palco e puxa outra salva de palmas.

— Agora vem a parte divertida — diz ela com um sorriso largo. — Membros do comitê de indicações, está na hora de oferecerem seus votos na forma de donativos. Vocês todos encontrarão envelopes com folhas de doação debaixo da cadeira. Façam a gentileza de preenchê-las e levar para a urna na frente do salão. Bons votos!

O salão explode em um momento de empolgação e uma falação começa entre as pessoas do comitê de indicações. Levanto-me junto do resto e me pergunto se deveria estar puxando papo ou tentando ganhar pontos de alguma forma. Mas, quando olho ao redor, vejo que o resto dos alunos se reuniu em um canto, e sigo Bernie para me juntar a eles.

— O que está acontecendo? — pergunto.

— Nós não podemos falar com eles enquanto votam — diz ela. — Tem a ver com influenciar a votação, sei lá.

Quando olho para todos aqueles adultos, as pessoas que sinalizam nosso futuro, vejo Esther e Lulu Hawkins andando pelo salão, dando tapinhas suaves nos cotovelos dos outros, sussurrando atrás de mãos em conchas.

Um tremor perturba meu estômago e não consigo deixar de imaginar, ter esperanças, de que elas estão convencendo os outros a votarem em *mim*.

BERNIE

Minha mãe está dando continuidade ao plano. Ótimo.

Nós o elaboramos quando eu ainda estava no quarto dela no hotel... como seria fácil convencer todos os votantes de que Tori era a vencedora óbvia da noite. Depois que eu soube tudo aquilo sobre a mãe dela e que a família dela *ainda* não tinha recebido o dinheiro do acordo, eu quis fazer alguma coisa, ajudar. Quando falei isso para a minha mãe, ela achou a ideia ótima e ficou ansiosa para executá-la, até concordou que Tori deveria romper a tradição e *ficar* com o dinheiro que os ganhadores costumam doar de volta para o fundo das bolsas.

Agora, por todo o salão, vejo-a com a mesma expressão que faz quando está persuadindo alguém com sutileza a fazer alguma coisa para ela. É como ela faz a vendedora favorita dela da Bergdorf's deixar outro cliente no meio das vendas para atendê-la, como consegue um lugar no Marea depois de ouvir que sua mesa ainda não está pronta. É um rosto dócil que manipula com sugestão, sem esforço. Minha mãe sempre foi conhecida como excêntrica, "uma brisa fresca na sociedade de

Nova York", como um colunista do Page Six escreveu depois de ela organizar um evento de arrecadação para o Children's Hospital. Mas só os próximos dela percebem que essas suposições lhe dão força. Poder. Permitem que ela entre no meio de uma multidão e saia com o que considerou ser dela. Sempre achei que essa qualidade era uma arma secreta, que eu desejava, mas não conseguia obter por ser mais tensa, mais autoconsciente e contida. Mas hoje... talvez hoje seja o momento em que eu aprenda que somos mais parecidas do que pensava.

Grupos de pessoas do comitê vão para a caixa de doações e colocam os envelopes dentro antes de seguir para o bar. Poucos alunos ao meu redor parecem se importar com o que está acontecendo, quem vai ganhar, mas, quando olho para Tori, vejo que ela morde o lábio, o olhar focado na urna.

— Você foi ótima — digo. Mas ela só dá de ombros e cruza os braços na altura dos ombros.

— Ela está certa. — Eu me viro e vejo Skyler se aproximando. — Você arrasou, Tori.

— Cala a boca — diz ela, sem olhar para ele.

Skyler se vira para mim.

— Parece que as nossas mães estão trabalhando pelo salão, né?

Meu corpo todo fica tenso.

Skyler parece pensar sobre o assunto. Mas ele se vira para mim e se inclina, a boca quase roçando minha orelha.

— A gente pode conversar? — sussurra ele.

Algo dentro de mim se solta e, por um segundo, acho que posso conseguir fingir que continuamos como sempre. Que o que aconteceu entre ele e Opal não importa. Que consigo deixar para trás o fato de que ele virou Isobel contra mim e usou Tori também. Concordo antes de conseguir pensar melhor.

— Tudo bem.

Skyler segura a minha mão e me leva para longe do grupo, por um corredor e uma porta dos fundos. De repente, estamos em uma passagem escura sozinhos, em algum lugar dentro do Clube, e me pergunto se preciso sentir medo. Se Skyler *faria* alguma coisa ali, comigo.

Mas aí chegamos a um corredorzinho e ele faz uma pausa, segurando bem a minha mão. Ele se vira e nossos rostos ficam próximos. Sinto o calor do hálito dele, o calor do corpo. A luz é pouca, mas consigo ver seu rosto, a mandíbula forte e as maçãs proeminentes. Eu tremo, um arrepio percorrendo a pele, e Skyler tira o paletó do smoking e o coloca sobre os meus ombros.

— Obrigada — digo, a voz um sussurro.

Ele inclina a cabeça na direção da minha, os olhos cheios de arrependimento.

— Me desculpa, Bern — diz ele baixinho. — Eu queria poder voltar atrás.

Uma pontada de arrependimento surge no meu estômago, e a única coisa que quero fazer nessa hora é perdoá-lo.

— O que eu posso fazer? — pergunta ele, a voz tremendo. — Eu faço qualquer coisa. Só quero você de volta. — As mãos dele tremem quando me puxa tão perto que sinto a pélvis dele contra a minha.

Seria tão fácil dizer *Estou aqui. Sou sua*. Nós fomos destinados a ficar juntos... mas não mais. Porque essa é a questão. O destino é tão real quanto você o torna real. Quando se ignora as próprias escolhas, o fato de que temos poder de *fazer* escolhas... bem, você acaba com um namorado que mente e trai e acha que umas lágrimas bastarão para fazer você esquecer tudo de horrível que ele já fez para te magoar.

Dou um passo para trás, me solto dele e balanço a cabeça, voltando a mim.

— Nada — digo. — Eu não quero isso. Não quero você. Não mais.

Skyler parece chocado, mas seu rosto se transforma em fúria.

Por instinto, eu corro.

Volto pelo caminho que fizemos, ouvindo os passos de Skyler atrás de mim.

— Bernie — chama ele. — Espera!

Mas dou um jeito de fazer uma curva errada no labirinto e abrir uma porta que nunca tinha visto. Paro ao perceber que estou na coxia do palco onde as apresentações aconteceram. Skyler deve ter me seguido porque, de repente, ele se choca contra as minhas costas.

— Bernie — diz ele. Mas vejo minha mãe no palco, no pódio, e o salão está em silêncio. Ela vai ler quem ganhou.

Skyler também percebe isso e fecha a boca.

Minha mãe abre um envelope e o som ricocheteia pelo microfone na multidão. Ela pega um quadrado de papel-cartão. Abre um sorriso largo e olha para a frente. Deixo a tensão no meu pescoço se desfazer, porque sei qual nome ela vai ler.

— Tori Tasso!

O salão explode em aplausos e olho por trás da cortina grossa de veludo e vejo Tori se levantar à nossa mesa, uma expressão de surpresa e orgulho no rosto. Minha mãe sinaliza para ela ir para o palco, e, quando Tori se aproxima, as pessoas se levantam para recebê-la, para elogiá-la.

Skyler solta uma baforada de ar atrás de mim.

— Nossa, que surpresa.

Eu me viro.

— Como você sabia?

— Ah, por causa do processo.

Um nó se forma no meu estômago.

— Como você sabe sobre o processo? — Faço uma pausa e penso nas palavras dele. — Espera, o que a Tori tem a ver com isso?

Mas, antes que ele possa responder, Tori sobe no placo.

— Eu gostaria de agradecer a todos do comitê de indicações e a todos que me receberam aqui hoje. Sei que esse é só o começo da minha experiência com o Clube, mas é um ótimo começo.

Mais aplausos, mais comemorações, então minha mãe leva Tori para fora do palco e as duas andam na nossa direção.

Pergunto a Skyler de novo:

— O que você sabe sobre o processo?

Ele me olha, surpreso.

— O pai da Tori está processando a Hawkins Kaplan. Você não sabia?

DEPOIS DO BAILE

Bernie se senta em um sofá no lounge, a saia do vestido caindo sobre os joelhos. Ela olha para os detetives, os olhos brilhando com lágrimas. Seu olhar é direto, mas suave, e deixa os policiais à vontade. Ela exala glamour e postura, com as mãos cruzadas no colo. Quase como se tivesse ensaiado para aquele momento. Talvez... tenha ensaiado mesmo.

Mas, antes que um dos detetives possa questionar o comportamento dela, Bernie se inclina para a frente com drama e começa a contar a história.

— Nós fomos para o telhado acertar nossa situação — diz ela. — Imagino que vocês já tenham ouvido que as coisas estavam tensas esta semana entre nós. Nós queríamos privacidade.

Uma das detetives se inclina para a frente, mas tenta não parecer ávida demais.

— Você disse que "nós" fomos para o telhado. A quem exatamente você está se referindo?

— Nós quatro — diz Bernie com confiança. — Skyler, Isobel, Tori e eu. — Ela se mexe de leve, mudando o peso de um lado *para o outro. Um detetive mais treinado, alguém com habilidade de interpretar linguagem corporal ou movimentos sutis, talvez percebesse. Poderia identificar aquele como o exato momento em que Bernie começa a escorregar. Mas os policiais nesta sala... eles só conseguem ver o rosto bonito molhado de lágrimas, ouvir o tom de lamento na voz. Eles só veem o que ela quer que vejam.*

— Vocês quatro — repete a detetive com gentileza, oferecendo um lenço de papel a ela. — E só três desceram vivos?

Mas, antes que ela possa responder, a porta se abre e Esther Kaplan para na entrada, as mãos nos quadris, o rosto vermelho.

— Bernie Kaplan, o que você pensa que está fazendo?

Bernie não olha para a mãe. Ela olha para os dedos.

— Não era pra ser assim.

Mas, quando ergue os olhos, Bernie vê que o olhar dos detetives se desviou. Eles estão olhando para cima, com curiosidade estampada no rosto. Preocupação. Eles não estão prestando atenção nela, não ligam para o que tem a dizer.

— O quê? — pergunta Bernie. — O que é?

A detetive funga e olha para o parceiro.

— Fumaça — diz ela. — Estou sentindo cheiro de fumaça.

TORI

A mão de Esther está nas minhas costas, me guiando para fora do palco, mas não consigo parar de olhar para o que está na minha mão: um cheque de 25 mil dólares. Só consigo pensar na cara do meu pai quando eu o entregar para ele.

— Parabéns! — diz Esther quando chegamos na coxia, batendo palmas. Quando olho para a frente, vejo Skyler e Bernie, de queixo caído. Bernie me encara, atordoada.

— Você está bem? — pergunto.

Bernie inclina a cabeça.

— Você sabia?

— Sabia o quê? — pergunto, uma inquietação surgindo no estômago.

— Seu pai — diz ela, dando um passo na minha direção. — O processo. — Bernie olha para a mãe. — Foi por isso que você a indicou, não foi? Não foi porque você se sentiu mal por Audra. Você queria que a Tori caísse nas suas graças, que persuadisse o pai dela a abandonar o processo.

— Bernie, será que podemos falar sobre isso em particular? — diz Esther, baixando a voz. — Acho que você está enganada.

Bernie se vira para mim e seus olhos descem para a minha clavícula, para o diamante aninhado no meu peito. Por instinto, levanto os dedos para tocar nele, sinto as bordas frias e retas contra a pele.

— Você a está comprando e ela nem sabe — sussurra Bernie para a mãe.

Sinto um nervosismo se acender nas pontas dos meus dedos, e de repente fico com tanto calor, tão tonta, que permanecer de pé torna-se um desafio.

— Alguém pode me contar o que está acontecendo?

Bernie me olha intensamente.

— Seu pai está processando a Hawkins Kaplan. Diz que roubaram o dinheiro do acordo que eles devem a vocês.

Eu balanço a cabeça. Meu pai teria me contado isso. Não teria?

Mas talvez... se ele soubesse que envolvia Bernie e Skyler, pessoas da minha turma, talvez ele quisesse me proteger da verdade, torná-la menos incômoda. Principalmente depois que a minha indicação para o Clube chegou pelo correio.

— Minha mãe descobriu e quis manter tudo na encolha, então elaborou um plano pra trazer você pra isso, pra *comprar* sua lealdade. — Bernie indica o envelope que eu estou segurando. — Quem você acha que conseguiu as doações pra você? — Ela bate com a palma da mão na testa. — Eu falei pra ela fazer isso.

Olho para o cheque, o que me deu tantas esperanças. Tanta promessa. Mas e se Bernie estiver certa? E se foi tudo uma enganação? Uma mentira às minhas custas?

Skyler faz um ruído debochado.

— Como se 25 mil dólares fosse fazer alguma diferença. O processo é de milhões.

Eu viro a cabeça repentinamente.

— Como você sabe?

Ele começa a abrir a boca, mas Bernie se intromete:

— E agora, a minha mãe te deu esse colar. Você sabe quanto ele vale, Tori?

Eu faço que não, sentindo o diamante pesar sobre a pele. Esther suspira, resignada.

— Setenta mil dólares. Você vai ver o seguro e a propriedade transferidas para o seu nome no seu e-mail em breve — diz.

Meu queixo cai enquanto tento entender isso tudo.

— Eu não entendo. Como... por quê...?

Esther chega tão perto de mim que sinto o perfume dela, de lilás, caro, e vejo as linhas finas que saem dos olhos dela. Há uma mudança, como se ela estivesse se tranformando, retirando uma máscara. Ela franze as sobrancelhas e fala baixo, devagar.

— As ações do seu pai podem botar em risco toda a Hawkins Kaplan — diz Esther. — Nossas famílias. Nossos futuros. Eu fiz isso tudo — ela indica o salão — com esperança de poder persuadir você a botar um fim nisso. Não é tudo que seu pai acha que vocês têm que receber, mas é um começo. Você pode vender o colar, ou, melhor ainda, usar em todos os eventos que acabaram de abrir as portas pra você. — Ela move o braço, indicando tudo... aquilo. — Está vendo, Tori, eu te dei entrada a uma sociedade que nunca teria sido sua de outra forma. Vou cuidar pessoalmente pra que você tenha aquilo de que precisa aqui. Algo que nenhum dinheiro poderia comprar. Status. Classe. Pertencimento.

Meu coração está na garganta e sinto a espinha formigando, os dedos tremendo. Mais cedo, ela pareceu tão solidária, tão animada. Mas agora, ela não me pede para considerar o pedido dela. Mesmo com aquele teatro, percebo a sua exigência.

— Além do mais — continua Esther —, seu pai provavelmente nem pensou em todas as contas legais que virão depois. Ele vai ficar devendo a advogados por anos só porque a Hawkins Kaplan está um pouco atrasada com os fundos? Eles vão chegar. *Sempre* chegam. É mesmo tão importante assim?

Eu olho para aquela mulher, a que *conhecia* a minha mãe e depois botou um preço na morte dela, que não passa de uma criminosa calçando Jimmy Choos brilhantes. Ela está me provocando. Jogando tudo que sabe que eu quero ao meu alcance. Mas aí, entendo por que ela quer que o processo seja retirado: porque sabe que nós ganharíamos. Ela sabe que a Hawkins Kaplan fez algo de errado. E, de repente, a resposta à pergunta dela fica óbvia.

— Não.

Antes que ela possa pular em mim, saio correndo.

ISOBEL

Cadê *todo mundo?*

A festa relaxou e as filas do bar estão cheias de alunos sendo servidos sem nenhum tipo de supervisão. O clima mudou de leve, passou de um evento de trabalho rígido intergeracional para uma festa comemorativa onde as regras são meras sugestões. Lee conversa com alguns alunos da Tucker Day, tomando o que parece ser uísque servido em copos de cristal. Eu me viro, ávida por uma distração. Um garçom passa com uma bandeja de taças de champanhe, e pego uma cheia e bebo metade do líquido borbulhante de uma vez só.

Agora que meu estômago se acalmou, desce fácil. Termino a taça e pego outra, de uma bandeja diferente. Bate rápido, o que me faz perceber que eu deveria comer alguma coisa, considerando que botei para fora meu jantar todo. Finalizo a segunda taça de champanhe e ignoro a sensação de tontura na cabeça quando sigo o som de potes e talheres raspando comida de pratos.

Estou vendo a cozinha no final do corredor, mas, de repente, há uma agitação na escada. Um vislumbre azul, Tori, subindo correndo a escada do prédio labiríntico.

Faço uma pausa, me perguntando aonde está indo, mas não demora para Bernie correr atrás dela, a cauda do vestido verde voando, e Skyler logo atrás.

— Bernie! — grita Skyler. — Espera.

Eles sobem a escada atrás de Tori enquanto Bernie a chama, uma súplica desesperada na voz.

— A gente pode conversar sobre isso? — grita ela. Mas Tori não responde, só desaparece nas entranhas do prédio.

Sei que tenho duas opções: me virar e voltar para o salão ou correr atrás deles. Mas não há tempo para decidir, porque meu corpo me joga para a frente, seguindo os passos deles para o interior do Clube.

BERNIE

Meus pés calçados com saltos queimam enquanto sigo Tori, ouvindo os passos dela conforme o ruído da festa abaixo vai ficando para trás. Skyler está logo atrás de mim, a respiração pesada enquanto subimos rapidamente a escada.

Se ao menos ela parasse. Se ao menos nos deixasse falar com ela. Talvez Tori entendesse que abandonar o processo poderia ser *bom* para ela. Ela perceberia que nossos pais não estão segurando dinheiro nenhum. Demora *tempo* para casos serem pagos. Eu já vi muitas vezes com os clientes do meu pai. Eles sempre recebem o dinheiro, mesmo que demore um pouco. É tanta coisa. Burocracia, acho. *Deve* ser isso o que está acontecendo. De jeito nenhum que a Hawkins Kaplan está envolvida em algo ilegal.

Skyler solta um grunhido frustrado atrás de mim.

— O quê? — pergunto por cima do ombro enquanto subimos outro lance de escada.

— Eu só nunca pensei que a porra da Tori Tasso seria o motivo para os nossos pais irem presos — diz ele, ofegante.

Paro e me viro para olhar para ele.

— Presos?

Skyler me olha com a cabeça inclinada.

— O processo — diz ele. — O pai dela está certo. Eles não têm o dinheiro. Eles gastaram tudo.

— De que você está falando?

— Você não sabe? A Hawkins Kaplan faz esse tipo de merda há anos. Rouba dinheiro dos clientes. — Ele balança a cabeça. — Só que sempre conseguiram fundos pra resolver a questão. Mas não desta vez. A firma está falida.

Meu queixo cai.

— Como… como você sabe?

Skyler começa a rir, a cabeça inclinada para trás.

— O que poderia ser tão engraçado agora? — Eu cruzo os braços sobre o peito, o pânico crescendo na barriga.

Skyler se inclina para a frente, apoia a mão no corrimão para se firmar e finalmente para de rir.

— Bernie, como você pode não saber? Já tem sinais disso há anos.

Eu balanço a cabeça.

— Você está mentindo.

— Está brincando, né? Todas as casas nos Hamptons, os jatinhos particulares pra viagens de férias, o iate? Você achou que eram frutos do trabalho dos nossos pais? A herança da sua mãe? — De repente, uma expressão de pena surge no rosto de Skyler, e tenho vontade de arrancá-la com as minhas próprias mãos. — Bernie, não tem como nós termos todas aquelas coisas se os nossos pais *não* roubassem.

— Você está errado — digo, piscando para segurar as lágrimas. — A Hawkins Kaplan *ajuda* as pessoas.

Skyler repuxa os lábios.

— Lembra quando eles venceram aquele caso da água em Idaho? O primeiro grandão?

Eu faço que sim. Foi o caso que os colocou no mapa, que os tornou estrelas.

— Aquele foi o único legítimo — diz Skyler. — Depois disso, eles começaram a tirar um pouco de cada acordo, a tirar mais do que deveriam, a usar os pagamentos dos casos seguintes para pagar os clientes. Era doideira.

— Como você sabe disso? — Minha voz é um sussurro, rouco e temeroso.

Skyler dá de ombros.

— Eu perguntei pra minha mãe ano passado. Ela falou tudo, disse que eu acabaria descobrindo e que muitas firmas de advocacia fazem isso. Achei que você também soubesse. — Olho para ele, que suspira. — Escuta, só está dando essa confusão porque fizeram merda desta vez. Eles pegaram muito, não tiveram fundos entrando pra cobrir imediatamente, e agora estamos ferrados graças a Tori e ao pai dela ficarem ávidos pra receberem o dinheiro.

— Você está brincando? — pergunto. — Ouve só o que você está dizendo. Você é um monstro. Não acha que eles merecem o dinheiro do acordo?

Skyler dá de ombros.

— Não é meu papel decidir.

— Seu *papel*? Quem você acha que é?

— Olha, eu estou tentando salvar a pele das nossas famílias, e acho que você deveria fazer a mesma coisa. — Skyler tenta pegar a minha mão, mas eu me afasto, repugnada de estar tão perto dele. — Foi por isso que sua mãe deu o colar de presente pra ela — diz ele. — Sem compromisso.

Dinheiro de sangue.

Nossos olhares se cravam, e a percepção toma conta de mim: o pai da Tori estava certo. A Hawkins Kaplan roubou os Tassos. De outros clientes também. E o império deles todo está prestes a desmoronar, levando os inocentes, que somos nós, junto.

Ao ver o pavor e a compreensão nos olhos do Skyler, sei que estamos ambos bem cientes do que poderia acontecer se a Hawkins Kaplan cair em desgraça. Não só nossas famílias perderiam quantidades absurdas de dinheiro que nos deu uma vida confortável todos esses anos, mas, o que talvez seja pior, nós perderíamos nossa posição. Nosso status. O respeito que acompanha estar do lado certo da riqueza, o lado que *ajuda* as pessoas a brigarem com os vilões, como nossos pais sempre disseram que faziam.

Mas, em questão de minutos, ficou claro para mim que, esse tempo todo, eles *eram* os vilões.

Ainda assim, não consigo pensar no que poderia acontecer conosco sem nossos pais, sem o poder que nos foi dado por causa deles.

Engulo em seco.

— Ela pode nos destruir.

Skyler assente.

Ele estica a mão para mim, e, quando olho para a palma, familiar e quente e cheia de traição, sinto impulsos a favor e contra dentro de mim. Eu posso pegar a mão de Skyler. Podemos confrontar Tori juntos. Podemos persuadi-la a abandonar o processo, pegar o dinheiro e deixar nossas famílias de fora. Ou posso ir contra tudo que foi entranhado em mim desde que eu era criança. Posso desafiar minha mãe, Skyler, toda a Hawkins Kaplan, e ajudar Tori, incentivá-la a ir atrás do que lhe pertence.

Mas talvez, só talvez, haja uma terceira opção, que vai de alguma forma deixar nossos futuros intactos.

Pego a mão do Skyler e juntos seguimos para dentro do Clube, enquanto desejo de todo o coração que meus instintos estejam certos.

TORI

Eu os escuto perto, logo atrás de mim, e não tenho ideia de para onde ir, o que fazer além de seguir meu corpo me mandando *correr*, ir para longe daquelas pessoas, daqueles monstros, o mais rápido que puder. Chego ao segundo andar e vejo uma sala ampla com sofás de couro e estantes de livros do chão ao teto, sem lugar para me esconder.

Meu fôlego começa a falhar quando subo o lance seguinte de escadas. Abro uma porta e me jogo no último andar, onde tem uma mesa de sinuca forrada de feltro cercada por poltronas de mogno e um bar. Olho ao redor procurando uma saída e vejo, no canto da sala, uma escada estreita. Corro até lá e começo a subir, percebendo rapidamente que leva ao telhado.

— Tori! — grita Bernie, sem fôlego. Passos soam na escada atrás de mim. O medo lateja no meu estômago, e não sei bem por quê. Não é que Bernie ou Skyler representassem *perigo* para mim, mas, quando abro a porta do telhado e sinto o ar pesado de verão quente contra a pele, não consigo deixar de me perguntar se isso não é verdade. Afinal, minha família está prestes a destruir as deles.

Mas, quando penso melhor, eles já não fizeram isso com a minha?

No telhado, olho a paisagem. Esta cidade. Esta porra de cidade. É o lugar que as pessoas pensam que vai tornar os sonhos delas realidade, onde podem ser quem quiserem. Mas ninguém vai te dizer a verdade: que existe muita gente aqui que já possui o que você quer, e que essas pessoas vão fazer qualquer coisa para garantir que você não tenha.

A porta se abre de novo com um barulho ressonante ao bater na parede de tijolos, e vejo Bernie e Skyler correrem na minha direção.

— Para, Tori — diz Bernie. — Só quero conversar.

Eu me viro procurando uma saída, um jeito de fugir dali, e finalmente vejo uma escada de incêndio que leva para baixo. Quando vou na direção dela, sinto-me chocar contra membros e uma pressão quando sou jogada no chão, um corpo caindo sobre o meu. Sinto cheiro de suor e menta e gel de cabelo e percebo que é Skyler, me derrubando no chão. O braço dele está na minha garganta, apertando a traqueia, e tento respirar. *Socorro*, tento gritar. *Socorro*.

Não sai nada.

O medo toma conta.

É assim que termina?

ISOBEL

Corro pelo labirinto escuro do Clube, esbarrando em mesinhas laterais e cadeiras ao seguir para escadas, por onde os ouvi subir antes. Passo por uma porta e vejo uma mesa de bilhar. Deve ser o último andar. Não há para onde ir. Mas onde estão eles?

Procuro um interruptor na parede e, quando meus dedos encontram, eu o viro e ilumino a sala.

As paredes são de um verde-floresta intenso, destacando as poltronas forradas, as mesas de sinuca de madeira escura, as cortinas pesadas de veludo. O ambiente todo me lembra um daqueles lounges que se vê em filmes antigos, onde só homens brancos podem entrar e têm charutos à disposição.

Ando pela sala nas pontas dos pés, prestando atenção a qualquer sinal de Bernie, Skyler ou Tori, mas não escuto nada. Para onde eles poderiam ter ido?

Passo as mãos por um tabuleiro de xadrez de mármore, vejo uma fileira de arcos e flechas numa parede, um abajur de couro de avestruz. Na parede mais distante há estantes, cober-

340 JESSICA GOODMAN

tas de livros antigos de capa dura. Há conjuntos proclamando conter as obras completas de William Blake e Aristóteles, primeiras edições raras de títulos de Virginia Woolf. Encosto os dedos em um e tento puxar, mas o livro não se move. Tento outro, um fino de Platão, mas ele também está preso no lugar.

Meus nervos se apuram e tento outra tática. Empurro, e de repente um som de rangido ocupa a sala. Dou um pulo para a frente quando a estante toda se move para dentro e revela uma sala escura dentro da parede. Eu me ouço ofegar, mas dou um passo para a frente, atraída pelo espaço, até que, subitamente, sem aviso, a estante se fecha atrás de mim e sou mergulhada na escuridão.

BERNIE

— **Sai de cima dela.** — Corro até Skyler e puxo a gola dele, que cai para trás, longe de Tori. Ela está jogada no chão, as pregas de seda do lindo vestido rasgadas, tentando recuperar o fôlego. Tori se levanta e apoia as mãos no chão, o peito subindo e descendo.

Eu estico a mão para ela.

— Você está bem — digo. — Você está bem.

Tori vira a cabeça para me olhar, o cabelo desgrenhado e os olhos em chamas.

— Bem? — pergunta ela, a voz se elevando. — Eu *não* estou bem. Ele acabou de tentar me matar. — Ela aponta um dedo trêmulo para Skyler, e vejo que lascou a unha na briga.

Ela estapeia a minha mão e se levanta sozinha, os punhos cerrados ao lado do corpo.

— Vocês dois foram feitos um para o outro com seus pais de merda. — Tori balança a cabeça. — Vocês acham mesmo que podem me *comprar*? A minha mãe está morta e os pais de vocês disseram que podiam nos ajudar. — Tem lágrimas descendo pelo rosto dela. Seus lábios tremem. — É como se vocês estivessem matando ela de novo.

Inspiro e percebo que Tori tem razão. Eu não posso obrigá-la a ficar calada sobre aquilo, a pegar o dinheiro e fugir. O que eu faria se fosse a *minha* mãe? Se uns advogados predadores tentassem lucrar com a morte dela? Eu pisco para segurar as lágrimas quando a realidade do que está acontecendo despenca sobre mim.

Skyler está andando de um lado para o outro e percebo que ele não tem a mesma opinião. Ele retorce as mãos, sem olhar na nossa direção. É como se estivesse tentando decidir o que fazer agora.

— Olha — diz ele para Tori. — Você sabe que, se seu pai for em frente com o processo, a Hawkins Kaplan provavelmente nunca vai se recuperar disso?

— Você está de sacanagem? — grita ela. — É da minha *mãe* que a gente está falando aqui, não de uma pessoa qualquer. Acho que o mínimo que podemos fazer é tentar obter justiça pra ela.

O rosto de Skyler está suplicante.

— Tori, para com isso. Pega o dinheiro e some. É *dinheiro vivo*. Você quer mesmo que as nossas famílias sejam destruídas?

Tori ri.

— Se você acha que eu ligo para o que acontece com as famílias de vocês, você é mais delirante do que eu pensava.

Skyler se vira para mim, insistente.

— Fala, Bernie. Não é? — Ele me olha com uma certeza de que vou acompanhá-lo a qualquer custo. De que sou como ele, como nossos pais. De que nada vai me impedir de ter o que quero, de que vou pisar em todo mundo para isso. Ele não está enganado.

— Bernie? — diz Skyler de novo, a voz desesperada. — Me ajuda aqui.

A brisa de verão balança meus brincos e aquece minha pele.

Tori me encara, os olhos enormes como pires, e de repente sei exatamente o que fazer.

Eu limpo a mente, afasto todos os pensamentos e, de repente, saio correndo na direção de Tori, partindo para o pescoço dela.

ISOBEL

Engulo o nó na garganta e tento ignorar a cabeça latejando, as bolhas do champanhe girando em um ritmo estranho. *Respira. Respira.*

Dou um passo à frente e as luzes se acendem subitamente quando o sensor de movimento é ativado. Solto o ar e observo os arredores, os olhos se ajustando à luz fraca.

É uma salinha apertada, do tamanho de um closet, com espaço suficiente para uma escrivaninha e uns dez arquivos empilhados em colunas organizadas. Cada arquivo tem a etiqueta com um ano, e quando abro o mais recente, vejo dezenas de pastas com nomes manuscritos nas abas. Algumas estão abarrotadas, outras são finas, com apenas algumas folhas de papel. Estão arrumadas em ordem alfabética, e há uma para cada indicado. Olho de relance para o resto dos arquivos e vejo que vão até o começo dos anos 1900.

A curiosidade cresce e pego a pasta de Bernie, bem no meio da fileira. A dela está cheia de indicações de muitos membros do clube e de professores, com fotos de Bernie em eventos familiares patrocinados pelo Legado. Nada tão surpreendente. Cerro os punhos e a coloco no lugar.

Olho para o fundo, onde encontro a pasta da Tori. Tiro-a e vejo que só tem umas poucas folhas dentro. Dou uma folheada e paro quando vejo um pedaço de papel com as palavras FORMULÁRIO DE INDICAÇÃO em negrito no alto. A caligrafia de Esther está nele todo, com letras redondas e inclinadas.

A maioria das seções é curta, mas, quando chego a uma que diz *Por que esse(a) formando(a) deveria ser admitido no Clube do Legado acima de todos os outros?*, eu paro.

A maioria dos membros conhece a história de Audra, mãe de Tori, escrevera Esther. *Tori pertence a este clube tanto quanto qualquer outro membro, qualquer outro aluno cujos pais foram membros do clube, apesar de Aura não ter chegado à semana de indicações. Acredito que deixar Tori, uma excelente aluna e membro da comunidade da Liga Intercolegial, entrar no Clube do Legado consertaria aquele erro de uma vez por todas.*

A mãe de Tori era Legado? *Quase* Legado? E Esther sabia? Passo os olhos pelo resto da pasta de Tori em busca de respostas, mas não tem mais nada lá. Bernie sabia disso? Tori? Era algo que alguma delas teria mencionado, mas ninguém falou nada, não durante toda a semana. Mas não há nada a fazer agora exceto colocar a pasta de Tori no lugar e deixar as perguntas sem resposta.

Ao olhar para as pastas, meu estômago formiga de curiosidade. Bem na frente da de Tori, a minha é maior do que as outras em volta, pesada e grossa. Puxo-a e dou de cara com a minha foto de turma quando a abro, eu meio sorrindo, o cabelo escuro e curto afastado dos olhos. Foi tirada no outono passado, mas estou tão diferente, pareço tão calma. Minha pele está bronzeada e saudável e meus olhos parecem focados. Diretos. Não consigo mais olhar para ela, essa garota que tinha tanto e não conseguia ver.

Viro a página e encontro dezenas de cópias da minha arte, impressas do meu site e do meu portfólio da escola. Sinto uma pontada de orgulho quando vejo meu trabalho, ousado e intenso até na sala escura. Atrás disso há recortes da imprensa sobre a minha exibição no Brooklyn Museum, um pequeno trecho da revista *New York* me chamando de "jovem talento". Um sorrisinho repuxa os meus lábios.

E aí, vejo transcrições da escola, uma indicação da minha professora de arte na Excelsior e dossiês sobre meus pais. Tem até um memorando curto digitado a respeito de Marty, relatando o que ele fez desde o Ensino Médio. Tudo parece meio invasivo, meio obsessivo.

Quando chego ao final, encontro uma folha de papel fina, meu formulário. Passo os olhos pela página e vejo que foi preenchida por Rachel Breathwaite, a pessoa que me indicou, que fez pequenas anotações sobre por que eu poderia ser um acréscimo valioso ao Clube.

Uma pergunta diz: *O que essa pessoa acrescentaria ao nosso Clube?* Rachel escreveu: *Isobel é uma artista singular com uma determinação e um foco que não vejo em muitos jovens. Com mente criativa e espírito rebelde, ela é diferente de outros que serão indicados, e vai ser única neste grupo, que às vezes pode se confundir em suas similaridades.*

Solto o ar, com um certo constrangimento ao ler esses elogios, tão raramente compartilhados com os elogiados. Continuo lendo até encontrar uma pergunta final que gera um choque na minha espinha.

Descreva qualquer desafio que sua indicada poderá enfrentar.

Abaixo, Rachel escreveu um parágrafo curto, mas, quando leio as palavras dela, meu coração sobe à garganta.

Parece que Isobel tem uma quedinha por substâncias ilícitas, em geral as legais, e embora isso não afete sua arte e sua produtividade, ela é conhecida por ser um tanto imprevisível e errática às vezes. Se a indicação dela for aprovada, eu cuidaria para que seus hábitos não influenciem na posição dela como membro do Legado que traz honra ao Clube.

Minhas mãos começam a tremer e largo os papéis.

Uma quedinha por substâncias ilícitas.

Imprevisível e errática.

Por um segundo, não consigo enxergar. Não consigo respirar. Parece que o mundo todo acabou de me ver nua, que há um holofote enorme sobre mim, e, aonde quer que eu vá naquele prédio, não tenho como me esconder. Sou um nervo exposto. E não tem nada que eu possa fazer a respeito.

Eu me agacho sobre os saltos e aperto a base das mãos nos olhos. Tento piscar, recuperar o fôlego, mas meu olhar está irregular e desfocado, até eu encontrar uma coisa pequena de papel, enfiada entre os arquivos. Uma daquelas carteiras de fósforos do Clube do Legado que vi no bar. Pego-a sem pensar e abro-a, arrancando um palito de fósforo. Passo-o na lixa e vejo a chama se acender. O calor fica tão próximo dos meus dedos que começam a arder.

Pego uma folha no chão e a encosto na chama. Vejo-a queimar, o calor tomar conta e transformá-la em uma pilha de cinzas. Levanto outra e faço o mesmo. De novo, de novo e de novo, até só haver pequenas brasas no tapete. Fico de pé com pernas bambas e me viro para o resto dos arquivos. Vejo meu futuro, o futuro do clube, e tenho vontade de ver tudo queimar.

Largo o fósforo, queimado até o fim, e pego outro. Acendo-o. Seguro-o muito perto das pastas, muito perto da caixa de metal à minha frente, mas escuto um ruído alto e violento acima da minha cabeça, o som pesado de metal e osso. Um grito.

Solto ar e a chama se apaga entre meus dedos. Apoio o ombro na estante pela qual entrei e saio do outro lado do aposento, onde ouço outro som vindo de cima. Um fiapo de luz aparece sobre uma escada do outro lado da sala.

O telhado.

Eles devem estar no telhado.

DEPOIS DO BAILE

Agora, a luz do dia começou a surgir no contorno da paisagem de Manhattan, mas dentro do Clube do Legado, não há urnas de café. Nem bacon. Nem rabanada. Há detetives correndo pelas escadas, uma ligação frenética para o corpo de bombeiros feita por entre ofegos. Eles seguem o calor, o odor, o medo terrível de que algo dentro daquele prédio esteja queimando.

Quando chegam ao patamar, eles param e veem fumaça saindo, estranhamente, de debaixo de uma estante de livros. Mas não há tempo para confusão. Não há tempo para afobação.

Esther Kaplan está logo atrás e grita de horror quando percebe o que está em chamas. O que se foi.

Vidro quebra. Um extintor é acionado, e assim que a passagem secreta é revelada, antes que as chamas os engulam, o aposento é tomado de branco, de substâncias químicas. Em outra estação do ano, poderiam achar que era neve.

Quando a poeira baixa, eles só veem o que antes era uma salinha cheia de papel... de informações, poder e segredos. É aqui, agora, que Esther começa a chorar.

TORI

Bernie me prende no chão com um impacto forte e coloca a mão apertada em volta do diamante pendurado no meu pescoço.

— O que você está fazendo? — grito.

Os olhos dela estão frenéticos e parece que está tentando me dizer alguma coisa, passar uma mensagem, mas o que Bernie está esquecendo é que eu mal a conheço *ou* confio nela. A ideia de compartilharmos uma linguagem secreta é risível, inimaginável.

Mas aí ela se inclina para perto, a voz clara e determinada, mas baixa para que Skyler não ouça.

— Não resiste.

Nós nos encaramos, e, em um instante, eu prendo o ar. Decido ceder. Talvez eu me arrependa, mas, neste momento, fecho os olhos e arranco o colar de diamante do pescoço e coloco-o na mão dela. Bernie olha para ele com os olhos arregalados e recua.

Skyler nos observa, confuso.

— O que está fazendo?

Bernie olha por cima do ombro para ele e dá as costas para mim, de forma que o corpo dela fica entre o meu e o de Skyler.

— Quem nos deu o poder de decidir? Eu não quero continuar vivendo de dinheiro roubado, tirado de gente que precisa mais do que nós. — Bernie se vira de novo. — Faz o que quiser, Tori. Nada vai mudar as ações dos nossos pais.

Skyler balança a cabeça com incredulidade.

— Você pirou, Bernie. Não tem ideia do que está fazendo. — Ele dá um passo na nossa direção, os olhos semicerrados, fechando as mãos em punho ao lado do corpo. O rosto dele se transforma em algo visceral e ameaçador, uma expressão que nunca vi em seu semblante. Os olhos cinzentos ficam tempestuosos e o cabelo está molhado de suor.

— O que você vai fazer? — pergunta Bernie, provocativa. — Vir pegar esse colar idiota? Não vale nem uma fração do que devem a ela. — Bernie se encosta na amurada de metal, que toca suas coxas. Ela parece insegura, segurando o diamante, e olha para Skyler, os olhos suplicantes, em chamas.

O rosto de Skyler fica tenso e, por um segundo, vejo quem ele é de verdade: um garoto que não está acostumado a ouvir não. Em um instante, ele vai na direção de Bernie, os punhos envolvendo os ombros dela. O rosto de Bernie é tomado pelo terror, mas ela me olha, perguntando se entendo, e, de repente, eu entendo.

Bernie segura o colar e desce a outra mão para segurar a amurada de ferro atrás de si, e enquanto luta com Skyler, que está tentando pegar o diamante, Bernie o empurra na direção de Skyler e, com a mão livre, agarra o antebraço dele. Ela o puxa em sua direção, com tanta força que ele perde o equilíbrio. Com tanta força que ele...

— Bernie! — grito. Minha voz se espalha pela noite. Mas é afogada por outro som. Um grito tão alto e amplo que perfura meus ouvidos, a cidade, todo o céu noturno. Um grito de Skyler quando ele tomba pela amurada e despenca, despenca, despenca.

BERNIE

O puxão vem de repente, sem raciocínio ou previsão ou planejamento de nenhum tipo. Passa por mim e pelo meu braço, gracioso e silencioso, até que, de repente, vejo uma expressão de surpresa surgir no rosto de Skyler quando ele percebe que está atravessando a amurada baixa do telhado e caindo rápido em direção ao chão sob nós, no jardim, com um grito apavorante e ressonante até a voz sumir, ecoando na noite.

Por um momento, não ouço nada, e só sinto alívio. Eu nunca mais precisaria ser manipulada por ele, recuar da conexão entre as nossas famílias. Eu precisava botar fim à ideia de que nossas famílias ficarão entrelaçadas para sempre, eternamente, por meio de nós dois.

Mas, tão rapidamente quanto veio, o silêncio é rompido de repente por outro berro apavorante. A porta se abre e ouço uma voz familiar, de Isobel, que grita meu nome e corre até mim, passando os braços ao meu redor, e percebo que o som horrível, o grito, não está vindo do chão. Não. O grito vem de mim.

TORI

Ele caiu tão rápido. Mais rápido do que achei que cairia. Quase com elegância, como uma pena flutuando para o chão. E aí, em um instante, um baque úmido horrendo. Pele, osso e cérebro atingindo a grama e o solo e os canteiros de flores meticulosamente plantados.

E aí… nada.

ISOBEL

Bernie parece uma poça no chão e meu instinto é consolá-la, protegê-la, e é o que faço, envolvendo o corpo dela com o meu. Tori está atrás de nós, a boca aberta, os braços pendendo inertes ao lado do corpo. Ela se vira para nós duas lentamente, os olhos arregalados e em chamas. Naquela luz, ela parece radiante.

— Bernie — diz Tori. — O que você fez?

BERNIE

Isobel coloca as mãos frias nas minhas bochechas e sussurra alguma coisa no meu ouvido.

— Acidente — diz ela. — Foi um acidente.

O rosto de Tori está cinzento e solene, mas ela assente e
repete a palavra:

— Acidente.

Isobel me olha, tão calma e reconfortante. A Isobel que
sempre conheci, capaz de desafiar a realidade com a imaginação, com o talento. A que, antes daquele verão, era como
a minha outra metade.

Ela repete as palavras; ela me ordena que as diga também.

— Foi um acidente.

Eu repito depois dela:

— Foi um acidente.

ISOBEL

Algo dentro de mim se acende, e é como se todos os meus nervos estivessem em chamas, vivos. Levo Tori e Bernie de volta para o Clube, pela escada que vai até onde a festa acontece... acontecia. Porque agora todos estão no primeiro andar, olhando aparvalhados para o jardim pelas janelas do chão ao teto conforme Lulu Hawkins chora nos degraus, enquanto um homem tenta sem sucesso levá-la para dentro, consolá-la, eliminar a dor.

É nessa hora que a agitação começa.

Uma ambulância chega. O choro se inicia.

Sirenes tocam. Luzes vermelhas brilham no céu como fogos de artifício.

Bernie corre até o jardim e cai de joelhos, o vestido de tom de esmeralda agora manchado de lama. Ela enfia os dedos no chão e solta um soluço engasgado, e, por um momento, não sei se está atuando. Todo mundo olha para ela, a respiração rasa, enquanto Bernie estica as mãos para Skyler, para o corpo, os dedos passando na poça de sangue.

É demais, é horrendo demais, e, sem aviso, eu vomito um líquido ralo e amarelo no chão.

— Merda — diz Tori ao meu lado. Mas mais ninguém repara. Ninguém liga.

Porque agora o Clube explodiu, e alguém correu até Bernie, e estou parada ao lado de Tori, percebendo que tudo mudou.

NA MANHÃ DEPOIS DO BAILE

A verdade de Bernie se espalha *rápido entre a elite, aparece em chats de grupo, em correios de voz. Skyler Hawkins está morto. Caiu do telhado do Clube do Legado. Foi acidente. Um acidente trágico. Um fim horrível para uma noite linda. Ele tinha bebido. Misturado álcool com um analgésico. Tinha parado muito perto da beirada, daquela amurada baixa demais, e ficou arrasadíssimo por todos terem se voltado contra ele, por culparem-no por suas ações.*

Os boatos correm, claro.

Talvez ele tivesse se jogado. Não estava fora de cogitação. As suas mentiras tinham sido reveladas, afinal. Como ele tinha traído Bernie. Como havia tentado esconder isso chantageando Tori e Isobel.

Mas assassinato? Ninguém desconfia de assassinato. Não depois que Bernie revelou o que aconteceu, como as garotas confrontaram Skyler sobre os erros dele e o deixaram lá em cima, chorando, delirante. Que quando o viram pela última vez, ele ainda estava vivo.

Todo mundo acredita nela.

Isobel e Tori confirmaram a declaração de Bernie em suas entrevistas, conduzidas separadamente, mais tarde naquela mesma noite.

Todas ficaram dizendo aquela palavra: acidente. Foi um acidente.

Mas, se foi mesmo, por que a perícia encontrou arranhões nos braços de Skyler? DNA *debaixo das unhas? Por que havia indícios de que ele tinha brigado? E por que uma sala cheia de arquivos havia sido completamente queimada?*

Ninguém quer desenvolver essa teoria, menos ainda os membros do Clube do Legado. Quando o detetive mencionou o assunto para um dos adultos no comando, uma ruiva alta que alegou conhecer o falecido desde o seu nascimento, Esther Kaplan, descartou a hipótese completamente.

— Deixe-nos em paz com o nosso luto — disse ela com firmeza, encerrando a conversa.

Quando o sol nasce e a fita de isolamento é retirada, os detetives fecham seus blocos de anotações. Eles se despedem. O Clube não é mais uma cena de crime, só um lembrete. E, assim, os agentes da lei saem do prédio, com a esperança de nunca, jamais voltarem.

TORI

DUAS SEMANAS DEPOIS DO BAILE

— **E aí, vamos nos encontrar** na livraria ou na lanchonete depois da aula? — Joss saltita pela minha cozinha, dois sanduíches de bacon, ovo e queijo embrulhados em papel alumínio na nossa frente na bancada. É uma tradição nossa passar a noite juntas depois do primeiro dia de aula desde que éramos pequenas, mas sei que Joss tenta me distrair do que ambas sabemos que está a caminho: notícias do processo vindo à tona.

— Na lanchonete — digo, puxando a cutícula de uma unha. Um mau hábito que adquiri depois do Baile. Do acidente.

— Boa escolha. Uma torta de espinafre vai cair muito bem à tarde. — Ela olha para o meu celular, que tenho em mãos. — Já entrou?

Estou atualizando a página do *New York Times* e, quando carrega, faço que não.

— Ainda não.

— A Bernie está bem? — Joss me olha com preocupação. Desde o Baile, ela está protetora, com medo de Bernie e Isobel se virarem contra mim a qualquer momento, de me jogarem debaixo do ônibus e alegarem que *eu* matei Skyler num acesso de raiva. Tentei convencê-la de que elas não vão fazer isso. De que há pouquíssimas palavras capazes de explicar o que aconteceu entre nós três naquela noite. De que, por algum motivo, talvez o errado, confio naquelas garotas. Apesar de tudo, eu confio.

Engulo um caroço na garganta e abro minha troca de mensagens mais recente com Bernie, recebida de noite, às quatro da madrugada. Ela não dorme mais. Nem eu.

> Minha mãe sumiu de novo, mas pelo menos sei pra onde. Se enfiou nos Hamptons. Deixou o compartilhamento de localização e tudo. Ela diz que vai voltar quando tudo passar.

Bernie enviou outra logo em seguida.

> SE passar! Ou quando eles perderem a cobertura. O que vier primeiro.

Recebo uma notificação, uma mensagem de Isobel, e quase deixo o celular cair quando vejo que é um link para o *Times*.

— Saiu — digo.

Joss corre para perto de mim, e nós duas observamos enquanto a página carrega uma imagem da minha mãe sorrindo e me abraçando junto com Helen e George, que ocupa a tela toda. Vejo primeiro a manchete de Marty, irmão de Isobel, e lembro como ficou agradecido quando o procuramos, quando contamos a história. Ele ficou sentado em silêncio enquanto meu pai e o advogado dele contaram nossa história, tomando notas e olhando os documentos.

Agora, a manchete é clara e simples: *Hawkins Kaplan acusada de desviar fundos de clientes.*

Solto uma respiração trêmula e olho para Joss, os olhos segurando as lágrimas.

— Conseguimos — digo, e deixo que ela me abrace com tanta força que dói.

ISOBEL

Marty foi em casa antes de eu ir para a escola para podermos ler o artigo dele sobre a Hawkins Kaplan impresso, juntos na nossa mesa da cozinha.

Ele me entrega uma caneca de café e abrimos o jornal, um silêncio quando a realidade bate. O parágrafo final do artigo menciona o Baile e Skyler. O acidente.

— Eles quiseram que você acrescentasse isso, é? — pergunto.

Marty assente.

— O editor disse que estava no contexto, porque o Rafe e a Lulu se conheceram pelo Clube do Legado e tudo mais.

— Mas nada sobre a Audra?

Marty cora e balança a cabeça.

— Eles não entenderam que conexão havia nem por que importava o fato de Esther ter indicado Tori. — Ele dá de ombros. — Era coisa interna demais.

Eu compreendo, de verdade. Porque eu mesma ainda não entendi tudo, o motivo para ter me parecido importante ler

O LEGADO **365**

sobre a mãe de Tori naqueles arquivos. Mas talvez algumas perguntas devam mesmo ficar sem resposta. Aprendi isso no meu programa de reabilitação de dez dias nas montanhas Catskills, que às vezes é melhor deixar as coisas enterradas. A parte mais difícil é saber *quais* coisas.

Mas estou começando a entender. Afinal, só nós três sabemos o que realmente aconteceu naquele telhado.

BERNIE

Entrar na Excelsior hoje é diferente de qualquer outro dia que eu tenha vivenciado nesta escola que me criou. Foi o único primeiro dia de aula em que minha mãe não insistiu em me acompanhar. Ela endureceu depois que devolvi o colar de diamante e ela percebeu que Tori não faria nada para impedir o pai dela de abrir o processo.

Mas nós tivemos uma conversa real, deitadas na cama dela usando pijamas de seda que combinavam na noite depois do enterro de Skyler. Estávamos deitadas lado a lado, as cabeças apoiadas em três travesseiros cada, sem nos encarar, só olhando para a frente, para a televisão na parede sintonizada em um canal qualquer. Eu estava entorpecida. Exausta do verão, de saber que a minha vida como eu a conhecia tinha acabado, e, naquele momento frágil, me perguntei se a minha mãe também estava.

Mas aí ela limpou a garganta e me contou que ia para os Hamptons assim que entregasse ao meu pai os documentos do divórcio.

Eu sabia que ia acontecer, mas isso não impediu que as lágrimas fizessem meus olhos arderem.

— É melhor assim, Bernie — disse ela, esticando a mão para a minha.

Eu me afastei dela sabendo que, se terminasse aquela frase em voz alta, o que ela talvez realmente dissesse era *pra mim. É melhor assim pra mim.* Meus olhos percorreram o quarto, procurando algo a que me agarrar, e aí vi, no canto, no chão, a foto dela e de Audra, a que ficava no escritório, agora caída no tapete, meio escondida por um lenço de seda.

— Por que você guardou? — perguntei.

— Guardei o quê?

Eu indiquei o porta-retrato.

— Depois de tudo… por quê?

Houve movimento no lençol ao meu lado e minha mãe se sentou.

— Era um lembrete — disse ela. — Para sempre cuidar de mim mesma.

Foi nessa hora que a minha mãe contou a verdade sobre o que ela e as amigas fizeram a Audra tantos anos antes, que ela queria consertar as coisas, mesmo depois da morte dela, pedindo para que a firma do meu pai fizesse o melhor acordo possível. Minha mãe sabia que eles tiravam bônus adicionais, como os chamava, de vez em quando. Como poderia não saber? Mas os clientes sempre recebiam o dinheiro. Sempre. Até eles fazerem o malabarismo errado desta vez.

Eu a odiei nesse momento, mas também a entendi melhor do que achei que queria e, por um momento, me senti calma. Assim, quando ela foi embora para a casa de praia ontem e meu pai recebeu os papéis do divórcio quando estava sentado comigo à bancada de mármore tomando café da manhã, eu só senti alívio de que, pelo menos daquela vez, eu sabia aonde ela estava indo. Pelo menos daquela vez, eu tinha respostas, e talvez, quando ela voltasse, nós pudéssemos começar a reconstruir.

Prometo contar a Tori sobre a minha mãe, não agora, mas em breve. Quando eu tiver forças. Mas não posso pensar nisso no momento, não ao entrar na escola em um dia que é tão diferente, tão estranho, tão vazio porque, pela primeira vez na minha vida, Skyler não está mais ao meu lado... e o motivo disso sou eu.

As pessoas não sabem como me tratar agora. Vejo isso ao subir a escada de mármore, ao passar pela Parede da Fama e percorrer os corredores. Os alunos de séries mais baixas se viram para me olhar, sussurrando para os amigos: *É ela.* Jogo o cabelo para trás e contraio a boca, trêmula. Eu aceito os olhares deles. O que mais posso fazer? Admitir o que realmente aconteceu? Explicar que fiz de propósito?

— Olha você aí. — Eu me viro e vejo Isobel vindo na minha direção, o cabelo curto arrumadinho, a pele um pouco mais viçosa do que alguns dias antes. Ela me entrega um café gelado e me envolve em um abraço apertado. — Você...?

Ela entende que não deve perguntar se estou bem porque sabe que não estou. Voltamos a ser *nós* de novo depois do Baile, o peso do que aconteceu na festa de Shelter Island de repente tão insignificante, tão pequeno comparado à realidade que vivenciamos agora.

Eu dou de ombros e Isobel aceita isso, passando o braço no meu quando andamos na direção do anfiteatro para nossa assembleia de volta às aulas. Percorro a multidão com os olhos e vejo Lee de pé no canto, conversando com uns caras do Clube de Ciência Ambiental. Ele quis voltar com Isobel depois do que aconteceu, mas fiquei orgulhosa dela por ter recusado, por admitir que gostava mais da família de Lee do que dele. E, pouco depois, ela partiu para as Catskills.

Ela disse que o programa está funcionando, que ela contou aos pais sobre seus vícios e pediu que eles a ajudassem a entrar na linha. Disse que quer ficar limpa, e eu decidi me juntar a ela na sobriedade, o que acho que vai ser bom para nós. Mas vamos ver como vai ser, como ela vai se curar.

Lee olha para nós duas, os olhos cheios de lamento, e não consigo sustentar o olhar dele por tempo demais, senão vou começar a me sentir mal, a entender o que arranquei dele também. Então seguro as lágrimas e olho para Kendall, que está com o nariz enfiado em um livro que parece maior do que a mochila. Ele olha para a frente e sorri para Isobel, que fica vermelha.

Não vou empurrá-la para isso ainda.

Isobel e eu nos sentamos em cadeiras de auditório de veludo, nossos ombros se tocando, e todo mundo ocupa seus lugares. Alguém se aproxima da nossa fileira e pigarreia.

— Posso me sentar com vocês?

Levanto o rosto e vejo Tori, o rosto corado e um sorrisinho nos lábios. Ela está usando as mesmas botas Doc Martens que usou o ano anterior todo, a camisa branca de botão dobrada até os cotovelos. Ela se junta a nós, e estico a mão por cima de Isobel para apertar a dela. Não digo nada, não tem nada que possa transmitir o que estou sentindo, o tipo enorme de culpa e dor no coração que tomam conta de mim quando olho para ela e penso no que a minha família fez com a dela, o que ela passou. Mas, quando Tori aperta a minha mão, sei que as coisas vão ficar bem. Ela vai ficar bem.

As luzes são apagadas e as cortinas de veludo que estavam protegendo o palco sobem, revelando uma imagem de três metros de Skyler projetada na tela. Meu estômago se aperta e acho que vou vomitar.

Os olhos cinzentos penetrantes me encaram, provocadores, furiosos. Quero afastar o olhar, sair correndo do auditório, mas o espetáculo é impossível de ignorar. *Ele* é impossível de ignorar. O garoto que eu conheci. Sua beleza e seus defeitos, o interior terrível e feio. É uma tragédia o que aconteceu. Mas, depois do que ele fez com Tori, Isobel, Opal, comigo... bom, eu preciso imaginar que elas teriam feito exatamente a mesma coisa que eu.

NA MANHÃ SEGUINTE

A maioria dos residentes de Astoria ainda está dormindo quando a funcionária dos correios chega à casa dos Tassos. Ela pega uma pilha de envelopes no carrinho e a deixa em uma caixa de metal pendurada, como faz na maioria das manhãs antes de seguir caminho, parando em cada prédio do quarteirão para deixar contas, cupons e uma ocasional carta manuscrita preparada com cuidado e afeto.

Mas, apesar de ser uma manhã regular, como qualquer outra, ela não tem ideia de que o volume de correspondência deixado para a família Tasso vai mudar a adolescente que mora naquela casa para sempre.

Dentro de um daqueles envelopes há uma carta, escrita no papel personalizado de Yasmin Gellar, as palavras rabiscadas com caneta de ponta de feltro em uma página atrás da outra.

Quando Tori acorda, animada para o segundo dia de aula, ela fica surpresa ao encontrar a carta da sra. Gellar em uma pilha de correspondências na bancada. Está endereçada a ela com uma caligrafia cursiva caprichada, uma ode ao passado, à formalidade que a sra. Gellar aplica a cada aspecto da sua vida. Tori se senta à mesa da cozinha com uma tigela de cereal, esperando uma carta sobre o Clube do Legado, sobre os ganhos dela. Mas, conforme lê as palavras, as histórias sobre sua mãe e as amizades dela, a desgraça que sua mãe aguentou nas mãos de mulheres em quem ela confiava, o café da manhã de Tori fica esquecido, o cereal murcho.

Quando Tori chega ao fim da carta, suas digitais visíveis nas bordas do papel, ela solta o ar, trêmula. O que tem em mãos é a verdade. Respostas a tantas perguntas. E assim, ela lê tudo de novo, só para ter certeza de que entendeu direito, de que finalmente conhece a história da mãe.

Querida Tori, *escreveu a sra. Gellar.* Quero te contar isso desde o momento em que soube que você existia, e agora finalmente tenho coragem. Está na hora de explicar a verdade sobre a sua mãe e o que fizemos a ela tantos anos atrás...

AGRADECIMENTOS

Sou muito agradecida, de novo e sempre, a Alyssa Reuben, por proteger e guiar minha carreira literária com cuidado, precisão, humor e honestidade. Não gosto nem de pensar em onde eu estaria sem você comigo.

Agradeço a Rūta Rimas, que me incentivou a fazer esta história funcionar porque sabia que eu era capaz (que éramos capazes). Fico abismada com sua habilidade editorial, sua atenção e sua capacidade mágica de fazer tudo — tudo mesmo! — ficar melhor. Obrigada a Simone Roberts-Payne, uma editora sagaz, cuja percepção elevou *O Legado* de formas grandes e pequenas.

Elyse Marshall, minha publicista de confiança, obrigada por mover montanhas por mim e por tantos telefonemas e e-mails reconfortantes.

A Jen Klonsky, Jen Loja e Casey McIntyre: Obrigada por me oferecerem repetidamente um lar dentro da Razorbill e por continuarem a torcer pelo meu trabalho.

Colaborar com a equipe maravilhosa da Penguin Young Readers tem sido uma das melhores partes do que faço, e eu seria negligente de não mencionar aqueles cujos trabalhos incansáveis contribuem para o meu sucesso. Obrigada por seu apoio em fazer autores brilharem em todos os aspectos dessa indústria: James Akinaka, Kristin Boyle, Christina Colangelo, Rob Farren, Olivia Funderburg, Alex Garber, Deborah Kaplan, Misha Kydd, Bri Lockhart, Summer Ogata, Emily Romero, Laurel Robinson, Shannon Spann, Felicity Vallence e Jayne Ziemba. Agradeço a Lisa Sheehan por seu trabalho nesta capa fantástica.

Tenho uma dívida com Liv Guion, da WME, que responde a todas as mensagens sem hesitar e sempre com a ajuda de que preciso.

Obrigada a Olivia Burgher e Sanjana Seelam por me ajudarem a sonhar alto e por acreditarem nessas histórias. Que sorte eu tenho de trabalhar com vocês.

Sinto-me pequena quando vejo os lugares incríveis em que estive enquanto revisava este livro, mesmo quando parecia que o fim estava fora do meu alcance. Minha gratidão vai para INNESS, pelo ambiente lindo e a escrivaninha no canto, Mill & Main, pelas guloseimas de meio da tarde, e à comunidade Root Strength por me mostrar que eu consigo fazer (e levantar) coisas pesadas.

Obrigada à minha família, por entender o quanto amo e preciso deste trabalho e o quanto amo e preciso de vocês: Halley, Ben, Luke, Charlotte, mamãe e papai.

Obrigada a Ziti, cujo aconchego me consolou quando as palavras não vinham, e a Maxwell, cujo amor me impede de afundar.

Este livro, composto na fonte Fairfield,
foi impresso em papel Holmen Book 60g/m² na gráfica Geográfica.
São Paulo, Brasil, outubro de 2023.